Latte & Dampfnudeln
Veronika Lackerbauer

Java Chip Double Chocolate Caramel Flavored Caffé

Latte & Dampfnudeln

Kriminalgeschichten

aus der bayerischen Provinz

❧ Band 3 ❦

Veronika Lackerbauer

In dieser Reihe sind bisher erschienen:
„Hugo & Leberkäs" (Februar 2016)
„Sushi & Weißbier" (September 2016)
„Latte & Dampfnudeln" (Januar 2017)

Impressum:
© 2017 Veronika Lackerbauer, Oberahrain
© „Pralinen" – Veronika Lackerbauer, erstmals erschienen in „Szenen der Lust",
Schweitzerhaus Verlag, 2011

1. Auflage
ISBN: 9783744816687
Covergestaltung: Grit Richter – Art Skript Phantastik Verlag & Design
Fotografie: Rob Stark / Knartz / Glassseeker – Fotolia
Lektorat & Korrektorat: Jacqueline Mayerhofer, Melanie Vogltanz
Satz: Ingrid Pointecker
Herstellung und Verlag: BoD – Books on Demand, Norderstedt

Bibliografische Information der Deutschen Nationalbibliothek: Die Deutsche
Nationalbibliothek verzeichnet diese Publikation in der Deutschen Nationalbiblio-
grafie; detaillierte bibliografische Daten sind im Internet über dnb.dnb.de abrufbar.

Besuche die Webseite der Autorin:
http://veronika-lackerbauer.jimdo.com
oder folge ihr auf Facebook unter „Veronika Lackerbauer Autorin"

Für die beste

Familie

der Welt

Vorwort

Willkommen zurück!

Jetzt sind wir langsam sowas wie alte Bekannte, das ist ja nun immerhin schon der dritte Band der *Kriminalgeschichten aus der bayerischen Provinz*. Ich freue mich sehr, dass du immer noch dabei bist.

Für alle, die jetzt denken: *Was? Wie? Alte Bekannte? Hä??*

Keine Sorge! Dass dieses Buch hier schon Band 3 ist, ist kein Problem. Man kann nämlich alle drei Bände unabhängig voneinander lesen. Einige Personen hatten schon früher Auftritte in den Vorgängerbänden *Hugo & Leberkäs* und *Sushi & Weißbier*, doch auch ihre Geschichten lassen sich in beliebiger Reihenfolge lesen.

Vier Geschichten habe ich dir dieses Mal mitgebracht und will sie hier kurz vorstellen:

Der Kommissar aus der ersten Geschichte, *Latte & Dampfnudeln*, begleitet uns schon seit dem ersten Buch. Bisher kennen wir Veitl als Kripobeamten von Garmisch, doch in diesem Band verschlägt es ihn nach Landshut. Nachdem er sich zur Hauptfigur der Reihe entwickelt hat, wollte ich ihn gern „heimholen".

Da ich selbst meine Wurzeln in der Hotellerie habe, liegt natürlich ein gastronomischer Mordfall nahe. In *Einzelzimmer mit Frühstück & Mord* flossen viele autobiographische Erlebnisse und die eine oder andere Anekdote aus der Gastronomie mit ein. Ich möchte die Geschichte aber nicht als „Abrechnung" verstanden wissen, eher als eine augenzwinkernde Überzeichnung. Dass ich in meinem aktuellen Beruf glücklicher bin als vorher in der Hotellerie, ist zwar kein Geheimnis, tut aber nichts zur Sache.

In der dritten Geschichte wird es süß, aber nur auf den ersten Blick, denn die *Pralinen* haben es ganz schön in sich! Diese Geschichte erschien erstmals 2011 im Rahmen eines Kurzgeschichtenwettbewerbs in der Anthologie „Szenen der Lust" im Schweizerhaus Verlag und darf mit freundlicher Genehmigung von Karin Schweitzer jetzt hier – vollständig überarbeitet – neu auftreten.

Die letzte Geschichte habe ich 2016 für den Krimiwettbewerb der Stadt Landshut geschrieben. Die Herausforderung bestand darin, in nur 9.000 Zeichen inklusive Leerzeichen eine spannende Krimigeschichte zu entwerfen. *Leichen im Keller* ist ein Spin-off von

Latte & Dampfnudeln, denn Kommissar Steindl wird uns in Zukunft als Vorgesetzter von Veitl in Landshut begleiten. Hier erleben wir ihn einmal alleine.

Obwohl sich in diesem Band keine Geschichte explizit mit den Themen Rassismusbekämpfung und Integration befasst, ist und bleibt es mein großes Anliegen, mit meinem Schreiben dafür einzutreten. Bayern ist bunt und lebensfroh, dafür stehen auch wieder die beiden Lebensmittel im Titel: Latte – eigentlich ja sogar *Java Chip Double Chocolate Caramel Flavored Caffé Latte* – steht für das szenige, moderne Bayern, damit kontrastieren die gutbürgerlichen, bodenständigen Dampfnudeln. Dieses Mal wird es süß und pappig statt deftig-fettig!

In jedem Fall geht auch wieder ein Anteil des Erlöses aus dem Verkauf dieses Buches, wie auch schon aller anderen Bände, an eine Hilfsorganisation für Flüchtlingskinder.

Ich hoffe, du hast wieder genauso viel Freude am Lesen wie ich beim Schreiben. Und falls noch nicht geschehen, vielleicht wirfst du ja auch noch einen Blick in die beiden anderen Bücher der Reihe. Informationen dazu finden sich ganz am Ende des Buches.

Wenn es dir gefallen hat, freue ich mich über eine Rückmeldung, gerne in Form einer Rezension bei *Amazon* oder *Lovelybooks*. Auch Kritik, Wünsche und Anregungen nehme ich gerne entgegen!

Und jetzt: *Viel Spaß*!
Eure

Inhalt

Latte & Dampfnudeln

Anfang Juni 2017

Es war stockdunkel. Nur der fast volle Mond beleuchtete die verlassene Landstraße. Es war die perfekte Gelegenheit.

Er trat das Gaspedal durch und ließ den Motor aufheulen. Der Wagen schoss über den Asphalt.

„Übertreib's nicht", kam die mahnende Stimme vom Beifahrersitz.

Doch er schenkte ihr keine Beachtung. Er kannte die Strecke, war sie tausend Mal gefahren und jetzt um diese Uhrzeit waren sie so gut wie allein auf der Straße.

„Pass auf!"

„Ah, kack dich nicht ein!", knurrte er und schaltete einen Gang herunter, sodass das Jaulen des Motors die Warnung übertönte.

Die Lichter der nächsten Ortschaft waren schon in Sichtweite. Vorher schlängelte sich die Straße zwischen Feldern hindurch. Vor sich sah er plötzlich die Rücklichter eines anderen Fahrzeuges. Die unvermutete Konkurrenz spornte ihn noch einmal an.

Er hielt das Lenkrad mit beiden Händen fest, konzentrierte sich ganz auf die Straße. Er wurde quasi eins mit dem Wagen um ihn. Doch er nahm die Kurve zu eng.

Er merkte es bereits, bevor das Fahrzeug reagierte. Die Reifen griffen in den Schotter des Straßenrands. Er versuchte noch das Lenkrad herumzureißen, aber die Reifen blockierten auf dem lockeren Untergrund.

Dann sah er den Baum.

Sie rasten genau darauf zu. Oder besser: Der Baum flog ihnen entgegen.

Vorher, im Mai 2017

„Also i weiß ned ...", Margarete sah wenig begeistert aus. „De Häuser schaugn ja alle gleich aus! Da wenn ma in der Nacht bsoffen heimkommt, findt'ma doch de richtige Tür gar ned."

Kriminaloberkommissar Veitl grinste. „Geh, Weibe, wann bist denn du's letzte Mal in der Nacht besoffen heimkommen? Du trinkst doch gar nix."

„Na, da fang i aber vielleicht an damit!", erklärte seine Frau beleidigt.

Die beiden standen vor einem Mietsblock in der Landshuter Innenstadt, wo sie sich eben eine Wohnung angesehen hatten. Der Block, ebenso wie die identischen Blöcke in seiner Nachbarschaft, stammte augenscheinlich aus den 50er Jahren. Sogar die leicht verrosteten Wäscheaufhängungen auf den Grünflächen dazwischen waren noch original.

Veitl war ganz zufrieden mit dem, was er gesehen hatte. Margarete keineswegs.

„De Wohnung langt doch für uns zwei", meinte Veitl. „Was brauch ma denn mir zwei a ganzes Haus. Und de Gartenarbeit war dir doch eh scho lang z'viel. De Wohnung krieg i als Beamter günstig, und in Landshut a Wohnung finden, de halbwegs bezahlbar is, is nahezu unmöglich."

„Geh, i weiß ned ... De Wohnung is ja an sich ganz schön gschnitten, aber ..."

„Na siehgst!", unterbrach Veitl sie. „Des is doch die Hauptsach. Und Sonnblickweg ... Des klingt doch schee!"

„Aber wenn i jetz aus'm Fenster schau, seh i de Berg!", schmollte Margarete.

„De wirst aber in Landshut nirgends sehn. Und grün is des ja do immerhin a außenrum. Da vorn is glei da Hammerbach, da kann ma wunderschön spazierngehn ...", versuchte Veitl sie zu überzeugen.

Doch Margarete hatte noch mehr Vorbehalte: „Ja, und da direkt vor meiner Nasn fahrt der Zug vorbei. Da hebt's mi dann jede Nacht aus'm Bett!"

Der Umzug nach Landshut war dennoch beschlossene Sache und Margarete hatte der räumlichen Veränderung letztes Endes doch noch zugestimmt.

Veitl hatte endlich seine lang ersehnte Beförderung bekommen, geknüpft an ein neues Betätigungsfeld: Er war jetzt stellvertretender Dienststellenleiter im Kriminalkommissariat Landshut. Und dazu musste er eben umziehen.

Veitl, selbst in Mainburg geboren und aufgewachsen, empfand die Versetzung als eine Art späte Rückkehr nach Hause, seine Frau sah das weniger verklärt. „Des is doch alles nimmer so wie damals, wo wir Kinder warn! Mir ham inzwischen fast dreißig Jahr in Garmisch gwohnt. Da kenn i jede Verkäuferin, jedes Gschäft, hier weiß i doch gar ned, was i einkaufen soll ..."

Was ned unbedingt a Schaden sei muss, schoss es Veitl schadenfroh durch den Kopf, denn seine Frau neigte dazu, in der Küche Experimente zu machen, die seinen Geschmack so gar nicht trafen.

Der unschlagbare Vorteil des Umzugs – und das war auch der Grund, weshalb Margarete letztlich eingewilligt hatte – war jedoch die Tatsache, dass ihre Tochter Andrea mit ihrer Familie in der unmittelbaren Nähe von Landshut wohnte.

Ende Mai 2017

Zwei Wochen später bezogen Veitl und Margarete dann doch die Beamtenwohnung im Sonnblickweg. Zum großen Tag X waren neben Andreas Mann Sebastian auch der jüngere Veitl-Spross Benedikt angereist.

Benedikt fuhr zur See und wohnte die restliche Zeit des Jahres in Hamburg, zusammen mit seinem Freund Viktor, den er erst im vorigen Jahr seinen Eltern vorgestellt hatte.

„Wenn ma des Drum hochkant nehmen, komm ma dann da vorn ums Eck?" Veitl rann der Schweiß in Strömen über die Stirn. Auch sein Sohn und Schwiegersohn ächzten unter den Massivholzmöbeln. „Also auf geht's, pack ma's."

Gemeinsam hievten sie die Herrenkommode wieder in die Vertikale, doch das vermaledeite Teil wollte einfach nicht durch das Treppenhaus passen. Die drei mussten wieder absetzen.

„Kruzefix, is des Drum schwer!", stöhnte Sebastian. „Wie habt's 'n des da nauf bracht?"

Veitl wusste es auch nicht mehr zu sagen.

Margarete rief von unten herauf: „Wie geht's euch denn da oben? Soll i an Kaffee aufsetzen?"

„Ja!", kam die dreistimmige, einhellige Antwort retour. Sich entfernende Schritte verrieten, dass Margarete an ihr Werk ging.

„Jetzt wart's. Wenn ma noch amal zruckgehn und erst amal da Läng nach ins Bad ausweichen, dann müsst ma vielleicht den Winkel für des Eck da kriegn und dann könn ma's übers Treppengeländer drüber heben", überlegte Veitl laut.

Sebastian und Benedikt wechselten entsetzte Blicke. Aber da sie auch keine bessere Lösung hatten, zerrten sie das schwere Möbel wieder zurück in den oberen Hausflur.

Als endlich alle Möbelstücke im gemieteten Mercedes Sprinter verstaut waren und die Frau des Hauses einen letzten wehmütigen Rundgang durch das Reihenendhäuschen gemacht hatte, das sie nun bald dreißig Jahre bewohnt hatte, machten sich die vier auf den Weg nach Landshut.

Sebastian, im Umgang mit sperrigen Fahrzeugen dank seiner Tätigkeit als Landwirt bestens geübt, fuhr den Sprinter. Neben ihm saß zur Wegbeschreibung sein Schwiegervater. Benedikt und Margarete folgten den beiden im Privatwagen der Veitls, einem in die Jahre gekommenen 4er Golf.

„Fahr du, Bub, i fahr ned so gern Autobahn", hatte die Mutter gesagt, deshalb saß sie jetzt auf dem Beifahrersitz und hielt krampfhaft eine ebenso sperrige wie hässliche Porzellanfigur eines sitzenden Gepards umklammert.

Benedikt bedachte das seltsam schillernde Tier mit einem Seitenblick und meinte: „Wäre das jetzt nicht die Gelegenheit gewesen, das Ding endlich loszuwerden?"

Seine Mutter trug einen beleidigten Gesichtsausdruck zur Schau. „Des war a Hochzeitsgschenk von da Tante Rosi. I hab den immer in Ehren ghalten!"

„Ja, ich weiß", bestätigte Benedikt. „Ich hab ja zwanzig Jahre mit dem Teil unter einem Dach gelebt. Ich hab ein Geparden-Trauma davon!"

Trotzig verstärkte Margarete ihren Griff um den Hals des langbeinigen Staubfängers.

„Und freust du dich auf Landshut?", wechselte Benedikt das Thema.

Margarete seufzte. „Ja, irgendwie scho."

„Ihr seid's ja dann ganz nah bei Andrea und ihrer Familie", griff Benedikt den augenscheinlichsten Vorteil auf.

Seine Mutter nickte tapfer. „Ja, eben. Da freu i mi scho."

Endlich würde die leidenschaftliche Oma in Reichweite der drei Enkelkinder sein. Auf das Babysitten und auf die Plauderstunden mit ihrer Ältesten freute Margarete sich wirklich schon.

„Mei", fuhr sie fort, „und er hat sich halt so auf die Beförderung gfreut. Soll i dann sagen: Na, des mach i ned mit? Er hat ja so lang drauf gwart, dass'n endlich befördern. Dass des dann wieder an a Bedingung knüpft is, is halt saubled glaufen. Aber er is jetzt dann da stellvertretender Dienststellenleiter. Des is scho was."

Es war nicht ganz klar, ob Margarete gerade ihren Sohn oder sich selbst von der Vorteilhaftigkeit des Umzugs zu überzeugen versuchte. Benedikt tätschelte seiner Mutter aufmunternd die Hand, ohne den Blick von der Fahrbahn zu nehmen.

„Ich hoff, dass ich dann auch öfter runterkommen kann. Ich seh meine Nichten und Neffen auch viel zu selten."

„Und des, wo du doch der Patenonkel vom Maxi bist!", bestätigte seine Mutter.

„Schon, aber du weißt ja, wie Sebastian und Andrea zu Vicky und mir stehen. Besonders der Sebastian ...", warf Benedikt grimmig ein. „Mich wundert's eh, dass er sich da heute so zusammengerissen hat. Normal hab ich das Gefühl, er hält es mit mir gar nicht mehr in einem Raum aus. So als hätt er Angst, dass er bloß vom Ansehen auch schwul wird."

Seine Schwester hatte die Neuigkeit, dass ihr Bruder den Männern zugetan war, nicht besonders gut aufgenommen, und sein Schwager schwieg das Thema eisern tot. Margarete sagte kategorisch: „Ah geh. Des is, wie's is. De gwöhnen sich scho dran."

Anfang Juni 2017

Am 1. Juni trat Veitl dann seinen Dienst an. Seine neue Wirkungsstätte war das Polizeipräsidium in der Landshuter Neustadt. Sein Vorgesetzter und Leiter der Kriminaldirektion Landshut, Kriminalhauptkommissar Georg Steindl, begrüßte seinen neuen Kollegen und Stellvertreter. Emsig führte er ihn herum.

„So, da sehen'S jetzt unsre komplette Dienststelle. Wir sind da unterteilt in sieben Kommissariate und wir ham hier alles: von Tötungsdelikten über Großbrände bis hin zu Raub, Erpressung und Sittlichkeitsdelikten, ja sogar Sprengstoffgeschichten. Manchmal geht's a um Umweltsachen, Waffen, Drogen ... also des ganze Spektrum."

Veitl folgte Steindl und sah sich interessiert um.

Der neue Chef schien in Ordnung. Steindl war einige Jahre älter als Veitl und hatte vermutlich schon die Pensionierung im Blick. Mit seinem alten Direktor in Garmisch war Veitl auch gut ausgekommen, man hatte sich geduzt und vieles auf dem „kleinen Dienstweg" erledigen können, doch auch Steindl war Veitl auf den ersten Blick sympathisch. Der erfahrene Beamte strahlte so eine angenehme Ruhe und Gelassenheit aus, was Veitl, selbst eher von der gemütlichen Sorte, sehr schätzte. Er war auch ein Genussmensch – ganz wie Veitl, wenn Margarete ihn nur ließe –, das sah man dem Kommissar an. Einer, der zu einer Maß Bier und einer Schweinshaxn nicht *Nein* sagt; sein kariertes Hemd spannte sich über einen urbayerischen Bierwanst.

Die Sympathie schien gegenseitig, denn Steindl erklärte vertraulich: „Wir ham hier so viele Mitarbeiter, dass ma an manchen Tagen scho damit beschäftigt sind, unsre eigenen Streitereien in Griff zum kriegen. Da, wo Sie jetzt herkommen, war's wahrscheinlich a bissl übersichtlicher, gell?"

Veitl nickte. Die Dienststelle in Garmisch war überschaubar gewesen, interne Querelen hatte es dort aber ebenso gegeben.

„Wir san zuständig für die Stadt Landshut und de Landkreise Kelheim, Landshut und Dingolfing. Wir ham hier an Erkennungsdienst, die Spusi, Kriminaltechnik und a Sondereinheit im Dauerdienst für Computerkriminalität, alles direkt im Haus. Gerichtsmedizin und Obduktion machen dann die in München droben", fuhr Steindl nicht ohne Stolz fort.

„Wie viele Kollegen arbeiten denn da herinn?", fragte Veitl beeindruckt.

„Im Moment hamma zweiundsiebzig Beamte und Beamt*innen* – des muss ma ja jetzt immer dazu sagen, gell? Ghabt hamma die Damen davor a scho, nur dazugsagt hamma's halt ned! Im bayernweiten Vergleich samma a mittlere Dienststell, aber dadurch, dass ma drei Landkreise betreuen, arbeit ma halt mit zwei Staatsanwaltschaften. De hier in Landshut und de in Regensburg."

„Da kommt bestimmt allerhand zam", stellte Veitl nüchtern fest. Arbeitsscheu war er noch nie gewesen, und er freute sich auf die neuen Herausforderungen, die der Dienststellenwechsel mit sich bringen würde.

„Naa, da könn ma uns ned beschweren", bestätigte Steindl. „Unser Einzugsbereich erstreckt se mitunter über achtzig Kilometer bis fast nach Regensburg nauf, und weil mir da a de Schwerpunktstaatsanwaltschaft für Wirtschaftskriminalität ham, übernehm ma unter Umständen a Fälle von de Straubinger oder Deggendorfer und ermitteln bis in Bayerischen Wald nei."

Steindl führte Veitl über das Treppenhaus hinauf in die obere Etage, in der sein eigenes und Veitls künftiges Büro untergebracht waren. Auf halber Höhe blieb Veitl stehen und warf einen Blick hinaus aus dem Fenster, von wo aus man die schmucken, alten Stadthäuser der Neustadt und den Backsteinturm der Martinskirche sah. Die Burg Trausnitz konnte man von hier nicht erkennen, aber Veitl wusste, dass das ehrwürdige Bauwerk über dem Präsidium thronte.

„Aber schön habt's es hier", entfuhr es ihm.

Er hatte Landshut schon immer gemocht. Die charmante mittelalterliche Altstadt mit ihren kleinen Läden und Boutiquen, die Straßencafés unter den Arkaden, die Isar ... Schon als Kind war er gern mit seinen Eltern zum Einkaufen und Bummeln hierhergekommen. Auch die Jahrzehnte in Oberbayern hatten nichts daran geändert, wie gut ihm Landshut gefiel.

„Scho, nur darf ma sich von der schönen Lage ned täuschen lassen. Mir arbeiten da herin unter permanentem Druck, sowohl personell als auch materiell. Leider."

Veitl ließ sich seine positive Grundstimmung nicht verderben.

„Ach, des is doch überall so."

Eine Woche später

Die Stadt Landshut stand derzeit wieder einmal Kopf. Alle vier Jahre versetzte das große Spektakel der *Landshuter Hochzeit* die beschauliche Kleinstadt in Aufregung. Vom 30. Juni bis 23. Juli würde das mittelalterliche Treiben die Stadt und das Leben der Landshuter beherrschen. Veitl und Margarete kamen gerade rechtzeitig zu dem Großereignis.

Schon seit Monaten organisierten, probten und werkelten die Darsteller, Kostümbildner, Kulissenbauer und Organisatoren. Rund 2.300 Landshuter stellten drei Wochen lang die Ereignisse der Fürstlichen Hochzeit aus dem Jahr 1475 nach, als der Landshuter Herzog Ludwig, genannt *der Reiche*, seinen Sohn Georg mit der Tochter des polnischen Königs Kasimir IV. vermählte. Den Höhepunkt der Veranstaltung, die als eines der größten mittelalterlichen Feste Europas galt, bildete traditionell der Brautzug am Sonntag, bei dem die verschiedenen Gruppen von Darstellern durch die ganze Alt- und Neustadt zogen.

In Landshut herrschte in diesen Wochen Ausnahmezustand. Touristen von überall strömten in die kleine Stadt an der Isar, die Hotels waren teilweise schon Jahre im Voraus ausgebucht, die Karten für die verschiedenen Aufführungen, Spiele und Konzerte heiß begehrt. Die Landshuter Hochzeit bedeutete nicht nur für jene, die direkt an dem großen Spektakel beteiligt waren, sondern auch für die Polizei Überstunden und Mehrarbeit.

Noch war es zwei Wochen bis zur Premiere hin, und die letzten Proben liefen, als die unfassbare Meldung einging. Der Vorsitzende des Festausschusses wandte sich gleich direkt an Steindl, man kannte sich nämlich vom Golfplatz.

„Was sagst du da?", fragte Steindl bestürzt nach.

Veitl, der gerade bei seinem Chef im Büro war, horchte auf und verfolgte das Telefonat. Steindl drückte die Lautsprechertaste und ließ seinen Stellvertreter mithören.

Steindls alter Golfkumpel, der Unternehmer Fuchs, wiederholte: „Er is weg! Verschwunden, verstehst?"

„Ja, geh, aber des gibt's doch ned!", widersprach Steindl.

„Wenn i's dir doch sag! Er is ned heimkommen. Keiner weiß, wo er is."

„Aber des is doch a junger Kerl, da kommt sowas scho mal vor. Vielleicht warn's beim Saufen und wenn er sein Rausch ausgschlafen hat, na kommt er scho wieder ...", gab Steindl zu bedenken.

Doch Fuchs war überzeugt: „Da is was passiert! Mir san doch mitten in de Proben, da kann er doch ned einfach wegbleibn! Weißt du, wie begehrt de Rolle is? Wie viele des machen wollen? Des setzt doch keiner so aufs Spiel, wegen a bissl am Besäufnis!"

„Warst scho bei seine Eltern?", fragte Steindl.

„Ja, freilich, i bin ja ned bled. Da war i als erstes, wie er zur Probe ned kommen is. Aber de wissen a nix. De ham dacht, er is bei uns."

Und weil Steindl immer noch nicht reagierte, schob Fuchs eindringlich hinterher: „Zwei Wochen vor da Hochzeit und mir ham keinen Herzog mehr! Des is a Katastrophe! Was glaubst du, was da alles dranhängt!"

„Ja, i versteh di scho", räumte Steindl endlich ein.

Veitl verstand noch immer eher Bahnhof.

Steindl beendete aber ohnehin schon das Gespräch mit: „I komm vorbei, dann schau ma weiter."

Veitl sah seinen Vorgesetzten fragend an, als dieser aufgelegt hatte. „Was is?"

„Des war der Fuchs, der Vorsitzende von de Förderer. Anscheinend is der junge Mann, der bei der LaHo heuer den jungen Herzog spielt, verschwunden. Er meint, es wär ihm was passiert", erklärte Steindl.

„Von der Landshuter Hochzeit?", fragte Veitl. „A Darsteller?"

„Ja, ned nur irgendeiner, ausgerechnet der, der den Bräutigam spielt. Die Braut und der Bräutigam, des san die zwei begehrtesten Rollen. Jedes Mal gibt's quasi ein Hauen und Stechen, wer des Paar spielen derf. De drei Wochen dreht se alles nur um die zwei und

wenn da jetzt einer ned zur Probe kommt, dann dreht der Fuchs am Radl, des is ganz klar."

Veitl kannte die Veranstaltung, die die ganze Stadt in Tumult versetzte, nur aus den Medien, dabei gewesen war er noch nie. Entsprechend konnte er sich die ganze Aufregung noch nicht so recht erklären.

„Ja, gibt's denn da keine Ersatzleute? Wenn's eh so begehrt is?"

„Doch, scho. Aber so kurz vor der LaHo jemand andren nehmen, is halt a riskant. Der hat jetzt ned mitgeprobt, so wie der eigentliche Kandidat. Des Kostüm passt womöglich a ned, dann müssen's wieder Änderungen machen. Der Fuchs hat halt Angst, dass de ganze LaHo ins Wasser fallt. Des muss ma scho versteh, da hängt ja a an Haufen Geld dran", erklärte Steindl. „Jetzt fahr ma mal zum Zeughaus und schaun uns des vor Ort an. Dann seh ma's scho."

Veitl und Steindl machten sich auf den Weg.

Das Zeughaus genannte Gebäude befand sich auf dem Gelände an der Isar, das seit Monaten für die Landshuter Hochzeit präpariert wurde. Wo sonst Autos parkten, zweimal jährlich die Dult abgehalten wurde und ansonsten Jogger und Hundehalter ihrem Frischluftbedürfnis frönten, zimmerte jetzt eine Armada von Handwerkern die Kulissen für die anstehenden Veranstaltungen. Die große Arena für die Ritterspiele, die Tribüne für die Darsteller des herrschaftlichen Gefolges und die Zuschauertribünen gegenüber, das Lager, der Zehrplatz und die Absperrungen, alles aus Holzplanken und Pfosten gefertigt, nahmen langsam Gestalt an.

Im Zeughaus residierte der Förderverein auch während der Jahre, in denen keine Hochzeit stattfand. Darin befand sich der wie ein Schatz gehütete Fundus der Kostüme und Ausstattungen. Die regelmäßigen Treffen der Hochzeiter, ebenso die Gevatternabende, wurden auch dort abgehalten, und jedes Mal pilgerten vor der Landshuter Hochzeit tausende Bewerberinnen und Bewerber zum Zeughaus, um dort ihr Glück vor dem Besetzungsausschuss zu versuchen und vielleicht eine Rolle zu ergattern.

Jetzt fanden dort die Proben statt. Ritter, Wagenführer, Falkner, Musiker, Gaukler, Fahnenschwinger und Reisige einmal ausgenommen, denn diese festgefügten Gemeinschaften existierten in der Regel auch außerhalb der Festspieljahre, traten auch zu anderen Gelegenheiten auf und probten an anderen geeigneten Standorten.

Steindl parkte seinen Dienstwagen direkt vorm Eingang des Zeughauses. Rund um das Langhaus herrschte rege Betriebsamkeit. Kaum hatte er die Wagentür geöffnet, hupte es hinter ihnen. Steindl sah sich um.

Hinter ihnen blockierte ein Lieferwagen die restliche Zufahrt.

„He!", rief der Fahrer ungehalten. „Da kannst dein Karrn ned stehn lassen, da is Parken verboten!"

Veitl wollte gerade zu einer Erwiderung ansetzen, doch Steindl kam ihm zuvor. Er zog seinen Dienstausweis aus der Brusttasche und hielt ihn dem Fahrer durch die geöffnete Seitenscheibe unter die Nase.

„Steindl, Kripo Landshut, tut mir leid, wenn i den Betrieb jetzt a weng aufhalten muss, aber wir ham hier Ermittlungen."

Der Lastwagenfahrer hob abwehrend die Hände. „Passt scho. Fahr i hintenrum. Kein Ding."

Grinsend schlenderte Steindl zu Veitl zurück. „Scho praktisch, so a Polizeiausweis ..."

Gleich an der Tür ergab sich die nächste Gelegenheit, die Vorzüge des Dienstausweises unter Beweis zu stellen. Zwei Edeldamen in vollem Ornat versperrten den beiden Beamten den Weg.

„Moment mal, die Proben sind nicht öffentlich. Leider keine Zuschauer heute!"

Wieder zog Steindl seinen Ausweis und erklärte geschäftsmäßig: „Kripo Landshut. Wo is'n der Herr Fuchs, bitte?"

Erschrocken stoben die Mädchen auseinander und ließen die Kommissare durch. „Da hinten is er, da läuft grad die Probe für's Singspiel", wies ihnen die eine noch den Weg.

„Also, was is jetzt hier los?", fragte Steindl seinen Bekannten. Der Vorsitzende des Festausschusses hatte seine beiden Besucher gleich in ein kleines Büro geführt, wo sie ungestört sprechen konnten.

„Er is immer noch ned aufgetaucht", erklärte Fuchs, der selber gerade im Kostüm und mit einem mittelalterlichen Federhut auf dem Kopf vor ihnen stand. Die Sorge um die aufwendige Veranstaltung stand ihm ins Gesicht geschrieben.

„Wann und wo is er denn zuletzt gesehen worden?", hakte Steindl ein.

„Gestern hat er probefrei ghabt. Wir müssen a den Hauptrollen ab und zu an freien Tag gönnen, de haben ja a no a Leben neben der LaHo. De meisten zumindest."

„Was is'n des überhaupt für einer?", wollte Steindl wissen. „Kennt ma den, oder die Eltern?"

Veitl hielt sich im Hintergrund, er kannte die Gepflogenheiten in Landshut noch zu wenig und wollte sich erst einmal ein Bild darüber machen.

„Ja, klar, lest du keine Zeitung? Der Leo is der Sohn vom Herberger Maximilian", antwortete Fuchs und Steindl erwiderte überrascht: „Herberger Max vom Amtsgericht?"

„Genau der", bestätigte Fuchs.

„Jessas naa!", entfuhr es Steindl. „Den lernen Sie bestimmt a bald kennen", fügte er an Veitl gewandt hinzu. „Der Herberger is Richter bei uns am Amtsgericht. Mei, des hab i gar ned so auf'm Schirm ghabt. Dass dem Herberger sei Sohn heuer den Herzog macht."

In Landshut, erkannte Veitl, waren die Dienstwege genau wie in Garmisch kurz. Man kannte sich vom Sportverein, vom Lion's Club oder vom Golfen, man traf sich auf der Dult, beim Bummeln in der Altstadt, im Sommer im Biergarten oder draußen am Flugplatz in der Ellermühle.

Wenn man in den Kreis einmal aufgenommen worden war, war man Mitglied der Gesellschaft.

Der Vorstand der Förderer sagte gerade: „Sie machen sich natürlich die allergrößten Sorgen, die Eltern. Der Bub is sowieso a rechtes Früchtchen manchmal, vor allem sei Mutter, die Gaby, war froh, dass er die Rolle vom Herzog Georg kriegt hat, weil er dann a Aufgabe hat, hat's gmeint. Dann is er wenigstens aufgräumt und zigeunert ned in der Gegend rum."

Steindl horchte auf. „Wie meinst jetz des? Was hat er denn gmacht?"

„Mei, wie so junge Burschen halt san, er hat halt a bissl Grenzen ausgetestet in letzter Zeit. Nix wirklich Schlimmes, also keine Drogenschichten oder sowas, wenns'd jetzt des meinst", beschwichtigte Fuchs sogleich. „Aber Alkohol halt und Weiber. Und sei Auto hat er zamgrennt kürzlich."

„Da wird er aber erfreut gwesen sein, der Papa", mutmaßte Steindl.

„Des kannst dir vorstellen, dass der da ned begeistert war", bestätigte Fuchs. „Grad die Sache mit dem Auto. A nagelneuer Audi S3 war des; den hat er voriges Jahr zum Geburtstag kriegt ghabt und war mächtig stolz auf den Karrn."

Veitl zückte vorsichtshalber den Notizblock und notierte die Anekdoten, die Fuchs erzählte. Vielleicht konnte Steindl sich das alles so merken, weil er die Leute näher kannte, aber er wollte doch lieber auf Nummer sichergehen. „Was ist da genau passiert?", mischte er sich dann auch in das Gespräch ein.

„Sie warn halt am Wochenende beim Saufen, wie des halt so is, gell? Und dann sind's halt im Suff auf die tolle Idee kommen, dass noch a kleine Spritztour mit dem Audi machen könnten. Und dann hat er den Sportwagen beim Rausfahren aus der Innenstadt gegen's Ländtor gsetzt. Des war sogar in der Zeitung, is des bei euch ned aktenkundig?", fragte Fuchs wieder Richtung Steindl gewandt.

Steindl zuckte die Schultern. „Scho möglich, des klär ma dann hernach, gell? Veitl, ham'S des notiert?"

Veitl nickte eifrig.

„Da stangelt der Bursch im Suff den teuren Sportwagen zam und der Vater is a Richter, des wird aber für ordentlich Spott aufm Golfplatz gsorgt ham", vermutete Steindl nicht ohne Schadenfreude in der Stimme.

„Des darfst glaubn."

„Was macht des Bürscherl eigentlich beruflich? Oder geht der no in d'Schul?", fragte Steindl weiter.

„Naa, der hat, glaub i, voriges Jahr sei Abitur gmacht. Bei de Maristen in Furth ham's ihn vor a paar Jahr nausgschmissn, dann hat er auf's Carossa-Gymnasium gwechselt und da hat er's dann z'guter Letzt doch no zu einem Abi bracht. Seit Februar studiert er jetzt in München. BWL, glaub i."

Veitl und Steindl machten sich wieder auf den Weg zurück ins Präsidium. Im Wegfahren seufzte Steindl: „Da bin i dann doch wieder froh, dass i keine Kinder hab."

Ein paar Tage früher

„Und wenn du meinst, dass du so weitermachen kannst, mein Lieber, dann hast du dich aber geschnitten!" Richter Herberger war äußerlich ruhig, doch innerlich brodelte er.

Die Sperenzchen seines Sprosses raubten ihm schon seit geraumer Zeit den Schlaf. Er wollte eigentlich nicht mit Totschlag-Argumenten wie „Solange du deine Füße unter meinen Tisch stellst" kommen, er war nämlich immer schon ein Verfechter der Erziehung auf Augenhöhe gewesen, doch das Verhalten seines Sohnes brachte ihn wieder einmal an die Grenzen seiner Duldsamkeit.

Leo Herberger dümpelte tiefenentspannt im Pool des Herberger'schen Anwesens am Moniberg herum. Die *Ray-Ban*-Sonnenbrille aus der aktuellen Kollektion, von seinem letzten New York-Trip mitgebracht, lässig ins gestylte, überschulterlange Haar gesteckt, lümmelte er auf einem aufblasbaren Schwimmring, eine angebrochene Flasche Pils in der einen, eine Zigarette in der anderen Hand. Keine Spur von schlechtem Gewissen.

„Hast du eigentlich keine Vorlesungen? Wie wär's, wenn du zur Abwechslung mal wieder nach München fahren würdest? Soll das Semester gleich für die Katz sein? Du hast sowieso schon so viel Zeit verloren!", schalt der Vater weiter.

Max Herberger trug noch den Anzug inklusive Schlips für die Arbeit am Amtsgericht. Er kam mittags nur kurz zum Essen nach Hause, dann würde er diesen Sommernachmittag gleich wieder im Gerichtssaal verbringen.

„Wir haben keine Anwesenheitspflicht", erklärte Leo Herberger genervt. „Ich mach das schon, lass das meine Sorge sein. *Du* wolltest doch, dass ich den Herzog spiele, oder etwa nicht?"

„Davon red ich ja auch nicht", knurrte Herberger. „Du weißt, dass es mich stolz macht, dass du in die Fußstapfen deines Opas trittst."

Herbergers Vater hatte zur Landshuter Hochzeit gehört wie der Met und die Gaukler. Er hatte jahrzehntelang selbst mitgespielt, war danach noch lange Jahre im Vorstand der Förderer gewesen und zum Schluss zum Ehrenvorstand ernannt worden. Herbergers Amt am Gericht ließ ein tiefes Engagement leider nicht zu, aber auch er war Mitglied der Förderer und hatte seine Kinder früh mit der Landshuter Hochzeit in Berührung gebracht. Seine Frau Gaby war in jungen Jahren sogar einmal die Braut gewesen. Eigentlich nur naheliegend, dass Leo ebenfalls für eine der höchsten Rollen ausgewählt wurde.

„Um was geht es dir denn dann? Ich studiere, wie du es wolltest, ich spiele bei der LaHo mit, wie du es wolltest, was willst du denn noch?" Leo funkelte seinen Vater aus selbstgerechten blauen Augen an.

„Ich will nicht, dass du wieder mit diesen Typen rumhängst, und das weißt du genau!"

Prompt sagte Leo: „Was denn? Wir gehen raus, wir chillen ein bisschen, is doch alles easy."

„Ja, genau, *alles easy* und dann hängt der nagelneue S3 ganz *chillig* am Ländtor!", fauchte Herberger.

23

Leo verdrehte die Augen.

Herberger war immer noch stinksauer wegen des Vorfalls mit dem Audi. Ausgerechnet *sein* Sohn fuhr betrunken Auto und dann rammte er den Sportwagen auch noch vor aller Augen gegen das Landshuter Wahrzeichen. Sein Blut geriet immer noch in Wallung, wenn er nur an den Morgen danach im Gericht dachte. Spott und Hohn, wohin man auch blickte, und er hatte dem nichts entgegenzusetzen, weil er leider nichts anzubieten hatte, worin sein Sohn so richtig glänzte. Einzig vielleicht die Rolle des jungen Herzogs.

„Ich hab nachher Probe", blaffte Leo. „Ich brauch ein Auto."

„Du kannst gut mit dem Bus fahren, Freundchen. Der hält auch beim Zeughaus", erklärte Herberger erbarmungslos.

Leo schlug plötzlich schmeichelnde Töne an. „Ach Dad, *bitte* ... Kann ich dein Auto?"

„Nein", wies der Vater ihn ab. „Es schadet dir nicht, wenn du mal die Konsequenzen deines Tuns zu spüren bekommst. Du hast die Karre zu Schrott gefahren, jetzt gehst du zu Fuß, so einfach ist das! Kannst ja nachher dann heim*reiten*!"

Leo war sichtlich genervt, als er aus dem Wasser stieg und sich die langen Shorts am schlaksigen Körper ausdrückte.

„Und du kommst nach der Probe sofort nach Hause, hast du mich verstanden?", setzte der Vater noch eins drauf.

„Ja, ja, mal sehen ...", murmelte der Sohn und trollte sich.

Wieder zum späteren Zeitpunkt

Abends folgten die Veitls Steindls Einladung zum Kennenlern-Abendessen in seinen Lieblingsbiergarten. Es war ein heißer Sommertag gewesen und auch der Abend versprach, lau und sommerlich zu bleiben.

„Schön, dass es klappt hat. Schauen'S, des is mei Frau. Margarete, mei neuer Chef, der Hauptkommissar Steindl", machte Veitl die Anwesenden bekannt.

Die Sonne brannte unbarmherzig herunter. Direkt an der Isar unter dem Sonnenschirm ließ es sich aber gut aushalten. Der Biergarten auf der Mühleninsel war bis auf den letzten Tisch besetzt, aber für den Stammgast gab es natürlich immer einen Platz, und außerdem hatte Steindl wohlweislich vom Präsidium aus angerufen. So ließen sich Veitl und Margarete jetzt an einem der begehrten Tische in der ersten Reihe mit Blick auf das Wasser nieder.

Steindl winkte die Bedienung heran.

„Grüß di, Schorsch. A Helles, wie immer?", begrüßte ihn die dralle Blonde im Dirndl vertraulich.

„Resi, grüß di. Gern. Darf i vorstelln? Mein neuer Vize, der Oberkommissar Veitl und sei Frau."

„Freut mi", begrüßte die Resi auch ihre beiden neuen Gäste.

„Wisst's es scho?"

„Für mi a a Helles", bestellte Veitl schnell, bevor Margarete protestieren konnte. In der Öffentlichkeit hielt sie sich dankenswerterweise mit ihren Belehrungen zum Thema gesunde Ernährung etwas zurück, was Veitl schamlos ausnutzte.

Mit einem missbilligenden Seitenblick auf ihren Gatten bestellte Margarete: „A Wasser für mi. Still, bitte."

„Zwoa Helle und a Wasser", wiederholte die Resi. „Zum Essen? Schaut's ihr no?"

„Also i wüsst's scho", erklärte Steindl, ohne die Speisekarte überhaupt angeschaut zu haben.

Margarete blätterte rasch in den mehrseitigen Angeboten. Veitl inspizierte die großen Tafeln an der Wand mit den Tagesspezialitäten.

„I hab's a."

Resi zückte ihren Kugelschreiber: „Also?"

„A Lüngerl für mi", bestellte Veitl mit knurrendem Magen.

Saure Lunge war ein Leibgericht, das er bei seiner Frau höchstselten serviert bekam. Erstens, weil sie selbst keine Innereien mochte, zweitens, weil sie sie für ungeeignet hielt, seine gesundheitlichen Probleme zu beheben.

Insgeheim hegte Veitl die Hoffnung, dass der Ortswechsel und der damit einhergehende Arztwechsel seinen Ernährungsplan vielleicht etwas lockern würden. Immerhin konnte Margarete dann nicht, wie in Garmisch bisher, hinter seinem Rücken mit dem Doktor konspirieren und ihn auf irgendwelche Diäten setzen, weil sie den neuen Arzt nicht kannte.

Steindl bestellte eine halbe Schweinshaxe mit zweierlei Knödel und Veitl registrierte mit Genugtuung, dass diese Wahl auch nicht gerade unter Schonkost fiel. Hatte er sich also nicht geirrt und Steindl war ebenfalls ein Liebhaber der deftigen bayerischen Küche. Margarete orderte demonstrativ einen bunten Salat mit gegrillten Garnelen.

Nachdem die Wünsche aufgenommen waren, drehte sich das Gespräch um den Umzug der Veitls.

25

„Dann san Sie aber eigentlich eh von hier, oder?", fragte Steindl, der die Dienstakte seines neuen Kollegen offenbar aufmerksam gelesen hatte.

„Ja, samma. Alle beide", bestätigte Veitl. „I bin in Mainburg aufgwachsen und mei Frau in Abendsberg."

Interessiert forschte Steindl weiter: „So, so, zwei Hallertauer, da schau her! Was hat Sie dann nach Garmisch verschlagn?"

„I bin seit 1984 bei der Polizei. Nach Garmisch versetzt ham's mi aber scho bald nach der Ausbildung. Unsre Kinder san 87 und 90 geboren, de san quasi in Oberbayern aufgwachsen, aber unsere Andrea hat's scho vor a paar Jahr wieder da runterzogen."

Margarete fiel ihrem Mann ins Wort: „Unsre Älteste is in Adlkofen verheiratet. Ihr Mann is a Landwirt."

Steindl nickte. „Dann ham Sie zwei Kinder?"

„Zwei, ja. Unser Andrea und da Bub. Der is drei Jahr jünger, heißt Benedikt und fahrt zur See", erklärte Margarete stolz.

„Is er ned verheirat?", fragte Steindl und rührte damit an das Thema, das Veitl ein wenig unangenehm war.

Margarete antwortete: „Na, der is ned verheirat."

Aber Veitl wollte die Fakten lieber gleich auf dem Tisch haben. „Der is schwul und sein Freund is a Neger!", unterbrach er hastig.

Margarete bedachte ihn mit einem irritierten Blick.

Als Benedikt ihnen im letzten Jahr einen Besuch mit Begleitung angekündigt hatte, war es zu sehr unangenehmen Szenen für Veitl gekommen, weil man auf dem Präsidium angenommen hatte, es handele sich um eine junge Dame. Veitl versuchte nur erneuten Missverständnissen vorzubeugen, indem er gleich gerade heraus sagte, was Sache war.

Steindl nickte belustigt, schien aber relativ unbeeindruckt von der Eröffnung. „Da macht ma was mit als Eltern, gell? A, wenn die Kinder scho groß sind."

„Kleine Kinder, kleine Sorgen; große Kinder, große ...", bemerkte Margarete. „Und selber? Ham Sie a Kinder?"

Steindl seufzte. „Na, leider ned. Und mei Frau is vor drei Jahr gstorben, jetzt bin i ganz allein."

Veitl schwieg betreten. Margarete rettete die Situation, indem sie sagte: „Des tut mir leid. War's krank, Ihr Frau?"

„Ja, der Scheißkrebs halt. Erst ham's ihr a Chemo geben, da hat's so ausgschaut, als würd's es packen, aber dann hat er doch scho gstreut ghabt. Des is ein Scheißzeug!"

Das Essen kam und sie wechselten dankbar das Thema.

„Hmmm ... Schaut gut aus. An Gutn!", sagte Margarete.

Eine Weile aßen sie schweigend.

Dann stellte Veitl noch einmal fest: „Landshut is eigentlich scho a schöne Stadt."

Er ließ seinen Blick über die dampfende Schüssel mit dem Lüngerl hinweg zur Isar schweifen. Gegenüber auf der anderen Uferseite war auch alles voll besetzt, die Menschen genossen ihren Feierabend. Nur die Autofahrer auf der Wittstraße hatten wie jeden Abend Pech. Sie zuckelten im Stopp-and-go-Verkehr über die Isarbrücke beim Karstadt.

„Doch, scho", bestätigte Steindl zwischen zwei Bissen seiner Schweinshaxen. „Da kann ma's scho aushalten."

Dem lauschigen Abend im Biergarten folgte am nächsten Morgen gleich eine weitere unschöne Überraschung.

„Jetzt schaut's euch amal des an, bittschön!" Fuchs, der noch vor den Kommissaren auf dem Präsidium gewesen war, wedelte mit einem Bogen Papier herum. „Des is doch a Frechheit sondersgleichen!"

Steindl nahm das Blatt, faltete es auf und gab es dann kopfschüttelnd an Veitl weiter. Das Papier war einmal in der Mitte geknickt und mit bunten Buchstaben aus einer Illustrierten beklebt.

„A Erpresserbrief? Geh, wer macht denn heutzutag no sowas?", ließ Veitl verblüfft hören.

„Sehen'S? Des hab i a gsagt! Wer macht denn no sowas?", bestätigte Fuchs.

Steindl signalisierte den beiden, Ruhe zu bewahren. „Langsam, eins nach'm andern. Du hast also an Erpresserbrief bekommen? Wann war des? Und wo hast den gfunden?"

„Heute. Der kam mit der Post. Oder jedenfalls war er im Postkasten drin."

Veitl drehte den Brief und begutachtete ihn von allen Seiten. „Mit der Post is der ned kemma. Da is ja gar keine Adresse drauf, oder a Briefmarkerl."

„Dann hat'n jemand eingschmissn", folgerte Fuchs.

„Und was wollen die überhaupt?", fragte Steindl und nahm seinem Kollegen den Bogen Papier wieder aus der Hand. „25.000 – wenn Sie Ihren Bräutigam lebend wiedersehen wollen. Ja, sauber."

Veitl konstatierte: „A Entführung!"

„Schaut ganz danach aus, ja", bestätigte Steindl.

Und Fuchs wiederholte unglücklich: „Aber wer macht denn sowas?"

Steindls Kiefer mahlte, während er auf die Buchstaben starrte. „Sowas macht einer, der sich da was raussehgt. Wer hat denn was davon, wenn der Darsteller vom Herzog verschwindt?"

„Einer, der wo ein Geld braucht", vermutete Veitl.

„Wie geht denn des jetzt weiter?", fragte Steindl. „Wenn der jetzt nimmer rechtzeitig auftaucht. Was passiert'n dann?"

Der Vorstand der Förderer zog ein unglückliches Gesicht. „Ja mei, wir ham natürlich schon eine Zweitbesetzung. Des geht ja sonst gar ned anders. Also dann müsst des halt der machen."

„Aha!" Steindl sah triumphierend von einem zum anderen. "Da hamma doch schon einen, der ganz konkret was davon hat, wenn der Herberger verschwindt und nimmer auftaucht bis zur LaHo."

Fuchs schüttelte sofort vehement den Kopf. „Naa, auf gar keinen Fall. Ausgeschlossen. De Zweitbesetzung vom Herzog is der Härtinger Ferdl. Des is a ganz a sauberer junger Mann, der würd nie mit solche Methoden ... naa, ganz ausgeschlossen."

„Härtinger? Sagt mir jetzt gar nix", bohrte Steindl trotzdem weiter.

„Doch, freilich kennst den. Also den Vater halt. De ham de große Baufirma in Tiefenbach draußen."

Steindl nickte. „Ach, der is des. Ja, den kenn i. Na gut, auf den ersten Blick würd ma da jetzt keine kriminellen Energien erwarten. Aber wer weiß? Wenn bei uns immer nur de straffällig werden täten, wo ma's erwartet, dann hätt ma ned viel zum tun. Überprüfen schadet ja nix, ned wahr?"

Nach Feierabend

„Jessas, was is denn hier los?"

Veitl blieb wie angewurzelt in der Tür zum Wohnzimmer stehen, seine Aktentasche noch in der Hand. Das Bild, das sich ihm bot, war höchst merkwürdig:

Margarete war mit einer bunt-geringelten Leggins und einem weißen Trikot bekleidet und hatte eine blaue Gummimatte auf dem Fußboden ausgerollt. Darauf stand sie barfuß auf einem Bein. Das andere Bein hielt sie angewinkelt mit der Fußspitze an das gestreckte Knie. Ihre Arme hatte sie hoch über den Kopf gestreckt, wo sie diese zu einer Art Spitzhut gefaltet hatte. So stand sie reglos

mit geschlossenen Augen da, während aus der Stereoanlage sphärische Klänge drangen.

„Gretel? Alles okay bei dir?"

Seine Frau reagierte nicht.

In geradezu aufreizender Langsamkeit führte sie die Arme in einem weiten Bogen zurück an den Körper, dabei stieß sie hörbar die Luft aus. Millimeter für Millimeter schob sie das angewinkelte Bein wieder Richtung Boden. Dann ließ sie sich auf die Matte herunter, legte sich auf den Bauch, die Beine wie ein Seehund nach hinten ausgestreckt, den Oberkörper auf die Arme gestützt nach oben gebogen. Wieder hörte Veitl sie vernehmlich ein- und langsam ausatmen. Dann erst öffnete sie die Augen und schien Veitl gerade erst wahrzunehmen.

„Ach, Flori, bist du scho da?"

„Schaut ganz danach aus, oder?", gab Veitl zurück. „Was um Himmels willen machst denn du da? Geht's dir gut?"

Margarete erhob sich und schüttelte ihre Arme und Beine aus.

„Mir ging's nie besser", erklärte sie.

„Und was hat der Aufzug da zum bedeuten?", fragte Veitl zweifelnd.

„I geh jetzt ins Yoga. Du hast selber gsagt, i soll unter Leut geh und hier neue Kontakte knüpfen. Also geh i jetzt in die TGL zum Yoga nüber."

Veitl schüttelte nur fassungslos den Kopf und verschwand im Schlafzimmer, um sich bequemer anzuziehen. Anscheinend hatte der Gesundheitswahn seiner Frau eine neue Eskalationsstufe erreicht.

Mit einem Handtuch um den Hals, mit dessen Ende sie sich den Schweiß von der Stirn tupfte, kam sie hinter ihm durch die Schlafzimmertür. Veitl stand lediglich in Unterhose und Socken bekleidet vor dem gemeinsamen Bett, neben dem wachsam der schillernde Gepard hockte. Margaretes musternder Blick entging ihm nicht. Unwillkürlich zog Veitl den Bauch ein.

„Du könntst a mehr Sport machen", stellte sie prompt fest.

„Geh, für was denn?", wies Veitl dieses Ansinnen sofort weit von sich. „I bin doch ned beim SEK. Für mein Bürojob langt mei Form allerweil no."

„Wer weiß", gab Margarete zu bedenken. „Du bist ja jetzt doch auf a größeren Dienststell, da werden vielleicht scho andre Sachen auf di zukommen als in Garmisch. Da is ma besser vorbereitet!"

„Schmarrn", beschied ihr Gatte sie. „Hast du dir den Steindl mal angschaut? Wie a Spitzensportler kommt mir der ned vor. Mit dem halt i leicht no mit."

„Und wenns'd amal an Verbrecher jagen musst?", ließ Margarete nicht locker.

Veitl, nie um eine Ausrede verlegen, widersprach: „Momentan hab ich an Erpresser, da braucht's Hirnschmalz für so an Fall und keine Muckis."

Eine Woche zuvor

„Nein, ehrlich, ich komm heut nicht weg. Ich hab noch Probe bis um sechs, und wenn ich danach nicht zum Essen heimkomm, is wieder die Kacke am Dampfen. Mein Alter hat mich sowieso aufm Kieker seit der blöden Sache mit dem Audi."

Leo Herberger stand in voller herzöglicher Montur am Rande der Turnierarena. Seine drahtigen Beine steckten statt in Designer-Röhrenjeans in blau-grauen Leggins, darüber trug er den samtenen Überwurf mit der aufwändigen Goldstickerei. Auf dem sauber gescheitelten Haar saß der ebenfalls samtene Hut mit der weißen Feder. Er sah aus wie die moderne Adaption von Prinz Eisenherz, einzig das topaktuelle Smartphone in seiner Hand störte den historischen Gesamteindruck.

„Ich weiß", blaffte er gerade in das Gerät. „Ich kann's aber nicht ändern. Ich komm hier nicht weg, wie gesagt. Obendrein hab ich kein Auto mehr, wie du vielleicht weißt ... und nein, mein Alter gibt mir seins garantiert nicht. Der macht jetzt einen auf Erzieher und hält es für pädagogisch wertvoll, mich zu Fuß laufen zu lassen. So sieht's aus. Ja, man sieht sich."

Eben hatte er sein Gespräch beendet, da trat die junge Frau, die seine Braut spielte, zu ihm heran und tadelte: „Du weißt aber scho, dass Handys aufm Gelände verboten san, oder?" Ihr Blick fiel auf die Zigarette, die er in der Hand hielt. „Du rauchst?! Spinnst du jetz komplett? Dir ist hoffentlich bewusst, dass du eins von de teuersten Kostüme von der ganzen LaHo hast? Wenn du da jetz a Loch neibrennst ..."

„Ey, nerv nicht, okay?", fuhr Leo sie an und schnipste die Kippe auf den Boden. Missbilligend bückte Katharina sich und hob sie auf. Sorgfältig drückte sie die Zigarette mit spitzen Fingern aus und hielt sie ihm hin.

„Was'n?", fragte er etwas angriffslustig.

„Nimm dein Müll mit und wirf'n in an Abfalleimer! Wenn du hier brennende Kippen rumliegen lasst und jemand tritt mit seine Schuh nei, oder kommt mit seim Kostüm dagegen ...“

Leo verdrehte die Augen.

Katharina hob zu einem weiteren Tadel an: „Und jetz komm endlich, alles wartet nur auf di. Wir wollen a fertig werden.“

„Ja, Herrgott, ich komm ja eh.“

Katharina baute sich vor Leo zu ihrer vollen, wenn auch nicht besonders beachtlichen Größe auf und stemmte die Hände undamenhaft in die Seiten ihres reichbestickten, in der Sonne funkelnden Goldkleides mit dem dicken Pelzbesatz am Saum. Das fast hüftlange brünette Haar hing ihr in losen Strähnen ums Gesicht. Der Ärger über den ihr zugeteilten Gemahl verlieh ihr einen Jeanne d'Arc-Anstrich. „Weißt, des regt mi echt auf! Du meinst, du bist der Allertollste! Und alles dreht sich hier die ganze Zeit nur um di! Wir ham jetzt Kostümprobe und danach is gleich noch Stellprobe auf dem Turnierplatz, hinterher kommt dann noch Isar-TV zum Interview, i würd heut a gern no irgendwann mal heimkommen. Es is nämlich ned so, dass i sonst gar nix andres zum tun hätt.“

„Ey, chill mal, ja? Wenn du dich so künstlich aufregst, kriegst du nur Falten, und wie sieht denn das dann aus, hm?“ Leo ließ Katharina einfach stehen und ging zum Zeughaus zurück. Die Kippe, die sie ihm aufgenötigt hatte mitzunehmen, warf er demonstrativ in die Wiese.

Katharina raffte ihr Kleid zusammen und stapfte hinter ihm nach, nicht ohne ihm dabei noch allerlei äußerst unprinzessinnenhafte Verwünschungen nachzurufen.

Eine Gruppe Junker hatte den Disput beobachtet. Ein pickeliger junger Mann raunte seinem Nachbarn zu: „Der Herberger, das is so ein Arschloch. Wie der mit der Kathi umspringt ... Wieso haben die eigentlich den größten Volldeppen, der da rumlauft, zum Herzog gemacht, frag ich mich.“

Der andere mutmaßte: „Das war im Mittelalter bestimmt nicht anders. Die, die am lautesten schreien, die kriegen immer recht. So Typen wie der Herberger, die sind doch immer vorne mit dabei. Und die Weiber, die stehn doch auf solche. Insgeheim ist die Kathi garantiert ganz heiß auf den. Auf so einen treuen Deppen, wie du einer bist, Ferdl, hat die auf jeden Fall bestimmt keinen Bock.“

„Na, das werden wir ja sehn ...“, knurrte der Angesprochene.

Wieder zum späteren Zeitpunkt

„Veitl, i brauch Sie bitte", rief Steindl Veitl am anderen Tag zu sich ins Büro.

Veitl steckte den Kopf zur Tür herein und sah seinen Chef fragend an. Mittlerweile herrschte ein fast schon freundschaftliches Klima zwischen ihnen. „Was gibt's?"

„Sie müssten bitte nach Ohu rausfahren, Spaziergänger ham a Leiche gfunden. I hoff, es is ned unser junger Herzog ...", erklärte Steindl.

„A Leiche? In Ohu?", fragte Veitl und ging im Geiste seine Erinnerungen an das Landshuter Umland durch.

„Ja, beim Stausee. Wissen'S, wo des is?"

„Sowieso!"

Kurze Zeit später stand Veitl mit dem Dienstwagen mitten im Gewerbegebiet zwischen Ohu und Altheim. Er hatte darauf bestanden, dass er den Weg anhand seiner Kindheitserinnerungen schon würde finden können und daher auf das angebotene Navi verzichtet. Wie fast nicht anders zu erwarten, hatte er sich auf der Suche nach dem Stausee hoffnungslos verfahren. „Sakradi, des hat sich ganz schön verändert hier ...", stellte er fest.

Sein letzter Besuch war auch schon locker vierzig Jahre her. Als er noch regelmäßig im Landshuter Umland unterwegs gewesen war, hatte es das Gewerbegebiet noch gar nicht gegeben. Selbst die Autobahn, die Landshut heute mit München und Dingolfing verband, war erst 1987 fertiggestellt worden. Statt Feldern und Wiesen gab es jetzt plötzlich Häuser und Firmengelände entlang der ehemaligen Bundesstraße elf.

Glücklicherweise entdeckte Veitl eine Frau mit einem Kinderwagen und einem Hund, die offenbar auch in die Isarauen unterwegs war. Er hielt neben ihr an, stellte sich vor – einschließlich Dienstmarke, wie er es sich von Steindl abgeschaut hatte, weil die Polizeizugehörigkeit gleich ein bisschen Ehrfurcht einflößte – und fragte nach dem Weg.

Die junge Frau reagierte allerdings eher belustigt. „Ja, sagen'S, muss bei uns jetzt scho die Polizei nach'm Weg fragen? I hoff, Sie jagen keinen Verbrecher?"

Veitl fand seinen Auftritt selber peinlich und gab knurrend zur Antwort: „I bin neu in der Stadt, wissen'S. Also sagen'S ma bittschön, wo geht's jetzt da zum Stausee?"

Die Frau wies ihm den Weg und sah ihm dann kopfschüttelnd hinterher, als er den Wagen wendete und in die entgegengesetzte Richtung davonfuhr. Am oberen Stausee angekommen, traf Veitl auf die Streifenpolizei und die verstörten Spaziergänger, die die Leiche gefunden hatten.

„Wo ist der Fundort?", wollte Veitl wissen.

Der Kollege von der Streifenpolizei führte ihn ein Stück den Damm entlang. Dort lag, inzwischen abgedeckt, der Leichnam. Veitl ließ die Umgebung auf sich wirken.

Der Isar-Radweg führte vom Landshuter Stadtteil Mitterwöhr hinaus in die Isarauen und den Fluss entlang bis hinunter nach Plattling. Knapp außerhalb der Stadtgrenzen hatte man die Isar aufgestaut und ein Wasserkraftwerk errichtet, den Vorläufer des späteren AKWs. Das künstliche Becken umgab ein hoher Staudamm, unter dem der Radwanderweg vorbeiführte. Oben auf dem Damm hatte man einen herrlichen Blick in die Landschaft, man konnte den Backsteinturm der Martinskirche und dahinter die Burg erkennen, außerdem den kleinen Wallfahrtsort Frauenberg und den Kühlturm des Kernkraftwerks. Auf dem Wasser tummelten sich Schwäne, Enten und andere Wasservögel. Dort am betonierten Seeufer, wo ein paar Schilfstängel aus dem Wasser ragten, hatte der Dackel der beiden Spaziergänger die Leiche aufgespürt.

„Ah, Veitl, san Sie scho wieder da?", begrüßte Steindl seinen Vize im Büro.

Veitl erstattete Bericht: „Ja, grad bin i zruckkommen. De Leich wird obduziert, es handelt sich tatsächlich um an jungen Mann, Alter könnt auch hinkommen. Da müss ma jetzt leider jemanden zum Identifizieren kommen lassen, fürcht i."

Steindl wiegte bekümmert den Kopf hin und her. „Des is immer a greißliche Sach. Wenn da jetzt die Eltern kommen müssen und dann des eigne Kind … womöglich … Vielleicht gibt's jemand andren, der des machen kann. I telefonier mal gleich."

Veitl trollte sich hinüber zu seinem Schreibtisch.

Da war er noch kaum richtig im neuen Präsidium angekommen, und schon drückte der erste Mordfall auf sein Gemüt. Wenn der Tote im Stausee jetzt der Vermisste war, was wurde dann eigentlich aus der Landshuter Hochzeit? Dann musste wohl doch der Ersatzmann ran.

Während er sich um den nötigen Schreibkram zu seinem Außentermin kümmerte, beschäftigte ihn noch etwas anderes.

Margarete hatte Karten gekauft.

Für ein Musical.

In Stuttgart.

Sie wollte ein bisschen unter die Leute, hatte sie erklärt, und deshalb hatte sie zwei Karten für *Rocky* besorgt. Ein Landshuter Busreiseunternehmen bot regelmäßig Fahrten nach Stuttgart an.

Für Veitl trafen da gleich mehrere ungünstige Faktoren zusammen: Erstens war er kein erklärter Musical-Fan, das aber hätte er seiner Frau zuliebe vielleicht noch ertragen. Warum allerdings ausgerechnet *Rocky*? Zweitens war er nämlich gar kein Freund vom Boxen, und Hollywood-Filme interessierten ihn auch nicht. Drittens fuhr er ungern mit öffentlichen Verkehrsmitteln, bei denen man gezwungen war, mit fremden Leuten auf engem Raum zu sitzen. Vielleicht eine Berufskrankheit, er bekam da einfach schnell nervöse Zustände. Man konnte ja auch nicht einfach anhalten und aussteigen, wie beim Auto.

Aber nun waren die Karten schon einmal da.

Während er so vor sich hin sinnierte, kam Steindl von seinen Telefonaten zurück.

Er erklärte: „Jetzt kommt der Fuchs von den Förderern her. Ich hab mit ihm telefoniert und mit de Eltern. So is es vielleicht am besten. Weil wenn er's is …"

Veitl schreckte aus seinen Gedanken hoch und wusste gleich gar nicht mehr, wovon Steindl sprach.

„Hab i Sie jetzt gestört, Veitl?", fragte Steindl auch prompt.

„Naa, Schmarrn, i hab nur über was nachdenkt."

„Wegen unserm Fall jetzt? Oder ham's was andres aufm Herzen?"

Veitl schüttelte den Kopf. „Ah. War mehr was Privates. Passt scho."

Steindl setzte sich leger auf die Kante von Veitls Schreibtisch; er schien in Plauderstimmung. „Hat's was mit Ihrer Frau? De kam mir an sich recht umgänglich vor letztens."

„Mei Gretel is scho in Ordnung", bestätigte Veitl. „Aber sie hat halt manchmal so Anwandlungen … verstehen'S?"

Steindl grinste. „Ja, de ham's alle. Mei Selige hat de a ghabt. Warum, was will's denn?"

„Ins Theater will's."

„Auweh … Is was recht Trockenes? A Oper womöglich?", fragte Steindl mitfühlend.

„Naa, des ned. A Musical is."

Steindl versuchte zu trösten: „Mei, des kann recht unterhaltsam sei, sowas. I hab mal in München des *Grease* gsehn, im Deutschen Theater. Des war vei ned verkehrt. Der John Travolta war ned dabei, natürlich, aber de ham des recht ordentlich gmacht."

Als Fuchs zur Leichenbeschau kam, brachte er den Kommissaren noch etwas mit.

„Schaut's her, des ham mir die Eltern heut mitgeben, des war gestern bei ihnen in der Post."

Er überreichte Steindl einen Bogen Papier. Es handelte sich um einen weiteren Erpresserbrief, wie derjenige, welcher Fuchs kürzlich erreicht hatte. In ausgeschnittenen Buchstaben hieß es jetzt: *Wenn Sie Ihren Sohn lebend wiedersehen wollen – 50.000!*

„So a Kind is seine Eltern mehr Geld wert, wie de Förderer ihr Herzog, hat der sich dacht", knurrte Fuchs wütend. „Jetzt sagen'S doch amal, wer macht denn sowas?"

„Da will jemand entweder die LaHo torpedieren, des war mei erster Gedanke, oder er braucht einfach dringend Geld. Und mit der LaHo vor der Tür sind Sie halt ein gefundenes Opfer, weil er weiß, dass Sie auf Ihrn Herzog ned verzichten können", gab Veitl Einblick in seine bisherigen Erkenntnisse.

Fuchs war außer sich. „Aber wenn er doch scho tot is? Was hilft's denn dann noch?"

Veitl beschwichtigte: „Moment, des wiss'ma ja noch gar ned. Kann ja a jemand andres sein, theoretisch."

„Des klär ma jetzt als Erstes, würd i sagn", beschloss Steindl. Er führte die beiden Männer hinein ins Gebäude der Gerichtsmedizin und zielstrebig zum Aufzug.

Am Wochenende darauf

„San des jetzt unsre Plätze, sag?" Margarete schob hinter Veitl her, links ihre Handtasche und ihre Jacke über dem Arm, rechts eine Stofftasche mit dem Proviant, der vermuten ließ, dass sie mehrere Wochen ausbleiben wollte. In der einen Hand hielt sie außerdem noch ihre Buchungsbestätigung, auf der auch die Sitzplatzreihe im Reisebus vermerkt war.

„Achtzehn, oder?", fragte Veitl und blieb stehen.

„Ja, links. Wobei mir ja rechts lieber wär, weil da sitzt ma ja direkt am Gegenverkehr, des macht mi nervös", erklärte Margarete.

Hinter ihnen drängten noch mehr Fahrgäste in den engen Gang.

„Ja, i kann's jetzt a ned ändern. Setz di hin."

Veitl bugsierte Margarete in die reservierte Reihe und stopfte seinen Janker oben in das Gepäckfach.

„Dei Jacke a?", fragte er und bekam die Jacke und die Handtasche überreicht. Dann setzte er sich auch endlich auf seinen Platz.

„Wie lang fahr ma jetzt?", fragte er noch, doch seine Frage blieb unbeantwortet, denn durch die hintere Wagentür fegte ein wahrer Sturm herein: Mit der Lautstärke eines startenden Düsenjets erklärte eine schrille Frauenstimme: „... weil dann is nämlich was los, des versprech ich dir! Des hab i scho der Trudschn in dem Reisebüro gsagt. Wenn de Sitzplätze ned passen, dann fahrt der Bus nicht mehr heim!"

Veitl zog unwillkürlich den Kopf ein und rutschte auf seinem Sitz hinunter. Das Gekeife erinnerte ihn fatal an seine Grundschullehrerin, und obwohl seine Schulzeit, vor allem die erste Klasse, schon etliche Jahre zurücklag, jagte ihm die Erinnerung immer noch Schauer über den Rücken.

„Was is'n des für eine?", flüsterte Margarete ihm zu und warf einen missbilligenden Blick über die Schulter.

Von dort dröhnte es ungebremst weiter: „... vor fünfundzwanzig Jahren simma nämlich schon mal mitm Baumgartner gfahren, nach Wien! Und des war ein einziges Desaster. Ein Desaster, des sag ich dir! Sowas hab i in meine sechzig Jahr noch nicht erlebt! Und ich hab einiges erlebt!"

Dann ließ sie sich ausgerechnet im Sitz hinter Veitl und Margarete nieder. Ihre Reisebegleitung rutschte stumm neben sie, die Ärmste kam wahrscheinlich einfach nicht zu Wort.

Es folgte ein Monolog über die Begebenheiten der legendären Wien-Fahrt von vor fünfundzwanzig Jahren, bei der die Firma Baumgartner bereits zu unrühmlicher Prominenz gekommen war, weil ihr zunächst in der Wachau der Bus verreckte, der dann erst durch ein Ersatzfahrzeug ersetzt werden musste, dann stellte sich heraus, dass das Hotel in Wien überhaupt nicht das aus dem Katalog war und zu guter Letzt waren die Theaterkarten im zweiten Rang und so weit von der Bühne entfernt gewesen, dass sie – nach Ansicht der lautstarken Erzählerin – unmöglich den hohen Reisepreis rechtfertigten.

„... und wie i des der Tussi in dem Reisebüro in der Altstadt gsagt hab, schaut die mich ned amal an und sagt: *Da war ich noch gar ned geboren!* Kannst du dir des vorstelln? Sagt di einfach zu mir, da war sie no ned geboren. *Jaaaa, sag i, aber ich und Ihr Chef scho und des reicht!* So eine Unverschämtheit!"

Veitl versuchte krampfhaft wegzuhören, aber es ging nicht. Der ganze Bus war gezwungen, den Ausführungen zu folgen.

Offenbar war die Reisegesellschaft dann auch endlich vollständig und der Bus setzte sich in Bewegung. Während sie Landshut durchquerten und Richtung Süden verließen, schilderte die Frau mit der penetranten Stimme weiter ihre Abenteuer von der Fahrt nach Wien aus den frühen 90er Jahren.

In Moosburg ließ der Bus noch einmal Fahrgäste zusteigen, dann steuerte der Fahrer die A92 an und zuckelte Richtung München. Hinter den Veitls arbeitete man sich inzwischen an einem neuen Thema ab.

„Man muss sich ja a amal was gönnen, sag i immer, gell? Des verstehen's bei mir in der Arbeit ja immer alle ned, weil de halt daheim hocken bei ihre Männer und na ham's alle Kinder, teilweise a schon Enkel, und dann is halt da nix mehr mit spontan sei. Da kann ma halt dann ned einfach sagn: I fahr heut mal nach Stuttgart und schau ma a Musical an. Einfach so. Oder ins Wellnesshotel. Da war i ja jetzt erst letztens mit der Gerti ... De kennst du a, gell, de Gerti? I fahr ja öfter mit der Gerti und am Fons in Urlaub, aber de zwei brauchen ja immer a Wellnesshotel. So mit Pool und Sauna und allem. I mog ja des ned, gell, de Pritschlerei. I mag ja des daheim scho ned, und dann brauch i sowas furt a ned. Aber de Gerti, de geht daheim a ned zum Schwimmen, oder dass de mal im Ergomar in d'Sauna gehn dat oder so, des macht's nie. Aber im Urlaub braucht sie dann an Pool und an Wellnessbereich. I geh halt dann immer spaziern. Da Fons hätt eh scho immer mal gmeint, i soll ma des mal anschauen, bloß anschauen, gar ned einesetzen oder so. Aber i mag des ned und wenn i was ned mag, dann mag i's ned und aus. I bin sechzig Jahr alt, da weiß ma irgendwann, was ma mag, und da brauch i dann keinen Fons, der mir sagt, was i tun soll. Verstehst?"

Einmal wurde der unaufhaltsame Redefluss unterbrochen, weil der Fahrer die Reisenden begrüßte. „Servus, meine lieben Fahrgäste, i möcht euch kurz a im Namen meiner Firma herzlich an Bord begrüßen auf unsrer schönen Fahrt ins Ländle, nach Stuttgart, gell? I bin der Sladko und i bin heut euer Fahrer. Wer sich Sladko ned merken kann, macht nix, dann sagst halt Hans oder Franz oder Busfahrer, des stört mi ned. I hoff, mir ham a Gaudi heut und ihr genießt's es. In zwoa Stund mach ma mal a Pause, für d'Raucher und für d'Pipibox, und dann samma ungefähr um viere in Stuttgart."

Kaum hatte der Fahrer seine Vorstellung beendet, begann hinter den Veitls wieder das Gelaber ohne Punkt und Komma. Veitl zweifelte stark daran, dass er die Fahrt würde genießen können, er zweifelte sogar daran, ob es ihm gelingen würde, den Schein der guten Kinderstube bis Stuttgart zu wahren, wenn das so weiterging.

Der Bus hielt, wie angekündigt, auf einem Rastplatz der A8, kurz hinter Augsburg. Veitl und Margarete schwirrte inzwischen der Kopf von den hanebüchenen Erzählungen aus der Sitzreihe hinter ihnen. Während Margarete sich vor der Damentoilette einreihte und wartete, bis sie sich in einem Pulk mit den anderen busreisenden Damen eine Kabine erkämpfen konnte, ging Veitl in den Verkaufsraum, wo ein moderner Coffeeshop seine Filiale hatte.

Als die Reihe an Veitl kam, bestellte er, ohne dem Aushang über der freundlichen Thekenkraft auch nur einen Blick geschenkt zu haben: „A Tass Kaffee, bittschön."

Die Verkäuferin erwiderte lächelnd, jedoch in der Geschwindigkeit eines abfeuernden Maschinengewehrs: „Den *Coffeestar Macchiatto* empfehlen wir heute mit den Geschmacksrichtungen *Vanilla Bean*, *Honey Blossom* oder *Caramel Crisps*."

Veitls Augen weiteten sich. „Was? Naa, Frau, einfach an Kaffee. Schwarz."

Sie übersetzte: „Ein *all-black Coffee Americano*, eine gute Wahl; in *tall*, *grande* oder *venti*?"

Verwirrt fragte Veitl: „Was is jetz des? Die Größe, oder wie? Groß. A Kännchen habt's ihr ja ned, wahrscheinlich."

Ein leicht irritierter Zug glitt über ihr unverbindlich freundliches Gesicht, als sie geschäftsmäßig fortfuhr: „Mit *hazelnut, vanilla creme, java chip chocolate creme* oder *strawberry cheesecake flavor*?"

Veitl wurde die Fragerei langsam zu viel, verunsichert sagte er: „Naa, a kein *Flefer*. Einfach an Kaffee. Mit a bissl a Milch höchstens."

Wieder lächelte ihn die Verkäuferin unbeeindruckt an und ratterte herunter: „Als *Latte* kann ich Ihnen beim *Americano Macchiatto* Bio-Vollmilch, entrahmte oder laktosefreie Milch von der Kuh, Soja- oder Mandelmilch anbieten."

Jetzt platzte Veitl der Kragen. „Herrschaftzeiten! A ganz normale. Von da Kuh!"

„Also ein *All-black Coffee Americano Macchiatto* in *venti* mit Bio-Vollmilch. *To go?*"

„Mitnehmen, ja", erwiderte Veitl erschöpft.

„Und Ihr Name, bitte?"

„Was geht jetz Sie mei Nam an? I wollt doch einfach nur an Kaffee. Veitl heiß i", schimpfte Veitl verzweifelt.

Die geduldige Thekenkraft, die noch immer ihr breites, aufgesetztes Lächeln zur Schau trug, nahm einen großen Pappbecher, beschriftete ihn mit einem dicken Filzstift und reichte ihn an die Servicekraft weiter, die hinter ihr für die Herstellung der Kaffeespezialitäten zuständig war. Dann wandte sie sich wieder an Veitl: „Darf es noch etwas sein? Ein Stück Kuchen vielleicht, oder ein Cookie? Wir haben ..."

Bevor sie Gelegenheit hatte, auch noch die fremdsprachigen Bezeichnungen für alle in der Auslage befindlichen Gebäckstücke aufzuzählen, unterbrach Veitl sie, immerhin hatte sich hinter ihm bereits eine Schlange gebildet. Peinlich berührt sagte er: „Da, von dene da. Eine. Mit nix!", und deutete auf ein Blech mit Hefegebäck.

„Das sind original Wiener Dampfnudeln", erklärte die Verkäuferin.

„Ach, des is jetz einfach nur a Dampfnudel. Is ja langweilig", kommentierte er entgeistert.

Doch die junge Frau hatte sich bereits ihrem nächsten Kunden zugewandt, dieser bestellte routiniert: „Einen *Java Chip Double Chocolate Caramel Flavored Caffé Latte*, bitte."

Die restliche Fahrt verbrachten Margarete und Veitl wieder unter dem permanenten Einfluss der geschwätzigen älteren Dame hinter ihnen. Margarete flüchtete sich in einen unruhigen Schlaf. Veitl konnte so eingepfercht in der Sitzreihe des Reisebusses, der nicht unbedingt zu den topaktuellsten Luxuslinern gehörte, nicht ans Schlafen denken, also blieb ihm nichts anders übrig, als dem ununterbrochenen Gebrabbel zu lauschen.

„... die Gerti is ja eigentlich total unglücklich in ihrer Ehe, war's scho immer. Der Fons is halt jetz a ned grad a Enrique Iglesias, verstehst? Und mitm Alter is der ned besser wordn. Des is ned wie beim Wein, je länger ma den lagert, umso besser wird er, naa, mei Liebe, bei Männer is des eher wie bei am Apfel. Wenn ma den

39

z'lang liegn lasst, dann kriegt er Druckstellen und dann fault er. Jawohl. I bin froh, dass i mit meine sechzig Jahr keinen so alten Lederapfel daheim hab, des sag i dir."

Veitl war versucht einzuwerfen, dass man auch im fort-geschrittenen Alter noch durchaus gut in Schuss sein konnte, auch als Mann! Dann fiel ihm ein, dass Margarete ihr vielleicht in diesem Punkt sogar zugestimmt hätte, denn schließlich mäkelte auch sie kontinuierlich an seiner Form herum. Deshalb hielt er sich zurück, dankte Gott, dass seine Frau das Thema verschlief und wandte sich stattdessen der Provianttasche zu, die zu seinen Füßen stand.

Voller Vorfreude – weil der mühsam erstandene Kaffee auch nicht gehalten hatte, was die vollmundigen Bezeichnungen ver-sprachen – packte er die Schätze aus, die Margarete für sie beide mitgebracht hatte. In dem ersten Tupperbehälter befanden sich gleichmäßig geschnittene Gurken- und Karottensticks, die zweite beinhaltete selbstgemachten Kräuterquark – Magerfettstufe, ver-mutete Veitl – und darunter fand er noch eine Plastikbox mit irgendeinem Gebäck. Außerdem befanden sich in der Tasche noch zwei Äpfel, eine Orange, von der Veitl sich fragte, wie Margarete sich vorgestellt hatte, dass sie die im Bus essen sollten, Servietten, zwei Flaschen Mineralwasser und ein seltsam aussehender Bio-Schokoriegel. Veitl wandte sich gerade dem Gebäck zu, das optisch irgendwie an Kuhfladen erinnerte, als die Frau hinter ihm zu neuen Erörterungen anhob.

„… die Gerti hat ja überhaupt a ziemliches Pech. Des muss ma jetzt scho mal sagen. Wenn die ned mitm Fons verheiratet wär, i sag dir, des wär a ganz andrer Mensch. Des siehgt ma doch an mir! Was meinst, dass ich mit meine sechzig Jahr noch so gut beinand und so fit wär, wenn i so einen Typen daheim hätt? Ha, des kannst schnell vergessen. Die vertrocknet ja richtiggehend, die Gerti, neben dem Fons. Der Fons natürlich ned, für so ein Mannsbild gibt 's ja nix Bessres als wie a Ehe. Was wär so ein Typ wie der Fons jetzt ohne sei Frau, sag amal ehrlich! Nix. Nix wär der! Aber sie … mei, leidtun kann einem so jemand. Aber ihr Fons is ja nicht dera ihr einziges Problem, beileibe nicht! Die hat mir Sachen erzählt bei unsrem Wellnessurlaub, Sachen … du glaubst es nicht! De hat doch zwei Kinder, gell? Und ihr Enkeltochter, de is jetzt, glaub ich, vier-zehn, de is schwer in der Pubertät. Des is ganz schlimm mit der. Die Gerti sagt, dass de schon mit Jungs rumzieht, das glaubt man gar nicht. In dem Alter! Und aussehen tut de ja sowieso scho eher wie zwanzig, sagt sie. Die jungen Mädel heutzutage, de laufen ja sowieso rum, als wenn's grad vom Strich wärn! Dass da so ein junger Kerl dann auf des aufspringt ... De ham ihre Hormone ja a ned im Griff. Da kann ma so an Kerl eigentlich gar keinen Vorwurf machen ..."

Veitl hatte vor lauter angestrengtem Weghören ganz vergessen, in das seltsame, fladenartige Gebäckstück zu beißen. Als er es nun tat, wusste er spontan nicht, was schlimmer war: das Geschwafel hinter ihm oder das bröselige Zeug in seinem Mund, das mit jedem Kauen scheinbar mehr wurde.

„Pfui Deifel, was is'n des?", entfuhr es ihm. Unglücklicherweise so laut, dass Margarete aus ihrem Dämmerschlaf hochschreckte.

Im ersten Moment sah sie sich verwirrt um, als wüsste sie nicht, wo sie sich befand, dann fokussierte sich ihr Blick auf Veitl, der um sich herum die Tupperdosen verteilt hatte.

Schuldbewusst murmelte er: „I hab halt an Hunger kriegt ..."

Margaretes Blick fiel auf den angebissenen Fladen in Veitls Hand.

„Und? Was sagst?", fragte sie erwartungsvoll.

Veitl verzog unwillkürlich das Gesicht. „Ja ...", machte er gedehnt.

„Des san vegane Chia-Samen-Kräcker, des Rezept hab i von der Andrea, die hat des von einer Seite im Internet, de heißt: *Soul & Health food*. Toll, oder? Ma spürt de Energie richtig durch den Kräcker in den eigenen Körper fließen. Findst ned?"

Beinahe vermisste Veitl das unerträgliche Geschwafel der Dame hinter ihnen, das ausgerechnet in dem Moment verstummt war, als Margarete ihre esoterischen Erkenntnisse auspackte. Glücklicherweise setzte es aber sofort wieder ein und rettete ihn vor einer Erwiderung.

„... jedenfalls, stell dir vor, a Party ham's gfeiert, jetzt kürzlich erst. Am Stausee draußen. Verstehst? Halbnackerte Weiber, Autos, an Haufen Bier und Schnaps ... *mit vierzehn!* Unglaublich, oder? Also, zu meiner Zeit hätt's sowas ned geben. *Da* hätt mir mei Mutter was verzählt, mei lieber Scholli, aber die Gerti, de is halt einfach z'weich mit der. De lasst der alles durchgeh. Scho immer. I hab der Gerti scho vor Jahren gsagt: Gerti, hab i gsagt, des nimmt no amal a böses Ende. Ein ganz ein böses! Und jetzt sieht ma ja, wo des hinführt, ned?"

Den Rest der Fahrt versuchte Veitl sich in eine Art Trancezustand zu meditieren, um dem Gespräch mit Margarete über vegane

Bröselkekse und den Erziehungstipps der kinderlosen Trockenpflaume hinter ihnen zu entgehen.

Wie gerädert fühlte er sich, als er in Stuttgart aus dem Bus steigen durfte. Die Lust auf das Musical, wenn er überhaupt jemals so etwas wie Lust darauf verspürt hatte, war jedenfalls mehr als dahin. Zu allem Überfluss mussten sie, am Musicaltheater angekommen, noch vier Stunden totschlagen, denn aus unerfindlichen Gründen sah das Busreiseprogramm vor dem Musicalbesuch noch reichlich Zeit für ein Abendessen vor, nur leider war die Gastronomie rund um das Theater darauf nicht eingestellt. Alle Lokale hatten zwischen Mittags- und Abendgeschäft ein paar Stunden zu. Es war wie ausgestorben, wenn man von den versprengten Mitgliedern der Busreisegruppe aus Landshut absah.

Am Ende war Veitl sogar richtig froh, als sie endlich ihre Plätze im ersten Rang einnehmen konnten. Erfreulicherweise war der Drache aus dem Bus seit ihrem Ausstieg nicht mehr gesichtet worden.

„Mit a bissl Glück sitzt de jetz direkt neben uns", flüsterte Margarete Veitl zu.

„Gott bewahre!", entfuhr es Veitl. „Des halt i ned aus."

Aber ein bisschen Glück war ihnen dann doch hold. Sie saß am äußersten Rand der Reihe, außer Hörweite.

Am Montag

„Und? War's dann so schlimm?", fragte Steindl, brach jedoch sofort ab, als er Veitls Blick auffing. „Auweh ... war's nix?"

„Doch, 's Musical war wunderbar. Kann ma nix sagen. Aber de Busfahrt ... mei, hören'S mir auf! I weiß scho, wieso i sowas ned mag. Da san doch immer seltsame Leut drin, in so am Bus."

Steindl kicherte. „Des kann i mir vorstellen. Aber apropos seltsame Leut: Der Fuchs hat mir am Wochenende scho wieder an Erpresserbrief vorbeibracht, des is jetzt scho der dritte, und der Tote vom Stausee, des is definitiv nicht unser vermisster Herzog. Wir ham zur Sicherheit a no vom Zahnarzt Herbergers Aufnahmen angefordert zum Abgleichen, weil so a Wasserleiche natürlich nimmer so klar identifizierbar is."

„Also is er's nicht", wiederholte Veitl nachdenklich.

„Nein, eindeutig nicht. Der Fuchs hat ja letzte Woche auch schon gsagt, der is es nicht. Jetzt hamma zwei Fragen: Wo is der junge Herzog? Und: Wer is der Tote dann?"

„Also hamma jetzt zwei Fälle."

Steindl bestätigte: „Ja, legen'S bitte zwei Akten an, da besteht jetzt offensichtlich kein Zusammenhang für die Ermittlungen."

„Kann i den neuen Erpresserbrief haben?", fragte Veitl noch und ließ sich das Corpus Delicti von seinem Vorgesetzten übergeben. „Was hamma dieses Mal?" Veitl überflog die Zeilen. Wie beim letzten Mal handelte es sich dabei um bunte Buchstaben aus einer Illustrierten, die zu Worten zusammengesetzt waren. Da stand: *25.000 in kleinen Scheinen, weitere Anweisungen folgen!*

„Vielleicht kann ma über de Buchstaben irgendwas rausfinden", vermutete Steindl.

Veitl drehte und wendete den Bogen Papier hin und her, als erwartete er weitere Antworten. Doch mehr Informationen gab es nicht. „Was denken jetzt Sie, was des für Leut sind? Wer hat denn a Interesse an dem Herzog von der Fürstenhochzeit? Oder hat des damit gar nichts zum tun und des Motiv is eher im Umfeld von dem Amtsrichter zum suchen?", fragte Veitl.

Steindl kratzte sich die Halbglatze. „Keine Ahnung. Beides möglich. Also, beim Herberger Max gibt's bestimmt genug Leute, die dem gern an Karrn fahren möchten. So als Richter ... Vielleicht jemand, den er mal verurteilt hat. Oder einfach a Neider. Auf der andern Seite nutzt vielleicht jemand die LaHo als Druckmittel. Oder es hat bei der Auswahl des diesjährigen Herzogs an Konkurrenten geben. Dass vielleicht jemand an andren in der Rolle hätte sehen wolln ..."

„Recht professionell kommt mir des ned vor, dass er bei de Förderer 25.000 verlangt und dann von de Eltern noch amal 50.000. A bissl ausgschamt is des ja scho, selbst für an Erpresser. Melkt glei zwei Kühe gleichzeitig. Also von am organisierten Verbrechen würd i jetzt fast ned ausgeh", fasste Veitl seine Überlegungen zusammen.

„Den Härtinger sollt ma uns auf jeden Fall wirkli no anschauen. Wenn der Sohn da die Zweitbesetzung is, vielleicht reicht dem des ned."

Veitl machte sich grübelnd auf den Weg an seinen Schreibtisch.

Nachdem er im Fall des entführten Richtersohns nicht weiterkam, nahm er sich wieder die Akte mit dem Toten vom Stausee vor. Inzwischen war der Obduktionsbericht gekommen. Demnach handelte es sich um einen etwa fünfundzwanzigjährigen Mann. Veitl überflog den Bericht, dann wählte er die Durchwahl zu Steindls Büro.

43

„Entschuldigen'S bitte die Störung, i ruf an wegen dem andren Fall, wegen der Wasserleiche. Der Bericht is da."

Steindl war ganz Ohr. „Und, was hat sich ergeben?"

„Der Todeszeitpunkt is Mittwoch oder Donnerstag vorige Woche gwesen. Interessant is aber Folgendes: Der Fundort der Leiche is nicht der Tatort. Der war scho tot, als ma den da ins Wasser gschmissen hat. Es gibt erhebliche Verletzungen am Kopf und im Rumpfbereich, die wahrscheinlich zum Tod gführt ham."

„Und was wiss ma über die Identität?", wollte Steindl wissen.

„Ned viel, um ehrlich zum sein. I frag mi ja, wieso den niemand vermisst. I bin scho die ganze Datenbank von Vermissten- meldungen durchgangen, aber da passt er auf keine. Der geht jetzt fast eine Woche ab und keiner merkt des? Is doch seltsam ..."

„Wer weiß, was des für a armer Teufel is. Vielleicht gibt's keinen, der den vermissen könnt."

Die beiden Fälle beschäftigten Veitl noch, als er am Abend nach Hause kam. Seine Frau empfing ihn aber mit einer anderen Neuig- keit. „Du glaubst es nicht!", platzte sie sofort heraus.

„Was glaub i ned?", fragte Veitl und inspizierte die Kochtöpfe auf dem Herd. Zu seinem Erstaunen fand er darin Kartoffeln, Fleisch und Gemüse, das wie eine gewöhnliche Mischung aus dem Supermarkt-Tiefkühlregal aussah. Erschrocken musterte er Margarete von der Seite. „Stimmt was ned mit dir?"

„Warum? Was soll ned stimmen? Lass mi mal da her, sonst brennt mir des Fleisch an."

Völlig konsterniert verfolgte Veitl, wie Margarete das Fleisch, das offenbar wirkliches, echtes Fleisch war, wendete und den Gemüsemix durchrührte.

„Jetzt lass mi doch erzählen, was mir heut passiert is!", sagte sie vorwurfsvoll.

Über die ungeheuerliche Feststellung, dass Margarete schein- bar völlig normale Hausmannskost auftischen wollte, hatte er ihre Ankündigung glatt vergessen.

„Mach i doch. Was war denn?"

„I war heut beim Yoga in der Früh, in der TGL. Und du glaubst es nicht, wer da in dem Kurs auftaucht is!"

„Nein, sag, wer?" Veitls Interesse lag eindeutig mehr auf den bevorstehenden kulinarischen Freuden.

Margarete verkündete mit Nachdruck: „Die aus'm Bus!"

„*Was?*", entfuhr es Veitl. „Nicht dein Ernst!"

Margarete wirkte triumphierend, dass es ihr doch gelungen war, ihm etwas Entsetzen abzuringen. Sie selbst war immer noch ganz aufgeregt, als sie schilderte: „I denk mir nix Böses und auf amal geht die Tür von der Umkleide auf und dann kommt dieses Weibsbild daher, dieses ordinäre. I hab sofort gwusst, dass des die is! Wie in dem Bus, sag i dir! Ohne Punkt und Komma."

„Was macht denn de bei deim Yoga?", fragte Veitl. „So lang kann doch de 's Maul gar ned halten." Mit Grauen erinnerte sich Veitl an die stundenlange Beschallung auf der Fahrt nach Stuttgart.

„Gell? Des frag i mi a. Sowas. Da hat ma mal was, was ma gern macht. Und dann ..."

„Ned mal in der Nacht auf der Rückfahrt hat die ihrn Mund ghalten. I hab ja insgeheim ghofft ghabt, dass dann wenigstens nach dem Theater a Ruh is. Aber de hat ja keine einzige Minute gschlafen. Oder einfach nur ausm Fenster gschaut. Nicht eine", bestätigte Veitl seine Frau in ihrer gerechten Empörung.

„So war des heut wieder! De ganze Yogastund! Nur ihr Gelaber. Da soll ma dann seine innere Mitte finden! Also i find da nix mehr. Null!"

Margarete servierte die ungewohnt deftige Kost und Veitl langte mit gutem Appetit zu. Dieses Abendessen würde er sich von niemandem verderben lassen.

„Und die ganze Zeit redet die von andren Leut, is dir des a aufgefallen? Mich würd ja langsam interessieren, wer diese Gerti eigentlich is. Die Arme, i kenn inzwischen der ihr halbe Lebensgschicht, unfreiwillig", sagte Margarete zwischen zwei Bissen.

Plötzlich ließ Veitl die Gabel sinken und starrte auf den hässlichen Geparden, der jetzt Stellung auf der Anrichte im Esszimmer bezogen hatte.

Margarete fragte beunruhigt: „Stimmt was nicht? Schmeckt's dir ned?"

Veitl reagierte nicht. In seinem Kopf ratterte es.

Einen Moment lang war ihm so gewesen, als wäre ihm ein wichtiges Detail durch die Finger geglitten. Hatte er etwas übersehen? Was hatte sie von dieser Gerti alles erzählt?

„Flori? Is was?" Margarete klang nun alarmiert.

Veitl brauchte einen Moment, um aus seinen Überlegungen in die Realität zurückzufinden.

„Mir is nur grad was durchn Kopf gschossen ...", sagte er vage.

„Was denn? Wegen der blöden Kuh?"

„Ja. I bild mir ein, sie hat vielleicht was da im Bus gsagt, was mit einem Fall zu tun ham könnt, den i grad aufm Tisch hab."

Margarete machte große Augen. „Was? Meinst wirklich? Wie des?"

„Weißt du no, was sie über diese Gerti da erzählt hat?", fragte Veitl zurück.

„Naa, des hab i mir ned alles merken können. Dass die so an furchtbaren Mann hat ... und von dene ihre Kinder ... und von der Enkelin! Des weiß i no. Dass des so a kleines Flittscherl is."

Veitl strahlte seine Frau an. „Genau! Des is es! I hab's!"

Margarete sah aus, als verstünde sie nur Bahnhof. „Was hast? I glaub eher, di hat's!"

„Die Vierzehnjährige, de auf Partys rumhängt und sich aufführt wie zwanzig. Und *wo* hat sie gsagt, treiben sich de rum?"

Margarete zuckte die Achseln.

„Am Stausee! Und da hamma unser Leiche gfunden. Am Stausee draußen in Ohu. Mensch, weißt du, wie de heißt? Die Gspinnerte aus dem Bus?"

„Gisela heißt de. Gisela Meindl." Margarete sah immer noch völlig verwirrt aus.

Und dann ließ ihr Mann auch noch alles stehen und liegen, das gute Fleisch und die Kartoffeln, und stürzte hinaus in den Hausflur, wo seine Aktentasche stand. Margarete sah ihm fragend nach.

Veitl fand, was er suchte. In seiner braunen Ledertasche mit den beiden Schnappverschlüssen, die er schon seit den späten 90er Jahren als Diensttasche benutzte, herrschte peinliche Ordnung. Er holte einen Stift und den Block heraus, auf dem er sich seine Notizen zu machen pflegte, blätterte zu den Aufzeichnungen über die Wasserleiche von Ohu und vermerkte dort in seiner kleinen, akkuraten Handschrift den Namen und den Bezug der Businsassin.

Triumphierend kehrte er in die Küche zurück und setzte sich wieder an seinen Platz. „Gut schmeckt's, Gretel. Ganz gut! Hast du no so a Fleisch für mi?"

Veitl ließ die Mitreisende aus der Musical-Fahrt gleich am nächsten Morgen vorladen. Er fühlte sich unwohl, ihr so von Angesicht zu Angesicht wieder gegenüberzustehen und ihr vor allem dieses Mal wirklich zuhören zu müssen, aber da er in den beiden Fällen, die er seit Dienstantritt in Landshut auf den Tisch bekommen hatte, noch

überhaupt keine Fortschritte vorweisen konnte, wollte er lieber nach jedem Strohhalm greifen.

„Sie san des!", begann Gisela Meindl auch sofort ohne Einleitung, kaum dass sie zur Tür herein war. „Des hätt i mir denken können! Mein Lieber, des san ja Stasi-Methoden, die Sie da ham! Eine Unverschämtheit! Da fahrt ma nichts Böses ahnend auf a Musical-Reise und dann hockt da so einer klammheimlich im Bus vor einem und horcht einen aus! Also, i hab ja in meine sechzig Jahr scho allerhand erlebt, aber sowas ... naa ..."

Veitl unterbrach sie unwirsch. „Sie, wissen'S, Frau Meindl, ich hab mir des ja nicht freiwillig anghört. Wirklich ned! Mir wär's a lieber gwesen, i hätt auf der Fahrt einfach mei Ruh ghabt. Aber so is nun mal und jetzt simma hier, weil ich a paar Fragen an Sie hätt ..."

Weiter kam er nicht, da fiel sie ihm abermals schäumend vor Wut ins Wort. „So? *Fragen* hätten Sie an mi? Zu de höchstprivaten Sachen, die Sie da unrechtmäßigerweise belauscht haben! Sagen'S amal, geht's eigentlich no?"

„Ja. Danke der Nachfrage, mir geht's hervorragend. Und jetzt komm ma bitte zur Sache, ja?" Veitl bereute bereits, die Mitreisende kommen haben zu lassen. „Des is nämlich kein Witz hier. Da is ein junger Mann ums Leben kommen und Sie ham vielleicht an wichtigen Hinweis zur Klärung von dem Fall gegeben."

Jetzt hatte er endlich die volle Aufmerksamkeit der streitlustigen Matrone. „A Mord, sagen Sie? Und i kann den aufklären, glauben'S? Ja, was. Naa, echt? Wenn i des der Gerti erzähl! Mei, wissen'S, die Gerti. Des is ja ... also Sie kennen die Gerti ja leider ned, gell? Aber i sag Ihnen ..."

„Nein!", unterbrach Veitl erneut. „I kenn die ned! Aber vielleicht muss i's kennenlernen! Sie ham nämlich da was gsagt, in dem Bus, von dieser Gerti ihrer Enkelin, ned wahr?"

„Ah, die! Ja. Mei, des is a Gwachs. Vierzehn Jahr is de, aber sowas von durchtrieben, des können Sie sich gar ned vorstelln. Also de is ..."

„Tatsache. Ja, wissen'S, Sie ham da was von Partys erzählt. Am Stausee?", versuchte Veitl ihren Redefluss in geordnete Bahnen zu lenken.

„Genau! Da treiben de sich rum. Mit vierzehn! Also, zu meiner Zeit hätt's des ned geben."

„Zu meiner a ned. Aber wissen'S, genau dort is nämlich unser Leich gfunden worden. Ein junger Mann. Könnt doch sein, dass die

Gerti-Enkelin den vielleicht kennt hat? Vielleicht, dass was gsehn hat? Oder so?", fragte Veitl hoffnungsvoll.

„Mei, des kann i jetzt ned sagn, ned? I weiß ja nur des, was mir die Gerti erzählt. Und da hat's eben kürzlich auf unserm Wellnesstrip, wir warn nämlich beim Wellnessen im Bayerischen Wald drin, wissen'S? Sowas machen wir ja öfter. Und da erzählt ma sich halt dieses und jenes. Des is ja normal, oder? So viel hat's ma natürlich ned erzählen können, die Gerti, weil sie is ja wieder de ganze Zeit im Schwimmbad drunt gflaggt. Mitm Fons. Da Fons is da Mann von da Gerti und wenn Sie mi fragen, dann is des ned grad zu ihrm Besten, dass er des is. Jedenfalls, der Fons und sie, de schwimmen ja da dann immer und saunieren. I mag des ned. Deshalb geh i da dann immer spaziern in der Zeit. Da kann mir die Gerti dann natürlich ned so viel erzählen."

Veitl versuchte wieder einen geeigneten Moment abzupassen, um sie zu unterbrechen.

„Woher kennen Sie die Gerti eigentlich? Wer is denn die Frau?"

„Die Gerti? Ja, des is eine Arbeitskollegin von mir. Gertraut Wallner heißt's mit vollem Namen. Und ihr Tochter, mei, wie heißt's jetz? De is verheiratet ... die hat an Tierarzt gheiratet. Der hat a eigene Praxis in Bruckbach draußen und obenauf wohnen's. Mensch, wie heißt jetzt der glei ..." Mit einem Mal zeigte sich die streitbare Frau Meindl recht kooperativ. Die Aussicht, bei der Aufklärung eines Kriminalfalls beteiligt zu sein, reizte sie offenbar sehr.

Veitl notierte. „Also Gertraut Wallner, gut. Und die Familie von der Tochter wohnt in Bruckbach. Tierarzt. Ja, des kann ma ja alles rausfinden. So viele Tierärzte wird's jetz da ned geben. Wie heißt denn die Tochter mit Vornamen? Und die besagte Enkelin?"

„Die Enkelin heißt Schanina-Kristin. Mit Bindestrich. Schlimm, gell? Also, i versteh sowieso ned, wieso ma Kinder heut ned mehr einfach normale Namen geben kann. Hat doch bei uns a gelangt, dass ma Sepp oder Franz oder Ferdl gheißen hat, oder? *Schanina!* Und allerweil de ganzen ausländischen Namen da, de kein Mensch schreiben kann. Schantalle und Schackeline und sowas. Naa, also wirklich schlimm ..."

„Ja, da geb i Ihnen vollkommen recht, Frau Meindl. Aber des entscheiden ja die Eltern, ned wahr? Also Janina-Christin? Des schreibt ma mit J, denk i. Und Christin entweder mit Ch oder mit K."

„Prohaska!", rief die Meindl plötzlich ohne Zusammenhang und strahlte Veitl von einem Ohr zum anderen an.

„Was? Gsundheit", murmelte Veitl irritiert.

„Naa! Prohaska ist der Name von der Gerti ihrer Tochter, seit's mit dem Tierarzt verheirat is! Jetzt is mir wieder eingefallen. Der Doktor Prohaska, des is ihr Mann. Und die Tochter, die heißt Dagmar." Die Zeugin Meindl strotzte jetzt geradezu vor Tatendrang und dem ihr eigenen Mitteilungsbedürfnis. „Mei, gell, aber wenn jetzt der Mord aufgeklärt is, mit Hilfe von der Schanina-Kristin. Dann erwähnen'S aber scho, dass Sie de Informationen alle von mir ham! Ham'S ghört? I will da scho entsprechend erwähnt werden! Wie is'n des überhaupt? Gibt's da kein Zeugengeld? Für so an sachdienlichen Hinweis, ha?"

Veitl musste sich sehr zusammenreißen, um nicht lauthals loszulachen. „Also, a Zeugengeld gibt's bloß vor Gericht. Sie san ja jetzt a keine Zeugin in dem Sinn."

Als er die Enttäuschung auf dem Gesicht der Meindl und darunter gleich wieder die Wut aufblitzen sah, fügte er eilig hinzu:

„Aber Sie können sicher sei, dass wir uns angemessen erkenntlich zeigen."

Eine Woche früher, am Abend nach der Stellprobe

„Fuck, Alter, hör auf zu klammern! Ich hab doch gesagt, dass ich heute nicht kann! Und ich hab doch ...", Leo Herberger unterbrach sich und schirmte das Smartphone rasch mit der Hand gegen etwaige Mithörer ab. Hastig glitt sein Blick in alle Richtungen, aber niemand schien von seinem Telefonat Notiz zu nehmen.

Leiser fügte er hinzu: „Du weißt doch genau, dass ich kein Auto hab, Alter! Womit soll ich denn fahren?"

Argwöhnisch behielt er die anderen Teilnehmer der Probe im Auge. Gerade wurde letzte Hand an die Tribüne gelegt, auf der das Hochzeitsgefolge Aufstellung nehmen sollte. Alle Teilnehmer an der LaHo waren heute statt im Kostüm in farbige T-Shirts gekleidet, auf denen vorne und hinten in großen Buchstaben die Gruppe stand, zu der sie gehörten. Auf seiner Brust war breit *Herzog Georg* zu lesen. Er war der einzige mit diesem T-Shirt.

In seinem Blickfeld lagerte eine Gruppe junger Männer auf dem Boden. Ihre vorschriftsmäßig langen Haare trugen die meisten wegen der Hitze zu einem Pferdeschwanz zusammengefasst. Ihre T-Shirts waren alle grün und trugen die Aufschrift *Junker / Gefolge Herzog Georg*. Katharina, die designierte Prinzessin Jadwiga, saß mit ihrer Gefolgschaft im Schatten einer großen Kastanie. Die Mädchen tuschelten und lachten, und Leo war heilfroh, dass sie einmal keine Gelegenheit gefunden hatte, um an ihm herumzumäkeln.

Alle Rollen wurden vom Ausschuss vergeben. Für die meisten konnte man sich bewerben, für die beiden Hauptrollen nicht. Sie wurden aus allen Bewerbern für die Rollen von Junkern und Edeldamen ausgewählt. Zum Brautpaar zu gehören war eine große Ehre, allerdings konnte man sich in diesem Fall den Partner oder die Partnerin eben nicht aussuchen. So kam es, dass sich das Landshuter Hochzeitspaar oftmals hinter den Kulissen nicht ganz so in Liebe zugetan war, wie es auf der Bühne den Anschein haben sollte.

Auch zwischen Leo und Katharina herrschte schon von Beginn an ein eher frostiges Verhältnis. Aber Leo dachte bei sich, dass die Beziehung der beiden ursprünglichen Hochzeitsaspiranten auch nicht liebevoller gewesen sein konnte. Die damaligen Brautleute hatten einander bei der Eheschließung 1475 durch den Salzburger Erzbischof ja noch nicht einmal gekannt.

Die zickige Katharina – Töchterchen aus gutem Landshuter Haus, wie es für die Braut Tradition war – wäre für Leo Herberger jedenfalls ganz sicher nicht die erste Wahl gewesen. Hübsch war sie, das musste man ihr lassen. Aber da gab es ganz andere Kaliber.

Leo Herberger gehörte zu einer Clique junger Autonarren, die ihre aufgemöbelten Sportwagen mit quietschenden Reifen durch die Altstadt jagten, abends an der Tankstelle oder der Tuning-Werkstatt herumhingen und gerne mal mehr Bier intus hatten, als es die Straßenverkehrsordnung beim Führen von Kraftfahrzeugen vorsah.

Zu dieser Clique gehörten natürlich auch Mädchen. In der Regel besaßen die keine eigenen Boliden, sondern rissen sich darum, von den Jungs mitgenommen zu werden. Leo Herberger und sein Audi machten dabei einen guten Schnitt. Besser gesagt: Sie *hatten* einen guten Schnitt gemacht. Nun war Leo ohne fahrbaren Untersatz, und das wurmte ihn gewaltig. Nicht nur wegen der Mädchen.

Während er noch über seine missliche Lage sinnierte, wurden die Junker und der Herzog aufgerufen, ihre Plätze auf der Tribüne einzunehmen. Leo schlenderte lässig hinüber zu den anderen und wartete auf seine Instruktionen.

Unter den Gefolgsleuten des Herzogs war auch wieder Ferdinand Härtinger, die Zweitbesetzung und genau wie Katharina kein ausgesprochener Fan des arroganten Leos. „Der Depp geht mir so auf'n Sack! Telefoniert einfach während der Probe, glaubst du das? Der meint doch, er ist der Allergrößte."

Ferdinands Freund Kevin nickte düster. „Mein Fall is er auch nicht. Aber was willste machen?"

„Keine Ahnung." Ferdinands Blick wanderte sehnsuchtsvoll zur Tribüne hinüber, wo das Brautpaar gerade seine Plätze bezog. „Ich weiß nur, wenn er nicht wär, dann würd ich jetzt da drüben stehen, neben der Kathi ..."

„Allerdings. Aber das kannst vergessen. Der zieht das durch. Für den gibt's doch nix Schöneres, als sich in der Rolle feiern zu lassen", wischte Kevin die Träume seines Freundes beiseite.

Ferdinand kniff die Augen zu Schlitzen zusammen. „Vielleicht passiert ihm ja was. Er könnte ja vom Pferd fallen und sich das Bein brechen. Oder sowas ..."

Wieder zum späteren Zeitpunkt, nach dem Verhör

Veitl war froh, als Gisela Meindl sein Büro wieder verlassen hatte. Eigentlich hatte er schon nach der Musical-Fahrt gehofft, dieses Weibsbild nie wieder sehen zu müssen. Er beschloss gerade, den Bürotag für heute zu beenden, als Steindl hereingeschossen kam. Diese Fortbewegungsform war dem alternden Kommissar eigentlich von Natur aus fremd. Erschrocken sah Veitl zu seinem Vorgesetzten auf, der sich schnaufend vor seinem Schreibtisch aufgebaut hatte.

„Äha", kommentierte Veitl. „Gibt's was?"

Steindl brauchte zwei Anläufe, bis er etwas herausbrachte, dann japste er: „Es wird ernst."

„Was genau?", wollte Veitl wissen.

„Es is a Geldübergabe geplant. Unser Erpresser hat sich wieder gmeldet."

Jetzt war Veitl die Aufregung seines Chefs klar. Seinerseits beunruhigt fragte er: „Wieder a Brief?"

„Naa", erwiderte Steindl, dessen Gesicht langsam zur gewohnten Färbung zurückfand. „Des Mal hat er angerufen, wie's scheint."

„Wie? Bei wem? Beim Fuchs oder bei de Eltern?"

„Weder noch, in der Geschäftsstell von de Förderer. De Sekretärin, die den Anruf entgegengenommen hat, sagt, die Stimme war total künstlich verfremdet, sie könnt ned mal sagen, ob des a Mann oder a Frau war", berichtete Steindl.

„Und was hat der oder die gsagt?", wollte Veitl wissen.

„Dass de des Geld bereithalten sollen, wegen einer Übergabe. In kleine Scheine und in einer Plastiktüte. Er meldet sich dann wieder. Oder halt sie."

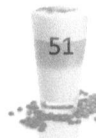

Veitl zog mit seinem Kugelschreiber Spiralen auf seinem Block. Das machte er oft, wenn er nachdachte.

Steindl drängte: „Kommen'S, wir fahren jetzt gleich noch amal zu de Förderer. Ich möcht mit der Frau reden, solang die Eindrücke von dem Gespräch noch frisch sind. Es war ja leider kein Band oder dergleichen geschaltet, jetzt hamma natürlich keine Aufnahme davon. Dumm, daran hätt ma selber denken können. Aber jetzt hilft's nix mehr. Oder wollten Sie grad in Feierabend?"

Veitl winkte ab. „Passt scho. I komm mit."

Er nahm Hut und Jacke vom Haken, griff sich seine Aktentasche und folgte dem Chef hinaus.

In der Spiegelgasse in der Landshuter Altstadt erwartete die beiden Kommissare eine ältere Dame mit grauer Dauerwellenfrisur und einem für die momentanen Außentemperaturen ungeeignet erscheinenden Twin-Set aus feinem Strick.

„Wir sind normal nur bis Mittag da. Der, der da angerufen hat, der muss wissen, wie das hier abläuft. Normal hätt der um die Zeit niemanden mehr erreicht, aber so kurz vor der LaHo und mit dem ganzen Ärger jetzt, wegen der Entführung, da bin ich halt noch im Büro gewesen. Ich wollt erst gar nicht abheben, aber dann hab ich mir dacht, wenn's am End der Herr Fuchs is oder so jemand, wenn's was Dringendes is, weil ja ein jeder eigentlich weiß, dass bei uns keiner da ist nach zwölf ..." Die Stimme der Telefonkraft zitterte noch vor lauter Aufregung über das Erlebte.

„Setzen'S sich doch mal, Frau ...", empfahl Veitl und schob der Dame einen Stuhl unter.

„Jetzt erzählen'S bitte noch amal ganz von Anfang und langsam, es könnt jede Beobachtung wichtig sein", forderte Steindl sie freundlich auf.

Veitl zückte sein Notizbuch.

„Ja, wie war jetzt des ... Ich möcht Ihnen ja nix Falsches erzählen, gell? Also ... eigentlich war heute ein ganz normaler Tag. Ich hab sehr viel zu tun im Moment. Unter der Woche simma normalerweise zu zweit herinnen, aber heute war ich allein und das ist dann schon ein bisserl viel mit dem Telefon und der ganzen Post, und grad jetzt haben wir ja so viele Anfragen. Sie glauben gar nicht, was da alles zamkommt. Jedenfalls, ich hab schon gewusst, dass ich nicht fertig werd, deshalb hab ich mir ein paar Sachen für den Nachmittag aufgehoben, weil dann sind die offiziellen Sprech-

zeiten um und man kann ungestört noch a bissl was wegarbeiten. Und grad vorher, da hab ich auf die Uhr gesehen und gedacht: Rosl, jetzt langt's aber, du kannst nicht alles allein machen! Also hab ich halt angefangen aufzuräumen. Ja. Und dann hat das Telefon nochmal geklingelt. Und wie ich schon sagte, ich wollt gleich gar nicht rangehen. Aber dann hab ich's doch getan und ich bereu's schon, weil ich hätt mir viel erspart, wenn ich's einfach hätt klingeln lassen. Aber man nimmt das ja auch ernst, nicht? Die ganze Arbeit um die LaHo herum. Also, ich nehm das sehr ernst."

Veitl wusste nicht so recht, was er sich jetzt davon notieren sollte, denn so wirklich zum Punkt kam sie ja leider nicht.

Steindl versuchte sie etwas zu beruhigen: „Das zweifelt ja auch keiner an, Frau Obermeier, dass Sie Ihr Arbeit ernstnehmen. Und es is ja gut, dass Sie ans Telefon gekommen sind und den Anruf angenommen ham. Sehen'S, vielleicht hilft uns des, dass ma den Jungen finden."

Die Frau sah erschrocken zwischen Veitl und Steindl hin und her. „Mei, daran hab ich noch gar ned denkt. Meinen'S, dass ma den über den Anruf jetzt finden kann? Es is ja a furchtbare Geschichte mit dem Buben, gell? Die armen Eltern, das darf ma sich ja gar ned ausmalen, was die jetzt durchmachen. Und er selber! In der Hand von solchen Unmenschen! Nicht zum Ausdenken!"

„Sehen'S", versuchte es Veitl seinerseits. „Und drum müss ma den jungen Mann finden, bevor noch was Schlimmeres passiert."

Die sensible Frau Obermeier griff sich vor Schreck an die behalskettete Kehle. „Maria und Josef! Meinen'S, die tun ihm was an?"

Veitl wiegte den Kopf hin und her. „Des kann ma nie wissen ..."

„Können'S sich vielleicht no an den Wortlaut erinnern? Was hat er genau gsagt, der Erpresser?", fragte Steindl.

Frau Obermeier überlegte. „Ja, also er hat gesagt, dass der vermisste Leo Herberger in seiner Gewalt ist und etwas über die Lösegeldforderung von über 25.000 Euro. Er will die in den nächsten Tagen übergeben bekommen. Zum genauen Ort und Zeitpunkt meldet er sich noch mal, hat er gesagt. Und dass es kleine Scheine sein sollen ... Das war wie im Krimi, ehrlich! Ich zitter immer noch, wenn ich da dran denk!"

„Ham Sie dann da drauf a was gsagt?", wollte Steindl wissen.

„Ich war ja ganz neben mir. Ich hab gar ned gewusst, was ich darauf sagen soll. Und bis ich mir überhaupt was zurechtlegen hätt können, da war die Leitung schon unterbrochen. Der hat einfach aufgelegt. Verstehen'S? Aber des is doch auch keine Art nicht, oder? Einfach auflegen."

Veitl grinste in sich hinein, weil die zartbesaitete Frau Obermeier bei dem Lösegelderpresser die mangelnde Kinderstube beklagte, sagte aber nur: „Ham Sie vielleicht außer der Stimme noch andre Geräusche gehört? Wissen'S, manchmal kann man aufgrund von Hintergrundgeräuschen Rückschlüsse ziehen, von wo aus der Anruf getätigt wird."

„Geräusche?", wiederholte die Sekretärin.

„Ja, mei, was weiß ich. A Zug, der vorbeifahrt. Oder überhaupt Verkehrslärm. Wasserrauschen. Sowas halt."

„Naa, naa, sowas war da nicht zu hören. Kein Zug war da und auch kein Straßenlärm."

„Und wie schaut's aus mit a Nummer aufm Display? Hat's da was anzeigt? Können Sie vielleicht die letzten Anrufe aufrufen?", fragte Veitl weiter und inspizierte das Telefon.

Frau Obermeier war technisch offensichtlich nicht so versiert, sie antwortete nämlich zweifelnd: „Mei, das weiß ich jetzt nicht. Da kenn ich mich nicht aus. Aber ich glaub, da war keine Nummer. Nein. Weil das wär mir ja aufgefallen. Ich hab ja gedacht, dass es vielleicht der Herr Fuchs ist. Ich hab ja nicht wissen können, dass das der ist, der den jungen Mann entführt hat, sonst hätt ich da natürlich besser darauf geachtet, aber damit rechnet man doch nicht ..." Sie sah sichtlich verzweifelt aus.

Steindl beschwichtigte sie. „Sie ham scho richtig gehandelt, Frau Obermeier. Es war ja a unser Fehler, dass wir da ned glei a Fangleitung glegt ham. Des hätt ma uns eigentlich denken können, dass da vielleicht was kommt. Sie ham uns auf jeden Fall schon weitergeholfen. Jetzt gehen'S heim und denken'S da nimmer drüber nach."

„Des sagen Sie so einfach, Herr Kommissar. Für Sie is sowas wahrscheinlich Routine, aber unsereinem passiert sowas ja nicht jeden Tag. Gott sei Dank nicht! Ich trau mich hier nimmer allein herinnen sein, nach dem jetzt. Wenn die Kollegin nicht da ist, da geh ich nicht mehr ans Telefon und sperr die Tür von innen zu, des sag ich Ihnen. Da is man ja seines Lebens nicht mehr sicher!"

Die Kommissare gaben noch ein paar allgemeine Verhaltensratschläge, damit die Zeugin sich wieder in ihr Büro traute, dann verabschiedeten sie sich.

Nach Feierabend

Als Veitl endlich zuhause ankam, wartete in seiner Küche schon eine Überraschung auf ihn.

„Ja mei, was is denn da passiert?", wunderte er sich. Der ganze Küchentisch war mit Mehl bekleckert und auch über den Boden führten Spuren aus Mehl. Auf der Küchenanrichte stapelten sich Rührschüsseln mit allerlei Küchenutensilien, die offensichtlich in Gebrauch gewesen waren. Ein Blick in den Backofen verriet, dass das Chaos beim Backen eines Kuchens entstanden war.

Von Margarete war weit und breit keine Spur, was auch seltsam war, weil sie erstens normalerweise eine sehr akkurate Hausfrau war und zweitens so ein Meisterwerk nicht unbeaufsichtigt im Ofen zurückgelassen hätte.

Veitl setzte seine Suche in der Wohnung fort.

Schließlich fand er sie drüben im Wohnzimmer, wo sie vor dem laufenden Fernseher eingenickt war. Um sie herum saßen die Enkel.

„Opa, Opa!", riefen sie bei seinem Anblick und stürmten auf ihn zu. Von dem Geschrei wurde Margarete wach.

„Oh Jessas, jetzt bin i glatt eingeschlafen. Bist du scho da?"

„Von *schon* kann keine Rede sein. I war no auf am Termin. Gibt's kein Essen?"

Margarete rappelte sich hoch und strich sich den Rock glatt. Es sah ihr gar nicht ähnlich, dass sie mitten am Tag auf der Couch einschlief.

Im selben Moment klingelte es an der Wohnungstür. Achselzuckend machte Veitl kehrt und nahm den Weg zurück, den er eben gekommen war. Durch die Gegensprechanlage erfuhr er, dass die Mutter der Kinder, seine Tochter Andrea, unten stand.

„Ja, komm halt rauf, na", sagte Veitl, dem der Sinn jetzt nicht nach Besuch stand, und drückte auf den Türsummer. Er hörte Andreas Schritte auf der Treppe, die Wohnung lag nämlich im Hochparterre. Schon bog sie um die Ecke, ihren Mann im Schlepptau.

Veitl seufzte ergeben: „Mei, de ganze Baggasch. Grüß euch. Kommt's rein."

Sebastian drückte seinem Schwiegervater statt der Hand einen Stapel Kartons in den Arm. „Mahlzeit. Mir ham uns dacht, mir bringen was zum Essen mit."

Verdattert stand Veitl mit den Pizzakartons da. Andrea und Sebastian gingen an ihm vorbei ins Innere der Wohnung.

„Mei, habt's die Oma recht hergnommen, ihr Rabauken?", hörte er Andreas Stimme vom Wohnzimmer her. „War's schlimm, Mama?"

„Geh wo. San doch alle drei so brav", antwortete Margarete, jetzt augenscheinlich wieder auf dem Damm.

„Mama, mammam!", kreischte Luzie, der jüngste Spross von Andrea und Sebastian, der knapp zwei Jahre alt war. „Mammammam!"

Veitl stellte die Pizzakartons auf eine noch saubere Ecke des Esstisches, der von Malfarben und angefangenen Zeichnungen überquoll, und gesellte sich wieder hinüber zu den anderen ins Wohnzimmer. Andrea hatte Luzie auf dem Arm, der drei Jahre ältere Maxi hing wie ein Affe am Hals seines Vaters. Nur die Älteste, Franzi, saß noch auf der Couch neben der Oma. Die Siebenjährige starrte gebannt auf den Fernseher und schien ihre Umgebung gar nicht wirklich wahrzunehmen.

„Mei, i hab doch gsagt, ihr sollt's ned so viel fernsehn", tadelte Andrea prompt.

Margarete winkte ab. „Geh, lass's doch. Wir schaun eh noch ned lang. Nur de eine Sendung."

Veitl warf plötzlich ein: „Was riecht'n da so?"

Alle drehten sich zu ihm um.

„Mein Gott, der Kuchen!", entfuhr es Margarete und sie hastete in die Küche hinüber. Dort entfuhr ihr ein vernehmlicher Schreckenslaut.

„Mama? Alles okay bei dir? Brauchst a Hilfe?", rief Andrea zu ihr hinaus.

Blitzschnell erschien Margaretes adrette Dauerwelle im Türrahmen. „Naa, naa, nix passiert. Ich mach bloß schnell a bissl klar Schiff."

„Was is jetzt mit der Pizza?", fragte Sebastian.

Der schrille Begeisterungsausbruch der drei Kinder übertönte die Erwachsenen. „Piiiiiiizzaaaaaa!"

Das Folgende erinnerte Veitl eher an eine Raubtierfütterung als an ein Abendessen. Weil Andrea und ihre Familie das Wohnzimmer in Beschlag nahmen, trollte er sich hinüber in die Küche, wo Margarete hektisch versuchte, Ordnung in das Chaos zu bringen.

„Sag amal", kam Veitl nicht umhin, die Szenerie mit Besorgnis in der Stimme zu kommentieren. „Was is denn hier passiert? Ich komm heim und dann schaut's da herinnen aus wie Sau. Und du ...? I hab gar ned gwusst, dass heut großer Familientag is."

Margarete wich ihm aus. „Geh, is doch keine große Sach. I bin halt eingschlafen. Des kann doch jedem amal passieren. I mach des jetzt scho."

„Dir passiert sowas aber normal ned", ließ Veitl nicht locker. „Seit wann is denn de Meute scho da?"

„D'Andrea hat halt heut an Arzttermin ghabt und danach war's no in der Stadt. I hab gsagt, sie muss sich ned beeilen, weil i bin ja eh da. I freu mi ja, wenn's da san."

„Wann war na der Arzttermin?", fragte Veitl.

„Is des jetzt a Verhör? Du bist vei nimmer im Präsidium, gell? Heut früh um neune war der." Margarete wirkte trotzig.

„Seit um neune warn de jetzt da? Alle drei?", rief er alarmiert.

„Naa, ned alle drei. D'Franzi war natürlich in der Schul. De hat der Sebastian dann nach der Schul herbracht, weil der hat dann aufs Feld naus müssen."

Veitl wischte mit der Seite seines Zeigefingers Teigreste aus einer Schüssel und leckte sich den Finger ab. Margarete hatte wieder Oberwasser. Mit missbilligendem Blick nahm sie ihm die Rührschüssel weg und stellte sie auf die Küchenanrichte neben den Porzellangepard. Verwundert registrierte Veitl, dass das unansehnliche Tier schon wieder seinen Standort gewechselt hatte. Die seltsame Wanderung des Staubfängers durch die ganze Wohnung ließ er jedoch unkommentiert und sagte stattdessen: „Da wundert mi des nimmer, dass du am Kanapee schlafst, wenn du scho seit heut früh hier's Kindermadl spielst."

„Was tät ich denn sonst?", schnappte Margarete ungewohnt heftig.

Weil die Küche ein einziger Saustall war, das Wohnzimmer von der weiteren Verwandtschaft besetzt wurde und Veitl nach dem heutigen Tag im Büro der Sinn weder nach Gesprächen mit Andrea und Sebastian, noch nach Streit mit Margarete stand, vom Kinderlärm ganz zu schweigen, holte er sich seinen Janker und erklärte: „Ich geh a Runde um an Block. I brauch no a bissl an Sauerstoff."

Draußen vor dem Haus überlegte er sich, wohin er gehen sollte und entschied sich für den Fußweg, der zwischen den Wohnblöcken zum Hammerbach führte. Dort schlug er die Richtung stadtauswärts ein und schlenderte durch die Kleingartensiedlung, die sich an das Hammerbachstadion und die Turngemeinde Landshut anschloss.

Hier schien die Welt noch in Ordnung zu sein.

Die Kleingärtner trimmten ihren Rasen, banden blühende Stauden hoch, die der Wind umgeknickt hatte, ernteten ihre Obststräucher ab und zupften Unkraut und dürre Stängel aus den sorgfältig gepflegten Beeten. Diejenigen, die ihre Gartenarbeit schon hinter sich gebracht hatten, entspannten im Liegestuhl, warfen den Grill an oder kühlten sich in Gartenduschen und Planschbecken ab. Auf dem Spazierweg begegnete Veitl Joggern und Radfahrern, die die sommerlichen Abendstunden zur sportlichen Ertüchtigung nutzten. Mit jedem Meter, den er zwischen sich und die Wohnung brachte, spürte Veitl, wie die Anspannung von ihm abfiel. Er atmete wieder freier und die Gedanken in seinem Kopf hörten auf, sich wirr im Kreis zu drehen.

Am nächsten Tag im Büro

Schon am nächsten Morgen trudelte ein neues Puzzlestück zur Lösung einer der Fälle ein, die Veitl und Steindl derzeit in Atem hielten: eine Vermisstenmeldung, die auf den Toten vom Stausee passte.

„Und wieso melden die den erst jetzt vermisst, wenn er schon seit zwei Wochen abgängig is?", fragte Veitl.

Steindl, der die Meldung bekommen hatte, erwiderte: „De san ned aus Landshut. Der junge Mann studiert hier bei uns an der Fachhochschule und kommt sowieso bloß alle zwei bis drei Wochen zu seine Eltern heim. Zuletzt war er vor zwei Wochen daheim und seitdem ham's auch nix mehr von ihm ghört."

„Und jetzt is er womöglich tot", ergänzte Veitl.

„Des überprüf ma jetzt schnellstmöglich. Hamma eigentlich den Abschlussbericht von der Gerichtsmedizin scho?", fragte Steindl.

„Naa, aber wenn i sowieso anrufen muss, dann frag i glei nach dem."

Veitl ging hinüber in sein Büro und schloss die Tür. Er hatte in seiner Dienstzeit schon etliche Tote gehabt, aber wenn es dann auch noch junge Menschen waren, die ihr Leben noch vor sich gehabt hätten, dann war das immer besonders tragisch. Er atmete tief durch und wählte die Nummer der Gerichtsmedizin.

Am Ende des Tages stand fest: Die Wasserleiche von Ohu war der vermisste Student. Damit wussten sie nun neben seinem Namen, Jakob Springer, auch ein wenig mehr über seine Lebensumstände. Er studierte im zweiten Semester Maschinenbau, Schwerpunkt

Automobil- und Nutzfahrzeugtechnik, weil seine Eltern eine Autowerkstatt besaßen. Laut seiner Professoren war er ein unauffälliger, mittelmäßiger Student gewesen. Er hatte ein Ein-Zimmer-Appartement in einem Studentenheim bewohnt. Dass er weder in seiner Wohnung noch in den Vorlesungen gewesen war, hatte offenbar mehr als eine Woche lang niemand bemerkt.

Nachdem sie zahlreiche Details zusammengetragen hatten, saßen die beiden Kommissare jetzt noch zusammen und versuchten daraus ein Bild zu puzzeln, obwohl die Uhr eigentlich schon auf Feierabend stand.

„Demnach ist er nicht ertrunken, sondern hatte schwere innere Verletzungen, die eher auf einen Unfall oder sowas hindeuten", fasste Steindl die Ergebnisse der Obduktion noch einmal zusammen.

„Könnt er vielleicht irgendwie mitm Auto in den Stausee reingfahren sein?", überlegte Veitl. „Vielleicht is er irgendwo auf einer Brücke oder sowas von der Straße abkommen und in d' Isar gstürzt."

Steindl legte die Stirn in Falten. „Und dass er im Wasser dann versucht hat, aus dem Auto rauszukommen? Aber dann hätt er ja doch Wasser in der Lunge ham müssen. Er war tot, bevor er ins Wasser gefallen is."

„Dann hat ihn jemand ins Wasser gschmissn, wo er scho tot war", konstatierte Veitl.

„Halt i für wahrscheinlicher."

„Also doch Mord?"

Steindl hob die Schultern. „Ja, schaut eher danach."

Die Sekretärin steckte den Kopf zur Tür herein. Sie räusperte sich vernehmlich. „Ach, Sie san ja beide noch da. Ich hab grad eine Meldung gekriegt, dass die Kollegen draußen am Stausee noch was gefunden ham."

Veitl und Steindl sahen von ihren Unterlagen hoch.

„Ja?", fragte der Kriminaldirektor.

„A Auto", erklärte die Sekretärin noch und war schon wieder zur Tür hinaus.

Steindl schob sich um seinen Schreibtisch herum und folgte seiner Büroperle in das Vorzimmer.

„Jetzt bleiben'S doch da, was is los? A Auto ham's gefunden? Oder wie? Wo na?"

Veitl war hinterher gekommen und stand nun im Türrahmen. Die Sekretärin wollte allem Augenschein nach gehen. Sie nestelte an ihrer Jacke herum, konnte sie aber nicht überziehen, weil sich der Ärmel nach innen gestülpt hatte. Steindl half ihr hinein und wiederholte die Frage: „Was für a Auto? Wo ham's des gefunden?"

„Der Haselbeck hat angerufen. Rufen'S ihn halt zurück. Ich weiß es selber ned so genau. Ich möcht heut endlich mal wieder pünktlich heim."

Steindl nickte. „Kann i verstehn. Dann bis morgen!"

Wieder mit Veitl allein fragte Steindl: „Und Sie? Was sagen Sie? Ruf ma den Haselbeck jetzt zurück, oder wollen'S auch lieber in den Feierabend?"

Eingedenk dessen, dass er neu war und außerdem zwei dringende Fälle auf sie warteten, schüttelte Veitl gottergeben den Kopf. „Des mach ma jetzt fertig", erklärte er.

Steindl telefonierte mit dem Kollegen von der Streife, dann fügte er noch eine weitere Erkenntnis hinzu. „Die ham jetzt noch mal alles abgekämmt, rund um den Stausee. Ich wollt sichergehen, dass wir da nix übersehen ham. Und tatsächlich ham's dann in am landwirtschaftlichen Schuppen zwischen de Felder ganz in der Nähe vom Stausee a kaputtes Auto gfund. Jetzt läuft die Überprüfung, aber des könnt eventuell die Erklärung sein, wie unser Leiche ums Leben kommen is."

Kurze Zeit später parkte der Dienstwagen von Steindl draußen beim Stausee. Das Polizeiauto der Streife war bereits vor Ort. Steindl und Veitl stapften durch das hohe Gras auf die Kollegen zu.

„Servus mitnand", grüßte Steindl. „Was habt's gfunden?"

Einer der beiden Polizisten führte Steindl und Veitl über die Wiese zu einem Schuppen.

„Wem ghört der?", fragte Steindl routiniert.

„Den Bauern hamma scho ausfindig gmacht. Er sagt, er hat da kein Auto drin. Bloß a Heu."

Sie erreichten den Eingang, die Tür stand sperrangelweit offen. In dem Gebäude aus rohen Holzbrettern befand sich ganz offensichtlich ein Fahrzeug.

Und es war stark beschädigt. Es handelte sich um einen BMW der 3er Reihe älteren Baujahrs, doch sogar Veitl, der mit Autos wenig am Hut hatte, erkannte auf den ersten Blick, dass der BMW nicht im Originalzustand sein konnte. Er war getunt worden. Jetzt allerdings fehlte dem Scheinwerfer auf der linken Seite das Glas, die Motorhaube war verbeult und über die Frontscheibe lief ein breiter Riss.

„Wenn's ihm nicht gehört, wie kommt dann das Auto da rein?", fragte Steindl. „Hat der Bauer dafür eine Erklärung?"

„Er sagt, die Tür is immer offen. Weil ja eh bloß Heu herinn is, sperrt er da nie ab, hat er gsagt."

„Da kann also a jeder aus- und einmarschieren, wie's ihm grad passt?", wollte Steindl weiter wissen.

Der Streifenpolizist zuckte nickend die Schultern. „Des is do herauß en aufm Land no ned so, dass ma alles immer dreifach absperrt. Früher waren ja sogar d'Haustüren immer offen."

„Früher hat's halt bloß ehrliche Leut geben, ned?", fragte Steindl belustigt.

Er umrundete das abgestellte Fahrzeug und fuhr mit der Hand an verschiedenen Stellen über den zerschundenen Lack. Veitl folgte ihm mit eifrig gezücktem Stift.

„Des hat's ja ganz schön zamg'richt, des Auto", tat Steindl abschließend kund.

Draußen hupte es.

Mitten im fast hüfthohen Gras stand ein Abschleppwagen, der Fahrer sprang gerade von der Treppe des Führerhauses.

„So wosisetz?", nuschelte der Mann vom Abschleppdienst.

Steindl postierte sich mit weit ausgestreckten Armen entschieden vor dem Zugang zum Schuppen.

„Nix da!", entschied er. „Erst kommt die Spurensicherung. Vorher fassen Sie mir da gar nix an."

„Geh, wegen am kaputten Auto brauch ma doch die Spusi ned", protestierte der Streifenpolizist, der scheinbar Ärger von dem unnötig gerufenen Abschleppdienst befürchtete, aber Steindl blieb hartnäckig.

„Nix. Vielleicht is des Auto der Schlüssel zu unserem Todesfall im Stausee. Ruft's die Spusi, die san ja schnell da, und dann kann er des Auto mitnehmen", kommandierte der Kriminaldirektor. „Und dann bestellt's ma an Gutachter dazu. Wir san hier fertig, Veitl, denk i."

Weil inzwischen deutlich Feierabendzeit war, kehrten Steindl und Veitl noch zusammen im Biergarten auf der Mühleninsel ein. Statt der Resi empfing sie heute ein junger, schlaksiger Kerl, den Steindl noch nie gesehen hatte.

„Ja, was is des? Is d'Resi heut gar ned da?", fragte Steindl den Jungen.

„Die Resi? Doch. Schon", antwortete der mit deutlich osteuropäischem Akzent. Sein Blick irrte nervös über die vollbesetzten Tischreihen.

Steindl fuhr unbeirrt fort: „Ja, weil i bin nämlich Stammgast hier. I hätt gern an Tisch für uns zwei, an der Isar, wenn's geht."

„Ein Tisch. Ja. Also. Da is alles voll. An der Isar." Der Kellner trat von einem Bein aufs andere.

„Für mi hat d'Resi eigentlich immer an Platz", erklärte Steindl nun einen Tick bestimmter. „Vielleicht hol ma sie mal dazu?"

Erleichtert nickte der junge Mann und eilte in Richtung Haus davon. Steindl und Veitl blieben kopfschüttelnd zurück.

„Auweia. I mein allerweil, da ham's wieder an neuen Azubi", sagte Steindl gerade im Vertrauen zu Veitl, da kam das schwingende Dirndlkleid von Resi in ihr Blickfeld.

„Mei, jetzad, kommt's mit, ihr zwei. I hab freilich an Platz für euch."

„Hab i's ned gsagt!", triumphierte Steindl. „Es geht halt nix über Vitamin B, ned?"

Resi schenkte ihm ein strahlendes Lächeln. „Fürn Kommissär hamma immer an Tisch. So voll kann's bei uns gar ned sein. Jetz schaut's her. Passt der?"

Sie wischte mit der Hand die Tischdecke glatt und ordnete in einer einzigen, routinierten Geste Salz- und Pfefferstreuer, Tischnummernhalter, Besteckkrug und Speisekarte in der Mitte des Tisches ordentlich an.

„Habt's an neuen Azubi kriegt?", fragte Steindl.

„Naa, der is ausg'lernt. Frag mi aber ned, was und wo der glernt hat. Es is a G'frett", stöhnte Resi. „I schick'n euch glei no zum Essen aufnehmen, gell? Was mögt's denn trinken?"

„A Dunkels mag i heut", erklärte Steindl.

„A Radler", bestellte Veitl und widmete sich schon einmal der Speisekarte.

„Des wird scho", tröstete Steindl inzwischen. „Hamma alle mal klein angfangen, oder?"

Resi nickte düster und ging hinein, um die Getränkebestellung weiterzugeben.

„Wenn ma mi fragt, dann is des hier des schönste Fleckerl in ganz Landshut. Ahh ... also, wenn i da an der Isar sitz und so zur Martinskirchen nüberschau, dann geht's ma gut", seufzte Steindl und lehnte sich entspannt in seinem Biergartenstuhl zurück.

„Stimmt scho", pflichtete ihm Veitl bei. „A schöner Biergarten is des."

Der neue Kellner kehrte zurück und balancierte auf einem Tablett zwei Biergläser vor sich her. Erwartungsvoll richteten die beiden Kommissare ihre Blicke auf die kühlen Biere, die er transportierte. Es gelang ihm auch, Steindl das Dunkle richtig zuzuordnen, doch statt Veitl das ersehnte Radler hinzustellen, drehte er sich kommentarlos um und stiefelte mit dem zweiten Glas auf dem Tablett wieder davon. Perplex beobachteten die Kommissare, wie er das Radler an einem anderen Tisch einem Herrn vorsetzte, dessen Begleitung gleichfalls irritiert wirkte, da sie ebenso leer ausging.

„Was war jetz des?", kommentierte Veitl verblüfft.

Kurz darauf sahen sie, wie der blonde Bürstenkopf des Kellners – zu den tausenden Landshuter Hochzeitern gehörte er offensichtlich schon mal nicht – erneut erschien; wieder mit einem Tablett, wieder mit zwei Gläsern bestückt und dieses Mal hatte er auch ein Radler für Veitl übrig. Das zweite Glas stellte er der Frau am anderen Tisch vor die Nase.

Steindl schüttelte amüsiert den Kopf. „So, na dann also Prost!" Sie ließen die Gläser klingen und konzentrierten sich erst einmal jeder auf sein Bier.

„Seltsam, des Bürscherl", stellte Veitl fest, nachdem er sich genüsslich den Schaum von der Oberlippe gewischt und das in einem Zug halb geleerte Glas wieder abgestellt hatte.

„Irgendwie scho", stimmte Steindl ihm zu. „Gar ned typisch für hier. Ham'S gsehen, wie der sei Lederhosen trägt?"

„Ja, auf halbe achte und sei Unterhosn pludert hinten raus. Wenn der ned a Kellnertaschn am Gürtel umbunden hätt, würd er's eh verliern. Irgendwie schaut der mehr aus, als würd er den ganzen Tag in da Muckibude verbringen, anstatt zu arbeiten."

Steindl musterte den Kellner noch mal im Vorbeieilen. „Richtiggehend arbeiten tut der hier eh a ned", stellte er fest, denn der junge Mann stand ratlos mit einem vollen Teller mitten im Biergarten. Schließlich kehrte er unverrichteter Dinge wieder ins Haus zurück. Kaum war er verschwunden, schoss Resi durch die Tür, selber drei Teller in einer Hand und seinen in der anderen. Sie brachte alle vier an den Mann und kehrte dann auf dem Rückweg zu ihrem Lieblingsstammgast zurück.

„Mei, regt mi der auf!", schnaufte sie. „Jetzt hat er eh scho de einfachste Station mit de kürzesten Wege und dann muss i ihm

immer no alles nachtragen. Da kann i des ja glei selber machen. Aber 's Trinkgeld schiebt er scho ein! Habt's ihr alles, sagt's? Hat er scho's Essen aufgnommen?"

„Naa, aber immerhin hamma jetzt was zum Trinken kriegt", witzelte Steindl, der heute offenbar in bester Laune war.

„Was wollt's denn?", fragte Resi.

Steindl bestellte: „I hätt gern an Wurstsalat, bitte. An Schweizer." Veitl nutzte die Tatsache, dass er nicht unter Margaretes strenger Aufsicht stand, und orderte: „A Schweinshaxn."

„Bring ma euch. Lasst's euch bitte von dem Chaos heut ned aus der Ruh bringen, gell?", säuselte Resi und Steindl antwortete augenzwinkernd: „Des mach ma scho ned. Da hat's keine Gefahr."

Zum ersten Mal durchfuhr es Veitl, dass die Insel-Bedienung und sein Vorgesetzter auch ein gutes Paar abgegeben hätten, doch er schüttelte diesen Gedanken schnell wieder ab.

Als Resi fort war, sagte Veitl: „Meinen'S, dass des Auto dem Toten im Stausee ghört hat?"

Steindl nickte eifrig.

„Des hab i sogar scho überprüfen lassen, der Halter des Fahrzeugs ist der Vater von unsrem toten Studenten. Also ja, keine Frage, des war sei Auto. Und ganz offensichtlich hat er damit einen ordentlichen Unfall ghabt, so wie des aussieht."

Der Kellner setzte seine seltsame Strategie fort, an jedem Tisch immer nur entweder ein Getränk oder einen Teller mit Essen auszugeben, und verteilte scheinbar wahllos seine Gaben quer über den Biergarten. Plötzlich stand er wieder vor ihrem Tisch mit der Haxe für Veitl und einer Schüssel voll Blattsalat für Steindl. Der sah ihn fragend an.

„Ihr Salat", erklärte der Junge und wollte schon wieder abdampfen.

„Naa", widersprach Steindl und musterte das gekochte Ei obenauf.

„Doch. Salat."

„Ja, scho Salat. Aber wo is die Wurst?", versuchte Steindl, ihm auf die Sprünge zu helfen.

„Wieso Wurst?"

„Weil die meistens a unverzichtbarer Bestandteil von am Wurstsalat is."

Vom Nebentisch meldete sich eine junge Frau zu Wort. „Entschuldigung, ich glaub, der Salat mit Ei ist meiner."

Achselzuckend nahm der Kellner den Salat und leider auch die Schweinshaxe, die Veitl gerade hatte anschneiden wollen, wieder mit und stellte den Salat am Nebentisch ab.

„Halt!", protestierte Veitl. „Des wär doch jetzt aber richtig gwesen!"

Doch es war zu spät, die Schweinshaxe verschwand schon wieder zwischen den Tischreihen.

„Der is scho lustig. Also, so wird der hier ned alt", stellte Steindl staunend fest.

Als er mit der Schweinshaxe wieder durch die Tür zur Gaststube verschwunden war, hörten Steindl, Veitl und wahrscheinlich auch der Rest des vollbesetzten Biergartens, wie der Inhaber und Koch des Hauses mit sonorer Stimme schimpfte: „Bist etz du zu allem z'blöd, sag amal? Schaug dass'd etz de Haxn naustragst, du Dreschfleglfotzn! Des derf ja wohl ned wahr sei! Hast du heut scho einmal was richtig austeilt? Dua's her!"

Wutentbrannt stapfte der Hausherr persönlich aus seinem Allerheiligsten. Er wischte mit einem Zipfel seiner fleckigen Küchenschürze die Soßenspritzer vom Tellerrand und stellte Veitl die weitgereiste Haxe wieder hin. „Tut mir leid, Schorsch", sagte er an Steindl gewandt. „Der Haubentaucher macht mi no wahnsinnig. Wenn i ned so notwendig a Aushilfe brauchen tät ..."

Steindl und Veitl kicherten in sich hinein.

„An Guten!"

Nachdem auch Steindl vom Chef persönlich seinen Schweizer Wurstsalat serviert bekommen hatte, aßen die beiden eine Weile schweigend.

„Is ja bloß gut, dass er nur austrägt und ned kocht", stellte Steindl kauend fest. „Schmecken tut's wie immer hervorragend. Oder ned?"

„Doch", bestätigte Veitl.

„Jetzt simma aber ganz drausgebracht worden. Also, des Auto is eindeutig in einen Unfall verwickelt gewesen. Jetzt überprüf ma alle Unfallanzeigen der letzten Zeit, ob da was dabei is mit Fahrerflucht oder sowas, wo halt a Beteiligter abgängig is. Vielleicht find ma da was raus."

„Aber i versteh immer no ned", warf Veitl ein, „wie der nach dem Unfall von dem kaputten Auto in den Stausee kommen is. Des passt doch alles ned zam. Selbst wenn er Unfallflucht begangen hat, wieso liegt er dann tot im See?"

„Das werd ma jetzt rausfinden müssen. Mit unsrem verschwundenen Herzog simma ja auch no ned weiter. Der vom Stausee, der is scho tot, aber vielleicht hamma zumindest no a Chance, dass ma den andren lebendig finden."

„Des wär zu hoffen, ja", bestätigte Veitl. „Was wiss ma denn eigentlich über dem sei Familie? Außer, dass der Vater Amtsrichter is? Was macht denn dem sei Mutter?"

Steindl nahm einen großen Schluck von seinem Bier. „Die Herberger Gaby, mei, de macht gar nix. I weiß gar ned, ob de irgendwann mal garbeitet hat. De war halt bei de Kinder daheim, und der Herberger, der find ja als Richter gnug, dass sie ned dazuverdienen hat müssen. De is scho in Ordnung, aber des is halt so a Latte-Macchiato-Mutti."

Veitl lachte über den Begriff. „Was is's?"

„A Latte-Macchiato-Mutti. Verstehn'S scho, so eine, die halt an ganzen Tag mit ihre Freundinnen im Café sitzt und Milchkaffee trinkt, weil de Kinder beim Geigenunterricht san, oder im Ballett, oder beim Reiten, und die Putzfrau schaut auf's Hauswesen und der Hausherr is in der Arbeit. So eine is de Gaby", präzisierte Steindl.

„I mein allerweil, der vermisste Leo, des is so a recht verwöhnts Bürscherl, dem's sei Lebn lang an Arsch nachetragen ham."

Steindl sah Veitl über den Rand seines Bierglases hinweg an. Als er abgesetzt hatte, sagte er: „Da widersprich i jetzt gar ned."

Als sie fertig waren, winkten sie den amüsanten Kellner wieder an ihren Tisch und verlangten die Rechnung. Er kam auch recht prompt und legte den beiden Herren eine gemeinsame Abrechnung vor. Veitl sah ihn an, dann Steindl, dann wieder ihn und meinte: „Schaun mir aus, als ob ma verheirat wären?! Getrennt, bitte."

Unbeeindruckt von seiner eigenen Unfähigkeit stapfte der Junge wieder davon und kehrte mit einem geradezu gigantischen Taschenrechner zurück. Während er relativ aussichtslos mit dem Ding versuchte, zwei Essen und zwei Getränke richtig zusammen zu sortieren, hatte Veitl seinen Beitrag bereits ausgerechnet und sprang ihm bei: „Zehn vierzig müssten des bei mir sei."

„Was war des jetzt bei Ihnen?", fragte der Kellner verwirrt.

„Des stimmt scho, glauben'S es mir. A Schweinshaxn und a Radler."

Der Bursche nahm das dargebotene Geld, dann rechnete er erneut und strich auf seinem Block herum. Schließlich kam er zu dem Schluss: „Zwölf Euro sind das dann noch."

Steindl zahlte und der Kellner ließ neben dem benutzten Geschirr auch seine wirre Abrechnung liegen und ging. Veitl nahm die Zettel noch einmal in die Hand und stellte fest: „Jetzt hat er uns a no bschissen."

„Warum?", fragte Steindl verblüfft.

„Weil a Wurstsalat und a Bier doch ned mehr kosten können als a Schweinshaxn und a Bier. Da. Er hat bei mir a Radler abgrechnet und bei Ihnen a eins. Sie ham jetzt beide Bier zahlt."

„Sauber. Der hat's doch drauf, der Kerl", stellte Steindl fest, machte sich aber nicht die Mühe, den Fehler aufzudecken.

Sie umrundeten das Wirtshaus und standen noch auf dem Gehsteig, da verließ auch der Kellner das Gebäude durch den Vordereingang. Seine Schürze hatte er abgelegt, auf dem stacheligen Kopf trug er jetzt ein Käppi. Lässig überquerte er den Vorplatz und ging schnurstracks auf ein etwas abseits geparktes Sportauto zu, schloss es auf, schwang sich hinein und bretterte mit quietschenden Reifen an den beiden Kommissaren vorbei die Straße hinunter.

Veitl sah ihm hinterher. „Den schau an! Der macht des scheint's öfter so. Schlecht verdienen tut ma als Kellner anscheinend ned, wenn der sich so an Karren leisten kann."

Wieder einen Tag später

Am Tag darauf hatte Veitl gleich zwei Termine: erst einen mit dem Bauunternehmer aus Tiefenbach und dessen Sohn Ferdinand, danach noch einen mit der viel gerühmten Gerti und ihrer Tochter und Enkelin. Dem Kommissar war es etwas peinlich, dass er schon die halbe Lebensgeschichte der Frau kannte, noch bevor er ihr überhaupt das erste Mal begegnet war.

Zunächst einmal fuhr er aber auf das Gelände der Baufirma hinaus. Das weitläufige Areal war über und über vollgestellt mit Baustoffen und Baumaschinen. Veitl wusste gleich gar nicht, wo er sein Dienstfahrzeug abstellen sollte, damit es nicht versehentlich unter die Räder kam. Ein Bagger schaufelte geräuschvoll Bauschutt von einem riesigen Haufen in einen Container.

Der Seniorchef führte ihn in das kleine Büro, dann rief er seinen Sohn hinzu. „Ich weiß jetzt nicht, was Sie von uns genau wollen", eröffnete der Vater Härtinger das Gespräch.

„Wie Sie wahrscheinlich eh wissen, wird der Leo Herberger vermisst, der den jungen Herzog bei der LaHo spielen hätt solln. Ihr Sohn is ja die Zweitbesetzung, wir wollten ...", begann Veitl.

„Und? Was haben wir damit zu tun?", unterbrach ihn der Unternehmer. Und an seinen Sohn gerichtet, schnauzte er: „Weißt du was vom Herberger?"

Ferdinand wich dem Blick des Kommissars und seines Vaters aus und murmelte: „Nein, wieso?"

„Der wird halt keinen Bock mehr auf die LaHo gehabt haben", mischte der Vater sich wieder energisch ein. „Sowas kennt man doch! Diese jungen Kerle sind doch alle ‚heute so, morgen so'."

„Is des so?", fragte Veitl den Sohn.

„Bei dem schon", presste Ferdinand hervor, biss sich dann aber sofort auf die Lippe.

Veitl bohrte nach: „Warum? Bei dir ned?"

„Nein", brach es aus Ferdinand heraus. „Weil ich Verantwortungsbewusstsein hab. Im Gegensatz zu dem. Der macht das doch schon sein Leben lang so! Der tut, was er will, und wie's andren damit geht, interessiert den nicht."

Der Vater bestätigte: „Genau wie der Vater. Da fällt der Apfel nicht weit vom Stamm, wenn ich mich nicht irre."

Veitl wurde hellhörig. „Wie meinen'S des? Ham'S schon mal Probleme ghabt mitm Herrn Amtsrichter Herberger?"

„Verknackt hat er mich, letztes Jahr", erzählte Härtinger bereitwillig. „Weil ich angeblich meine Arbeiter nicht ordnungsgemäß angemeldet hab. Schwarzarbeiter hätt ich beschäftigt. Stimmt aber nicht! Bei uns geht alles mit rechten Dingen zu."

„Des hat der Herberger offenbar anders gsehn, wenn er sie *verknackt* hat, oder?", wollte Veitl wissen.

„Weil er ein Depp is! Jawohl, das geb ich Ihnen auch gern schriftlich. Der Herberger ist ein Depp und sein Sohn auch. Der LaHo hätt eh nix Besseres passieren können, als dass der verschwindet. Mein Ferdi wird ein viel besserer Herzog sein als der. Gell, Ferdi?"

Ferdinand nickte rasch.

„Und dafür würden'S den Leo Herberger notfalls a ausm Weg räumen, hm?" Veitls Tonfall wurde schärfer.

„Was?", platzte Ferdinand erschrocken heraus.

„Ham Sie vielleicht a bissl nachgholfen, damit der verschwindet?"

Härtinger senior sah mit einem Mal nicht mehr so überlegen aus. „Dem Herberger? Was antun?"

„Sie ham mi scho verstanden! Meinen'S, dass der von allein verschwunden is? Mir ham Grund zu der Annahme, dass des a Entführung is. Aber des muss i Ihnen ja ned extra sagn, oder? Des

wissen Sie ja wahrscheinlich eh besser wie i. Wie is'n des? Wenn i jetzt da a Durchsuchung anordnen tät, auf Ihrm Firmengelände, tät i den dann da finden?" Veitl sah forschend von einem zum anderen.

„Damit haben wir nichts zu tun", erklärte der Vater sofort kategorisch. „Gell, Ferdi?"

Ferdinand beeilte sich zu nicken. Für Veitls Geschmack eine Spur zu schnell.

„Ich würd amal gern mit Ihrm Sohn allein sprechen", sagte er. Härtinger war das Ganze nun sichtbar unangenehm. Er verließ zwar das Büro, doch Veitl konnte sehen, wie er draußen im Hof unruhig auf und ab lief.

„Also, was is jetz da zwischen dir und dem Herberger Leo?", wandte er sich wieder dem Sohn zu. „Habt's an Stress mitnand?"

„Stress nicht direkt ...", druckste Ferdinand herum.

„Sondern?"

„Naja ... Ich mag ihn halt nicht sonderlich. Ist das illegal?" Ferdinand verlegte sich nun, da sein Vater weg war, offenbar auf Angriff als Verteidigungsstrategie.

„Illegal ned, aber es könnt a Motiv sein. Vielleicht warst a auf de Rolle neidisch, die er ghabt hat? Könnt doch sein."

„Ja, klar hätt ich auch gern den Herzog gespielt. Gleich von An- fang an und nicht nur notfalls. Wer würde das nicht wollen? Aber gegen so einen hätt ich doch sowieso nie eine Chance gehabt."

Veitl betrachtete den schlaksigen jungen Mann mit dem pickeligen Gesicht und den leicht fettigen, überlangen Haaren. Er kannte den Herberger nicht persönlich, aber von den Fotos her, die schon überall kursierten, musste er zugeben, dass er ihn auch vor- gezogen hätte.

„Is des ein rechter Weiberheld, der Leo? Oder was macht den so toll?", fragte Veitl in möglichst vertraulichem Ton.

„Ja. Also auch. Ich weiß es nicht genau. Schon möglich."

„Da is ma bestimmt gut angsehn bei de Mädels, oder? Mit so a Rolle? Wenn ma sagn kann, ma is da Bräutigam von da LaHo?" Veitl ließ nicht locker.

„Ja. Schon", räumte Ferdinand ein.

„Und des hätt dir a gfalln, oder?"

„Ja. Nein. Vielleicht. Mir ist das nicht so wichtig."

„Ach so, ned. Interessier ma uns no ned so fürs andre Ge- schlecht?" Veitl grinste.

69

Ferdinand wurde rot bis unter die langen Haare.

„Der Herberger hat ja sowieso an jeder Hand zehn. Was braucht der da noch mehr Argumente? Der gurkt mit seiner aufgemotzten Karre durch die Innenstadt zusammen mit seiner Tuning-Gang und reißt die Weiber im Dutzend auf. Mir würde ja eine reichen. Wenn's die Richtige ist. Verstehen Sie?"

Veitl nickte. „Ja, freili versteh i des. Mir langt de meine a. Und? Gibt's da so eine, die de Richtige sein könnt?"

Ferdinand zuckte die Achseln.

„Is de vielleicht a dabei, bei eurer Hochzeit? De Prinzessin vielleicht?", riet Veitl darauf los. An Ferdinands Reaktion konnte er ablesen, dass er damit ins Schwarze getroffen hatte.

„So geht man einfach nicht mit einer Frau um!", brach es aus Ferdinand hervor. „Der behandelt die Kathi wie den letzten Dreck. Ich würd mich nicht so aufführen, ihr gegenüber. Die Kathi ist nämlich ein super Mädel!"

Veitl erhob sich und öffnete die Tür, sodass auch der Vater Härtinger wieder mithören konnte. Dann fasste er zusammen: „Also, Sie ham scho mal an Ärger mit dem Richter Herberger ghabt, Ihr Sohn hat einen mit dem Leo, wegen der Kathi, außerdem stinkt es ihm, dass er ned den Herzog spielen hat dürfen. Des reicht als Motiv. I glaub, mir sehng uns bald wieder. Und ... i sag mal so: An längern Urlaub würd i etz einstweilen ned planen an Ihrer Stell. Sie verstengan mi?"

„Als Landshuter würde man das ja so kurz vor der LaHo sowieso nicht machen. Wir ham uns nichts vorzuwerfen. Aber bitteschön, tun's was Sie nicht lassen können! Sie finden selber raus, oder? Ich hab noch zu tun", verabschiedete Härtinger den Kommissar.

Veitl ging zurück zu seinem Auto. Auf dem kurzen Weg fiel ihm im hinteren Teil des Geländes noch ein eingezäuntes Areal auf, das scheinbar wie ein Wochenendhäuschen genutzt wurde, mit einem kleinen Garten und einem Teich davor.

Im Präsidium erwartete ihn schon das Damentrio aus der Vermittlung der Busmitinsassin.

Erstaunlicherweise entpuppte die Gerti sich als recht umgängliche, sportliche Dame um die fünfzig. Sie schüttelte Veitl die Hand und sagte freundlich, aber nicht ohne Erstaunen in der Stimme: „Gertraut Wallner mein Name, ich grüße Sie. Das ist meine Tochter Anita Prohaska und wiederum deren Tochter Janina-Kristin Pro-

haska. Wir sind etwas überrascht, dass Sie uns vorladen, Herr Kommissar."

Veitl schüttelte allen die Hand und bot den drei Damen Platz an. Dann ließ er sich selbst hinter seinem Schreibtisch nieder und erklärte: „Des is eher ein Zufall gwesen. Wir hoffen, dass Sie uns in am Fall weiterhelfen können, den wir grad bearbeiten. Oder eigentlich am ehesten die Janina-Kristin. I darf doch noch Du sagen, oder?"

Das junge Fräulein saß etwas verunsichert in ihrem Besucherstuhl, die Arme vor der Brust verschränkt und mit undurchdringlichem Gesichtsausdruck. Sie war groß und eigentlich recht hübsch, allerdings trug sie ihr schulterlanges Haar rechts ausrasiert, sodass sie von der einen Seite wie ein ganz normales, langhaariges Mädchen aussah, auf der anderen aber aus Veitls Sicht wie eine potenzielle Schwerverbrecherin. Ihre Augen hatte sie für ihr Alter stark geschminkt und blickte ihn nun unter tiefschwarz umrandeten Lidern an.

„Janina-Kristin, wie alt bist du?", fragte Veitl zum Einstieg.

„Vierzehn", antwortete die Mutter an ihrer Stelle. „Im Herbst wird sie fünfzehn."

Veitl ließ seine Augen auf der Halbwüchsigen ruhen und erwiderte: „Des kann sie mir bestimmt a selbst sagen. Ned wahr, Janina-Kristin?"

Die nickte.

„Machst du bei der Landshuter Hochzeit mit?", wollte Veitl weiter wissen.

Janina-Kristin schüttelte den Kopf, wodurch ihre noch langen Haare kurzzeitig die kahlen Stellen verdeckten.

„Interessiert di des ned, oder hast keine Rolle kriegt?"

„Interessiert mich nicht", war das erste, was Veitl dem Teenager entlocken konnte.

„Und deine Freundinnen? San die a ned dabei?"

„Doch. Manche schon", gab Janina-Kristin zurück.

„Kennst du a des diesjährige Brautpaar? Den Herberger Leo und die Furtner Katharina?"

Janina-Kristin nickte.

„Weißt du, der Leo, der is nämlich verschwunden. Vielleicht hat'n sogar jemand entführt. Hast du da was mitkriegt?" Veitl ließ seine Verhörpartnerin nicht aus den Augen.

„Hab ich gehört, ja", antwortete sie gelangweilt.

„Ich hab a was gehört", sagte der Kommissar lauernd. „Ich hab gehört, dass sich deine Clique öfter draußen am Stausee trifft und feiert."

Janina-Kristins Pokerface entglitt ihr kurz und sie warf ihrer Mutter einen raschen Seitenblick zu. Die stieß ihre Tochter in die Seite und knurrte: „Erzähl dem Kommissar, was du mir erzählt hast. Das kannst jetzt ruhig zugeben!"

„Ja, was denn?", motzte Janina-Kristin. „Wir waren da draußen, und? Das ist ja nicht verboten, oder?"

„Nein", bestätigte Veitl. „Verboten is des ned. Außer, dei Mutter hat's verboten. Von unsrer Seite her is des scho okay. Aber im Stausee hamma an jungen Mann gfunden."

Jetzt riss Janina-Kristin ihre schwarz geränderten Augen in ehrlichem Entsetzen weit auf. „Im See? Tot? Iiihhh ... Und wir haben da gesessen und womöglich unsre Füße reingehalten, da, wo der war!"

„Ja, im See", bestätigte Veitl. „Das is der zweite Fall, den ma da herinnen grad ham. Den vermissten Herberger Leo und den Toten vom Stausee. Deshalb hamma dich herkommen lassen. Was macht's denn immer, wenn's da so am See seid's?"

Jetzt hatte er sich endlich Janina-Kristins volle Aufmerksamkeit erwirkt. Seit der Erwähnung des Toten war auch ihre pubertäre Verstocktheit verflogen.

„Nichts! Chillen und Musik hören und so. Manchmal haben die älteren Jungs ein Lagerfeuer gemacht und wir haben Fisch gegrillt, oder Marshmallows gemacht. Sowas halt. Nichts Schlimmes, wirklich nicht."

„Erzähl dem Kommissar, was du mir erzählt hast. Raus jetzt damit", forderte die Mutter.

„Was denn, Mama?"

„Von den Autos!"

Der Kommissar sah gespannt zwischen Mutter und Tochter hin und her. „Was war'n mit de Autos?", hakte er nach.

„Ja, die älteren Jungs waren halt mit ihren Autos da. Die sind in so einer Tuning-Clique, da dreht sich immer alles nur um Autos bei denen. Wer das schnellste hat und so", erklärte Janina-Kristin ausweichend.

„Und weiter?", mahnte die Mutter.

„Ja, was denn?", motzte die Tochter.

Nachdem sie ihrer Tochter das Gewünschte nicht entlocken konnte, platzte sie selbst damit heraus: „Sie fahren Rennen!"

Jetzt wurde Veitl hellhörig. „Was sagn Sie da? Rennen?"

„Illegale Straßenrennen", wiederholte die Mutter voller Empörung. „Ich hab meiner Janina-Kristin verboten, dass sie mit diesen Leuten verkehrt. Das ist mir zu gefährlich. Da kann ja alles Mögliche passieren!"

„Allerdings", bestätigte Veitl. „Deshalb is des ja a verboten. Heißt ja ned umsonst *illegale* Straßenrennen. Stimmt des, Janina-Kristin?"

Der Teenager nickte, plötzlich wieder in Schweigen gehüllt.

„Des is strafbar, des is Ihnen scho klar, oder? Sowas hätten Sie anzeigen müssen, wenn Sie da Kenntnis davon ham", tadelte Veitl die Mutter. Danach widmete er sich wieder der Tochter. „Und wo is da gfahrn worden?"

„Auf der alten Elfer, hauptsächlich", gestand Janina-Kristin.

„Aber da is doch immer a Haufen Verkehr", hielt Veitl dagegen. „Da hätt doch scho längst was passieren müssen, wenn da so Rowdys Rennen fahren."

„Aber in der Nacht nicht, da ist kein Verkehr. Die sind ja immer nur in der Nacht gefahren", präzisierte Janina-Kristin.

„Und *wer* is da gfahren?", wollte Veitl wissen.

Janina-Kristin wich dem Blick des Kommissars aus und nuschelte: „Sag ich nicht."

„Was? Ich versteh di ned, sag's noch mal!"

„Das sag ich nicht. Ich weiß es ja auch gar nicht so genau. Die Autos haben mich nie interessiert."

Missbilligende Blicke ihrer Mutter und Oma trafen Janina-Kristin und ihre Mutter betonte: „Du bist hier bei der Polizei, meine Liebe. Da musst du jetzt schon sagen, was du weißt!"

Veitl erklärte versöhnlicher: „Du brauchst keine Angst ham, des, was du uns jetzt hier sagst, des bleibt unter uns. Aber wir müssen dafür sorgen, dass die Jungs da draußen ned no mehr Blödsinn machen. Immerhin hat's jetzt schon a Leiche geben. Verstehst?"

Janina-Kristin betrachtete eingehend ihre Fußspitzen und druckste herum: „Na ja, also ich glaub, schon der Leo Herberger, der vor allem. Der ist der Schlimmste gewesen. Und dann der Springer. Und so."

„Aha!", machte Veitl triumphierend. „Wieso is der der Schlimmste *gwesen*? Fahrt der jetzt nimmer?"

„Ja, weil er halt nicht mehr da ist, der Herberger", rief Janina-Kristin verzweifelt. „Und davor sind sie auch schon nicht mehr gefahren, weil er ja kein Auto mehr hatte, nach der Sache mit seinem

Audi. Er wollte immer, dass die andren ihm ihre Autos geben, weil er der Beste von ihnen war. Sie wollten noch ein Rennen fahren, wegen der Clique von den Moosburger Tunern, die wollten sie noch schlagen, aber ohne den Herberger und seinen Audi hätten sie keine Chance gehabt."

Veitl notierte sich alles, was Janina-Kristin in ihrem unerwarteten Redefluss preisgab. Endlich nahm die ganze Sache Gestalt an.

„Also, der Herberger und sein Audi waren quasi ausm Rennen, und was hast jetzt noch gsagt ghabt? Springer? Heißt der zufällig Jakob mit Vornamen?"

Janina-Kristin nickte.

„Schau, und deswegen is des hier so wichtig, dass du uns auch alles sagst, was du weißt. Weil der Springer Jakob, der ist tot. Des is unser Leiche vom Stausee. Und wenn du da was dazu weißt, dann musst du mir des jetzt sagen. Alles. Hörst du?"

Janina-Kristin schlug in einer theatralischen Geste die Hände vors Gesicht und begann zu schluchzen. Auch ihre Mutter wirkte geschockt. „Was? Oh Gott, der war doch noch so jung, oder? Wie kann der einfach tot sein?", fragte Janina-Kristin wenig geistreich.

„Das wüssten wir a gern", gestand Veitl. „Bisher wissen wir nur, dass er nicht im Stausee ertrunken ist, obwohl man ihn dort gfunden hat. Er muss also anders zu Tode kommen sein und erst danach is er da am Ufer abgelegt worden oder so. Aber Genaueres kann i Ihnen leider ned sagen, die Ermittlungen laufen noch."

Unter Schniefen und Japsen presste Janina-Kristin hervor: „Aber was is mit dem Lenni? Der hat mit der Sache doch nix zu tun, oder? Geht's dem gut?"

Wie aus einem Mund fragten Veitl und die Mutter: „Wer is Lenni?"

Janina-Kristin schwankte augenscheinlich zwischen Hysterie und Schmollen, während ihre Mutter aussah, als wäre sie kurz davor, die Tochter übers Knie zu legen.

„Wer is dieser Lenni?", wiederholte Veitl bemüht freundlich.

„Mein Freund", erklärte Janina-Kristin und verschränkte bockig die Arme vor der Brust.

„*Was?*", stieß ihre Mutter spitz aus.

Veitl unterbrach sie: „Ein Lenni ist bei uns in diesem Zusammenhang ned aktenkundig, wenn dich des beruhigt. Wie heißt denn dein Freund mit ganzem Namen?"

„Lenni-Damian Mateusz", gab Janina-Kristin zu Protokoll. „Aber dem dürfen Sie nix tun, gell?"

„Nein", versprach Veitl. „Wenn er nix getan hat, dann tun mir ihm a nix. Aber vielleicht muss er auch a Aussage machen, so wie du." Eine Weile nahm Veitl die drei Damen noch in die Mangel, dann hatte er genug Informationen zusammen und entließ sie.

„Autorennen ... mein lieber Schwan", kommentierte Steindl die neusten Erkenntnisse seines Vizes kopfschüttelnd.

„Und jetzt hängen unsre zwei Fälle doch wieder zam", fasste Veitl seine neusten Hinweise zusammen.

„Wieso des?", fragte Steindl geistesabwesend.

„Weil der Herberger einer von den Autofreaks war, de da draußen ihre illegalen Rasereien abgehalten ham. Des war allerdings, bevor er sein Audi zamgrennt hat."

„Ah, da schau her. Dann müss ma vielleicht doch der Gschichte mit dem kaputten Audi noch mal genauer nachgehn."

Die beiden Kommissare hatten den großen Tisch im Besprechungsraum belegt und breiteten darauf alles aus, was sie zur Lösung ihrer beiden Fälle zusammengetragen hatten. Auf einer Landkarte hatte Steindl den Fundort der Leiche und den des kaputten BMWs eingezeichnet, Fotos von beiden lagen auf dem Tisch, auch die Kopien der Erpresserbriefe waren dabei. Noch während der Chef die einzelnen Indizien prüfend hin- und herschob, klopfte es und die Sekretärin erschien zögerlich im Raum. Sie hielt das Telefon in der Hand und signalisierte Steindl, dass sie ein Gespräch für ihn hatte.

„Wer is's denn?", fragte er unwillig.

„Gerichtsmedizin", formte die Sekretärin lautlos mit den Lippen.

Steindl nahm das Gespräch entgegen. „Ja, Steindl."

Veitl verfolgte die für ihn einseitige Konversation interessiert.

„Wegen dem Unfallfahrzeug? Ja ...", hörte er Steindl sagen. „Der BMW ist eindeutig des Auto von unserm Toten, doch. Aha ... Ach was! Jetzt echt? ... Na sowas ..."

Leider wurde Veitl aus dem, was er hörte, nicht schlau. Was hatte der Gerichtsmediziner herausgefunden?

„Ja, Dankschön scho mal. Den Bericht krieg i dann no, oder? Alles klar. Passt. Bis dann, Servus!", beendete Steindl das Gespräch.

An Veitl gewandt sagte er: „Jetzt wird's spannend. Die Verletzungen von unsrer Wasserleiche und die Schäden an dem BMW passen scho zam, allerdings heißt des dann, dass er ned der Fahrer war."

Veitl stutzte.

„Ja, wie jetzt? Wenn's doch zampassen? Wieso war er dann ned der Fahrer?"

„Weil des Auto hauptsächlich auf der Beifahrerseiten demoliert is und die Verletzungen a drauf schließen lassen, dass er auf der Beifahrerseiten gsessen is. Also is er ned der Unfallfahrer gwesen."

Veitl zog eine nachdenkliche Grimasse. „Dann muss uns jetzt der Gutachter no sagn, was genau da passiert is."

„I hoff, dass er uns des wirklich sagn kann, ja", bestätigte Steindl.

Als die beiden wieder in ihre Büros hinübergingen, klingelte das Telefon, das Steindl noch in der Hand hatte, erneut.

„Wer is jetzt des?", fragte er irritiert und blickte auf das Display. „A Landshuter Nummer. I geh glei mal selber hin."

Es war der Fuchs, und dass er wieder ziemlich aufgebracht war, hörte Veitl sogar, obwohl er das Telefon nicht direkt am Ohr hatte.

Nachdem er aufgelegt hatte, stellte Steindl fest: „Jetzt wird's wirklich spannend. De Geldübergabe soll heut Abend stattfinden."

„Dann schau ma, dass ma den Erpresser schnappen, oder?", resümierte Veitl.

„Genau."

Am selben Abend

Veitl und Steindl saßen in einem unauffälligen Mercedes, einem zivilen Polizeiauto, am Rand des Landshuter Stadtparks bei der Isarbrücke. An mehreren anderen Stellen hatten sich Polizeibeamte positioniert, alle mit schusssicheren Westen und voll bewaffnet, denn niemand wollte ein Risiko eingehen.

Sie observierten einen Papierkorb, der neben der Brücke über die kleine Isar angebracht war. Der Stadtpark war an dieser Stelle nicht besonders breit, rundherum gab es Wohnhäuser, aber die Brücke führte über den Altwasserarm der Isar hinüber auf die Mühleninsel, wo das Gelände stärker bewaldet war. Wahrscheinlich plante der Erpresser über die Brücke zu entkommen, doch natürlich war auch die andere Seite von Polizisten umstellt.

Fuchs fungierte als Überbringer. Er hatte das Geld in eine Plastiktüte gepackt – es handelte sich bis auf die obersten Scheine jedes Päckchens im Wesentlichen um Falschgeld – und würde es, so wie der anonyme Anrufer es verlangt hatte, in den Papierkorb stecken.

Veitl und Steindl hatten Fuchs genau im Blick. Auch die beiden Kriminalbeamten trugen ihre Dienstwaffen. Außer dem Vorstand der Förderer war jedoch noch niemand zu sehen.

Fuchs sah sich nach allen Richtungen um. Veitl konnte es ihm nicht verdenken, dass er nervös war, seine eigenen Hände waren ebenfalls schwitzig.

Ein Radfahrer kreuzte den Weg. Die eigentlich harmlose Begegnung löste sowohl bei Fuchs als auch bei den observierenden Beamten sichtlich Unruhe aus.

„Herrschaft, i hab dacht, die ham abgsperrt!", schimpfte Steindl. „Wieso fahrt jetzt der da einfach mittendurch? Des is doch a Wahnsinn!"

Der Fahrradfahrer verschwand über die Obere Wöhrstraße in Richtung Innenstadt, ohne von den Vorgängen um ihn herum Notiz zu nehmen. Fuchs trat beherzt auf den Papierkorb zu. Er sah sich noch einmal um, dann stopfte er die Plastiktüte mit dem Lösegeld in den Mülleimer. Mit raschen Schritten entfernte er sich wieder wie besprochen.

Veitl und Steindl rutschten unwillkürlich tiefer in ihre Sitze hinein. Jetzt hieß es warten.

Eine ganze Weile passierte nichts.

Veitl und Steindl entspannten sich langsam wieder in ihrem Fahrzeug. Sie beobachteten aufmerksam die Büsche und Bäume, die sie einsehen konnten. Es war bereits dämmrig, aber so kurz vor der Sommersonnwende noch nicht stockdunkel.

Veitl angelte die Thermoskanne aus dem Fußraum, die Margarete ihm vorsorglich für die Observation mitgegeben hatte. Kaffee schien ihm jetzt dringend nötig zur Verkürzung der Wartezeit. Er drehte den Deckel herunter, drückte die Verriegelung des Isolierstöpsels nach innen und schenkte den Kaffee in den Deckel der Kanne ein. Dabei spritzte ihm etwas davon auf die Hose, wo er die heiße Flüssigkeit sofort durch den dünnen Stoff auf dem Oberschenkel spürte.

„Heiß! Zefix!", entfuhr es ihm.

Mit einer Serviette, die Margarete wohlweislich zu seinem Proviant dazu gepackt hatte, versuchte er, den Fleck aus seiner Hose zu tupfen, machte ihn damit aber eher schlimmer.

Steindl beobachtete weiter die Umgebung durch die Linsen eines Fernglases, ohne sich von Veitls Tun ablenken zu lassen.

„Da!", zischte Steindl plötzlich.

Veitl ließ von seiner Hose ab und folgte dem Fingerzeig seines Vorgesetzten mit den Augen.

„Da kommt einer."

77

Veitl kniff die Lider zusammen, um besser erkennen zu können, was sich im Halbdunkeln abspielte. Tatsächlich, es näherte sich gemächlichen Schrittes ein Fußgänger auf dem Gehweg, der von der Wagnergasse herüber zum Stadtpark führte. Obwohl es immer noch sommerlich warm war, trug der Spaziergänger einen Parka und hatte die Kapuze tief ins Gesicht gezogen.

„Des is er, was wett ma?", äußerte Veitl und trank den Kaffee im Thermosbecher in einem Schluck aus, um sich zum Aussteigen bereit zu machen.

„Des wird ma jetzt glei sehng", kommentierte Steindl, dessen Griff um das Fernglas fester wurde.

Durch das Funkgerät hörten sie den Kommandanten der Streifenpolizisten, die draußen auf der Lauer lagen: „Verdächtige Person nähert sich von Nord."

Der Statur nach zu urteilen, handelte es sich bei der fraglichen Person um einen Mann, aber mit Gewissheit ließ sich das Geschlecht nicht feststellen. Sie lief jedenfalls geradewegs auf den Papierkorb zu, in dem sich die Plastiktüte mit dem Lösegeld befand. Als sie auf Höhe des Mülleimers angekommen war, sah sie sich nach allen Richtungen um. Kurz schien es so, als würde die Gestalt durch die Scheibe genau den beiden Kriminalpolizisten in die Augen sehen. Doch Veitl wusste, dass das eine optische Täuschung sein musste, sie konnte sie von ihrem Standort aus gar nicht sehen.

Ohne Argwohn ging der Verdächtige vor dem Papierkorb in die Hocke und linste durch den Einwurf hinein. Offenbar hatte er entdeckt, was er suchte, denn er begann mit dem Arm in den Mülleimer hinein zu angeln.

Das reichte den Beamten als Beweis.

Steindl griff sich das Funkgerät und befahl: „Das is er. Zugriff!"

Danach ging alles sehr schnell: Die Polizisten brachen gleichzeitig aus ihren Verstecken. Mit gezogenen Schusswaffen forderten sie den Verdächtigen auf, die Hände über den Kopf zu nehmen.

Der Angesprochene zuckte zusammen und starrte die Beamten wie ein Reh im Lichtkegel eines herannahenden Autos an. Er unternahm den halbherzigen Versuch aufzustehen, konnte aber nicht, weil sein Arm noch im Papierkorb steckte. Im Ring näherten sich die Beamten ihm, bis ihn ein Polizist am freien Arm greifen konnte.

Da riss Veitl die Beifahrertür des Wagens auf und sprang heraus. Er erreichte den Papierkorb vor Steindl.

„So, Freunderl, was wollt ma denn in dem Abfalleimer, hm?",
bellte Veitl den Festgenommenen an.

„Fand ... Flaschn ...", lallte der sichtlich Betrunkene. „Derff ma
jetzsch desss a sch-scho nimmer ..."

„Erzähl doch kein Krampf, des Geld wolltst, gib's zu!", fuhr Veitl
ihn erbost an.

Der Betrunkene bestätigte: „Jaa ... von de Fandflaschschn ..."
Da erreichte Steindl mit dem Funkgerät in der Hand die
Szenerie. „Was is jetzt des? Der is ja voll wie a Haubitzn. Is des
unser Erpresser?", fragte er ungläubig.

Der Festgenommene griff mit einer fahrigen Geste in die Innen-
tasche seines Parkas. Sofort sah er sich den Läufen von vier gezogenen Schusswaffen gegenüber. Doch statt einer Pistole förderte
er einen silbernen Flachmann zutage und hob beschwichtigend die
freie Hand. „Sss gut. I tu euch sch-scho nix. No wer an
Schschnapss?"

Veitl befielen ernsthafte Zweifel, ob sie den Richtigen verhaftet
hatten. Kopfschüttelnd steckte er seine Dienstwaffe wieder in das
Holster zurück. Und wirklich meldete sich das Funkgerät in diesem
Augenblick: „Haben Flüchtigen gestellt. Erbitte Anweisung. Over."

Steindl erwiderte: „Roger. Ihr Standort bitte."

Aus dem Funkgerät kam krächzend die Antwort: „Auf der
anderen Seite der Brücke. Over."

Steindl und Veitl wechselten einen raschen Blick. Noch ehe sie
sich entscheiden konnten, was als nächstes zu tun war, drang die
Stimme des Einsatzleiters der Streifenpolizisten erneut aus dem
Funkgerät, und vor hörbarer Aufregung verzichtete er auf die
Regeln des Funkverkehrs: „Ihr glaubt's ned, wen wir ham. Kommt's
ihr rüber, oder soll'n wir zu euch kommen?"

„Bringt's ihn her", entschied Steindl.

Die Beamten vor Ort hatten inzwischen dem Betrunkenen
Handschellen angelegt und ihn zu einem Polizeiauto gebracht. Veitl
und Steindl warteten.

Und schon kamen die Polizisten und der Einsatzleiter im Laufschritt von der anderen Seite der Kleinen Isar herüber, ihren Verdächtigen zwischen sich.

Als er ihn sah, sog Veitl hörbar die Luft ein. Obwohl er erst kurz
in der Stadt war, war ihm dieses Gesicht nur allzu bekannt. Es war
momentan schwer, ihm auszukommen.

„Ja verreck!", stieß Veitl hervor.

Steindl schloss sich an: „Mi leckst am Arsch!"

Veitl warf Steindl einen fragenden Blick zu. „Da hamma'n ja, unsern Vermissten, oder ned?"

„Ja, kein Zweifel, des is er. Leo Herberger, oder ned?", fragte Steindl scharf in Richtung des Festgenommenen. Der stand da mit hängenden Schultern und betrachtete eingehend seine Fußspitzen, die in teuren, aber schmutzigen Sportschuhen steckten.

„Wo habt's jetzt den her?", fragte Veitl verdattert.

Der Einsatzleiter erklärte: „Der war auf der Brücke und wollt grad zu euch rüber, da hat er anscheinend die Polizei gsehn und is davon. Aber wir ham ihn erwischt."

Steindl fragte argwöhnisch: „Und wie kommt jetzt bittschön das Entführungsopfer da her zu der Übergabe?"

„Des erklärt er uns vielleicht am besten selber", forderte Veitl den vermeintlichen Entführten auf.

Leo hatte sich wieder gefasst und erklärte mit Inbrunst: „Danke, Herr Kommissar, dass Sie mich gefunden haben! Sie glauben ja nicht, was ich durchgemacht habe!"

„Spar dir das Theater!", fuhr Steindl ihn an. „Des kannst deiner Oma erzählen, dass de di jetzt grad aus der Hand des Entführers befreit ham!"

Der Einsatzleiter der Streife bestätigte: „Da war sonst kein Mensch, er war allein auf der Brücke."

„Der Entführer is doch ned so blöd und lasst sein Druckmittel da frei rumrennen. Abgesehen davon, dass, wenn der so deppert wär, du doch längst über alle Berge sein müsserst. Stattdessen rennst in de Geldübergabe rein. Des stinkt doch zum Himmel!"

Leos aufgesetzte Miene verfinsterte sich, er rang sichtlich nach Erklärungen. „Ich hab mich befreit, ich war gefesselt", versuchte er es erneut.

„An Schmarrn warst du!" Veitl riss der Geduldsfaden. „I verwett mein Arsch drauf, dass der Bsoffene, den wir da aufgriffen ham, überhaupt nix mit der Entführung zum tun hat."

„Da kann ich doch nix dafür, wenn Sie den Falschen schnappen", maulte Leo halbherzig.

„Mir ham scho den Richtigen", erklärte Veitl bestimmt. „Weil der angeblich Entführte nämlich in Wahrheit der Erpresser is, hab i recht?"

„Also gemma, abführen! Red ma aufm Revier weiter", entschied Steindl.

Die Handschellen klickten zum zweiten Mal. Die Polizisten, einschließlich Veitl und Steindl, packten ihre Waffen wieder weg und kehrten zu ihren Fahrzeugen zurück. Zwei der Beamten führten den Verhafteten zwischen sich. Den flaschensammelnden Betrunkenen nahmen sie sicherheitshalber trotzdem mit.

Veitl meinte achselzuckend: „Kann er sich amal gscheid ausschlafen. Den nüchtern ma jetzt erst amal aus und dann schau ma morgen weiter."

Dann setzte sich der Konvoi Richtung Neustadt in Bewegung.

Später am Abend

Auf der Polizeiwache von Landshut herrschte trotz der späten Stunde noch reger Betrieb. Der verhaftete Leo Herberger, seine erleichterten, aber reichlich konsternierten Eltern, Veitl, Steindl, zwei Streifenpolizisten und Fuchs von den Förderern, drängten sich in dem kleinen Besprechungsraum.

Richter Herberger saß mit versteinerter Miene neben seiner Frau, die sich immer wieder mit einem zusammengeknüllten Papiertaschentuch die Augen wischte. Neben ihm saß Fuchs und ballte die Hände im Schoß zu Fäusten. Leo Herberger war auch der letzte Rest seiner Coolness abhandengekommen, er hatte den Kopf in die Hände gestützt und vermied es, irgendjemanden anzusehen. Alle warteten gespannt darauf, dass Steindl oder Veitl das Gespräch eröffneten.

Steindl tat das dann auch, indem er sich räusperte und anschließend in die Runde sagte: „Also, meine Herrschaften, wir ham Sie jetzt heute noch herbestellt, weil i glaub, dass Sie alle a erhöhtes Interesse dran ham, dass ma jetzt schnell aufklärn, was da eigentlich passiert is."

Zustimmendes Gemurmel.

„Moment", warf Herberger senior ein. „Mein Sohn hat Anrecht auf einen Anwalt. Ich hab bereits einen Kollegen verständigt, aber es dauert wahrscheinlich noch ein paar Minuten, bis er einen Parkplatz hat." Er sagte das völlig emotionslos und würdigte seinen Spross dabei keines Blickes. Frau Herberger schniefte.

Steindl zuckte die Achseln. „Ja, guad, na wart ma halt no. Jemand an Kaffee? Oder was andres?"

Anfang Juni 2017

In einer Gartenlaube in der Schrebergartensiedlung am Eisstadion saß Leo Herberger am Tisch unter der spärlichen Beleuchtung einer Petroleumlampe. Obwohl um diese Zeit normalerweise keine Kleingärtner mehr in der Anlage waren, hatte er vorsorglich die Fenster des Holzhäuschens abgedunkelt, um bei den Nachbarn keinen Argwohn zu wecken. Jetzt im Sommer, wo die Nächte langsam lau wurden, bestand doch die Gefahr, dass jemand noch im Garten sitzen wollte, grillte oder spazieren ging.

Vor ihm auf dem Tisch und auf dem Stuhl daneben türmten sich Illustrierte und etliche Ausgaben der Landshuter Zeitung. Akribisch durchsuchte Leo sie nach auffällig großen Buchstaben in den Überschriften. Die schnitt er aus und legte sie nebeneinander auf einen weißen Bogen Papier.

Den ersten Entwurf hatte er bereits verworfen, davon zeugten zusammengeknüllte Schnipsel auf dem Fußboden. Jetzt klebte er den neuen Wortlaut mit Klebestift Buchstabe für Buchstabe auf das Papier. Dabei fuhr seine Hand reflexartig immer wieder zu seinem Smartphone, das stumm neben ihm auf dem Tisch lag. Es juckte ihn in den Fingern, es einzuschalten und endlich wieder am Leben teilzuhaben, doch er wusste, dass er das nicht durfte.

„Wenn ich es anmache, finden sie mich", sagte er sich selbst wie ein Mantra vor. „Das eingeschaltete Handy kann man orten." Er war nicht mal hundertprozentig sicher, ob man es nicht auch im ausgeschalteten Zustand orten konnte, doch inzwischen dürfte ohnehin der Akku leer sein.

Sein einziger Kontakt zur Außenwelt bestand im Moment in den unregelmäßigen Besuchen von Lenni, der ihn mit Lebensmitteln versorgte, so gut es eben ging. Groß war die Bandbreite an Nahrungsmitteln nicht, die sich mithilfe eines Camping-Gaskochers und eines Topfs zubereiten ließen. Gerade köchelten hinter ihm über der kleinen blauen Gasflamme wieder einmal Ravioli aus der Dose. Die labbrigen Nudeltaschen mit der dünnen Tomatensoße hingen ihm bereits zum Hals heraus. Wie gern wäre er einfach wieder einmal durch den Drive-In gefahren und hätte ein XXL-Menü mit Pommes und Chicken-Nuggets verdrückt. Allein der Gedanke an die fettigen Leckereien verursachte ihm sehnsüchtiges Magenknurren.

Doch wenn er erst einmal im ICE Richtung Süden saß, war die Zeit, die er hier eingesperrt auf zwölf Quadratmetern Gartenlaube verbracht hatte, sicherlich schnell vergessen. Für seine kurz-

fristigen Auswanderungspläne benötigte er lediglich noch ein paar Scheinchen für die Reisekasse, und das Geld einfach mit der Kreditkarte abzuheben, hätte wieder die Verfolger auf seine Fährte gesetzt. Deshalb der Umweg über die mit ausgeschnittenen Buchstaben geschriebenen Botschaften.

Wieder zum späteren Zeitpunkt, auf dem Präsidium

„So, i glaub, des reicht uns für heut", beendete Steindl die Anhörung. „Es is scho spät und wir ham, denk i, alle morgen an harten Tag vor uns."

Herberger senior half seiner Frau auf die Beine, die den Anschein machte, als wäre sie ohne Unterstützung gar nicht in der Lage zu laufen. Ihre Augen waren rot und verquollen, das inzwischen aufgeweichte Tempotaschentuch lag noch auf dem Tisch. Steindl verabschiedete sich von den beiden.

„Frau Herberger, Max, i würd jetz gern was Aufmunterndes sagn, aber ihr wisst's es ja selber ...", sagte er mitfühlend.

Richter Herberger schüttelte dem Kommissar mit festem Druck die Hand. „Wird schon. Danke."

Veitl nahm seine Jacke vom Stuhl und wartete, bis die Polizisten Leo Herberger hinausgebracht hatten. Hinter ihm stand Fuchs etwas ratlos herum.

„Was passiert jetzt mit der Hochzeit?", fragte Veitl ihn, um überhaupt irgendetwas zu sagen.

„Ach mei, die ...", sagte Fuchs gedehnt. „Des geht scho weiter. Es geht immer irgendwie weiter."

„Alsod dann jetz die Zweitbesetzung?"

„Freilich, der Ferdl macht des scho. Aber der Leo, ha? Des werd ned so glimpflich ausgeh, könnt i mir vorstellen ..." Fuchs sah den Beamten hinterher, die seinen Schützling abführten.

„Glaub i a ned", räumte Veitl ein.

Fuchs seufzte. „Wieso macht denn der so an Scheiß?"

„Des kann er uns bloß selber erklärn, wenn er's überhaupt selber versteht", antwortete Veitl.

„Na, also, i pack's dann. Oder hätt's ihr mi no braucht?" Fuchs wandte sich an Steindl, doch der winkte ab.

„Passt scho. Geht's heim jetzt. Den Rest mach ma dann morgen, oder die nächsten Tage dann."

Fuchs schlich hinaus wie ein geprügelter Hund, die Eltern Herberger folgten ihm. Steindl und Veitl räumten zusammen den Be-

sprechungsraum auf. Das Gehörte wirkte noch nach, daher sprachen sie kein Wort. Erst als sie vor der Tür standen, entließ Steindl seinen Stellvertreter: „Oh mei, da ham'S ja gleich einen sauberen Eindruck von unsrer Stadt kriegt."

Veitl winkte ab. „Schmarrn. Des is eben unser Beruf. Jetzt geh ma ins Bett und dann schau ma morgen weiter."

Damit verließen die beiden Männer das Präsidium.

Zuhause war bereits alles dunkel. Veitl schlich sich ins Bad, um Margarete nicht zu wecken. Dort stieg er erst einmal unter die Dusche. Er hatte bei dem Einsatz geschwitzt und außerdem wollte er die Eindrücke des Tages herunter waschen.

Als er kurz darauf aus der Dusche stieg, fühlte er sich schon wieder besser. Er trocknete sich ab, zog seinen Schlafanzug an und putzte noch schnell die Zähne, dann tapste er hinüber ins Schlafzimmer. Dort stieg er in seine Hälfte des Ehebetts und schloss erleichtert die Augen.

Gerade begann sein Geist wegzudriften, da riss ihn ein Geräusch aus dem Halbschlaf. Mit einem Schlag wieder hellwach, horchte er in die Dunkelheit.

Es war ein Schniefen. Und es kam von Margaretes Bettseite.

„Bist du no wach?", flüsterte Veitl in ihre Richtung.

Das Schniefen verstärkte sich.

„Is was?"

Immer noch sagte Margarete kein Wort. Veitl tastete auf seinem Nachttisch nach dem Schalter für die Lampe. Er fand ihn und machte sein Nachttischlicht an. Margarete hatte ihm den Rücken zugedreht.

„Jetzt sag halt, was is'n los?", drängte Veitl beunruhigt. „Weinst du?"

„Ach, nix ...", schniefte Margarete wenig überzeugend.

„Ja, nix, genau. Und deshalb bist du um die Uhrzeit no wach und rotzt da umeinander. Sag halt, was los is!" Veitl merkte, dass er gereizt klang. Er atmete tief ein und aus und versuchte es noch einmal: „Des bringt doch nix, wenn du jetzt da liegst und weinst. Sag ma halt, was mit dir los is. Hellsehen kann i ned."

Abrupt drehte sich Margarete zu ihrem Mann herum und Veitl sah, dass sie wirklich verheult aussah.

„Du bist doch nie daheim! Wann könnt i denn was zu dir sagen? Da brauch i ja an Termin von deiner Sekretärin! Was weißt denn

du, wie's mir geht? I sitz den ganzen Tag da umeinander. Du bist auf der neuen Dienststell, kümmerst di um dei neue Arbeit und kommst jeden Tag später heim. I versteh di ja, dass du des jetzt gscheid machen willst. Mir fallt aber die Deckn aufn Kopf. Früher hab i an Garten ghabt und a ganzes Haus und Freunde und Bekannte. Da bin i zum Metzger kommen und dann hat mi die Verkäuferin scho an der Tür begrüßt und dann is a kleiner Ratsch gangen. Oder i hab übern Gartenzaun mit der Nachbarin gratscht und Rezepte austauscht. Wen hab i denn hier? Nur unsere Andrea und die Kinder!"

Verdattert lauschte Veitl dem unerwarteten Redefluss. Tatsächlich hatte er vor lauter Arbeit überhaupt nicht mitbekommen, dass es Margarete nicht gut ging. Genaugenommen hatte er sie in den letzten Tagen kaum gesehen, meistens war sie schon im Bett, wenn er nach Hause kam, oder auf der Couch vorm Fernseher eingeschlafen.

Dass sie so unter der neuen Situation litt, war ihm völlig entgangen. Gleichzeitig stöhnte er innerlich auf, weil er jetzt noch eine zusätzliche Baustelle hatte. Die beiden Fälle verlangten ihm bereits einiges ab und sein Tag war lang gewesen, eigentlich hatte er sich jetzt nur auf sein Bett und ein paar Stunden Ruhe gefreut, bis es dann morgen Früh wieder von Neuem losging.

„Aber du bist doch beim Yoga an der TGL, und im Musical war ma ...", warf Veitl ein. „Und die Kinder san doch a so viel da. Du hast dich doch gfreut drauf, dass'd jetzt mehr Zeit für deine Enkel hast."

„Ja, schon. Aber jeden Tag nur mit de Kinder, des langt doch auf Dauer a ned. I versuch halt, dass i an Anschluss find hier. Aber des is ned so einfach. I bin ja a keine zwanzig mehr. Die Leut hier, die ham doch ned auf uns gwartet! Die ham alle a eigenes Lebn und suchen ned unbedingt neue Bekanntschaften. Und selbst wenn, des is ja dann doch eher nur oberflächlich. I möcht einfach heim ..."

Hemmungslos fing Margarete zu schluchzen an.

„I hab ja ned gwusst, dass dir des so nachgeht mit dem Umzug ..." Veitl nahm seine Frau unbeholfen in den Arm.

„I weiß einfach ned, was i no machen soll. I find einfach kein Anschluss. In Garmisch war des ganz anders ...", heulte Margarete. Jetzt, wo sich die Schleusen einmal geöffnet hatten, gab es kein Halten mehr.

„Mir war ja ned klar, dass des für di so schlimm is. Wenn i des gwusst hätt, hätt i de Beförderung ausgschlagen ..."

Da richtete Margarete sich an der Schulter ihres Mannes wieder auf und sagte trotzig: „Ja, soweit kommt's noch! Wir ham da so lang drauf hingarbeitet, naa, des geht ned. Da müss ma jetzt scho durch."

Am nächsten Morgen, auf dem Präsidium

„So, wen lad ma uns jetzt heut als erstes zum Verhör?", fragte Steindl und sah Veitl voller Tatendrang an.

Veitl war weniger emsig an diesem Morgen. Der lange Arbeitstag und die nächtliche Problembewältigung hingen ihm noch nach, aber das behielt er für sich. Ergeben blätterte er in seinem Protokoll vom Vorabend.

„Also, ich würd auf jeden Fall heut gern diesen Lenni hören, der unserm Herzog scheint's Unterschlupf gegeben hat. Der muss ja a in der Tuning-Clique a tragende Rolle ghabt ham", erklärte Steindl, ohne Veitls Einschätzung abzuwarten.

Dieser nickte zustimmend. „Da fahr ma hin und überprüf ma gleich mal, ob des stimmt, was uns der junge Herberger da gestern alles aufgetischt hat. Aber dann bleibt immer no die Frage offen, warum der ganze Aufstand. Was hat er damit bezweckt, dass er sei eigene Entführung vortäuscht hat?"

Steindl erwiderte: „Des würd mi a interessiern. Also, pack ma's an. Find ma's raus."

Während Steindls Sekretärin sich hinters Telefon klemmte und die anstehenden Termine koordinierte, kehrte Veitl an seinen Schreibtisch zurück. Als er sich auf die Verhöre vorbereitete, drifteten seine Gedanken immer wieder zu seinem Gespräch mit Margarete in der Nacht ab. Wie hatte ihm entgehen können, dass sie sich so schlecht fühlte?

Rückblickend dachte er, dass es durchaus Anzeichen dafür gegeben hatte, dass etwas nicht stimmte. Spätestens seit dem Abend, als er die Küche im Chaos und sie zwischen den Kindern auf dem Sofa eingeschlafen angetroffen hatte. Das sah ihr einfach überhaupt nicht ähnlich. Ebenso wenig wie der Ausbruch der vergangenen Nacht. In Garmisch hatte es dergleichen nie gegeben. Margarete war immer Herrin der Lage gewesen, der ruhende Pol. Jetzt schien das anders. Veitl beunruhigte diese neue Situation, die er nicht vorhergesehen hatte und für die er keine sinnvolle Lösung sah. Er wusste nicht, was er tun konnte, um ihr zu helfen, gleichwohl stand außer Frage, dass etwas passieren musste.

In diese Überlegungen hinein platzte ein Anruf auf Veitls Handy. Er benutzte es eigentlich so gut wie nie, hatte es auch hauptsächlich für dienstliche Zwecke, deshalb wusste er gleich gar nicht, wie man den Anruf darauf annahm. Dann gelang es ihm doch und er meldete sich: „Veitl, Kriminalpolizei Landshut?"

Am anderen Ende war sein Sohn Benedikt. „Geh, Papa, du siehst doch, dass ich das bin", tadelte er.

„Naa, des sehg i ned", verteidigte sich Veitl. „De Schrift is so klein und i hab keine Brille auf. Aber nett, dass du anrufst. Wo bist denn?"

„In Genua. Ich bin heute Morgen von Bord gegangen und morgen geht's wieder los, östliches Mittelmeer und griechische Inseln. Du, aber sag mal ..."

Veitl unterbrach ihn: „Was, in Genua bist du? In Italien? Geh, wieso rufst denn da am Handy an, des kostet doch an Haufen Geld, des is ja a Ferngespräch!"

Er hörte Benedikt kichern. „Aber Papa, es gibt doch gar keine Ferngespräche mehr. Wenn, dann kostet das Roaming-Gebühren. Tut's aber auch nicht, weil ich dich übers Internet anrufe. Jetzt hör mal: Ich hab grad bei euch daheim angerufen, ich wollt mich mal wieder bei Mama melden und hören, wie's euch so geht, da in Landshut. Aber die Mama ist ja ganz durch den Wind! Wie sie gehört hat, dass ich dran bin, hat sie direkt angefangen zu weinen! Ist bei euch irgendwas passiert? Habt ihr Stress?"

Veitl seufzte. Das Problem war ja noch größer, als er befürchtet hatte. Dass sie sich nicht mal vor ihren Kindern im Griff hatte, war ein echtes Alarmzeichen. Kein Wunder, dass Benedikt postwendend bei seinem Vater angerufen hatte.

„Ja, i weiß scho ...", räumte er ein. „Sie kommt mit dem Umzug irgendwie ned klar. Aber i weiß ned, was i da jetzt machen soll ..."

„Weißt du, ich hab mir das ja bei eurem Umzug schon gedacht. Der Abschied ist ihr nicht leichtgefallen. Ich kann gar nicht glauben, dass du davon nichts mitgekriegt hast. Verstehst du, du hast es ja einfacher, du bist über die Arbeit gleich voll mittendrin im Geschehen."

Oh ja, du machst dir keine Begriffe wie sehr, dachte Veitl, hielt aber den Mund und ließ seinen Sohn weiterreden.

„Du hast Kollegen und schließt automatisch neue Bekanntschaften. Außerdem bist du große Teile des Tages sowieso beschäftigt. Das alles hat sie ja nicht. Ich stell mir das schon schwer vor. So ganz allein."

„Ja, geh, also ganz so is des ja jetz a ned! I sitz ja jetz da ned mit lauter Spezln am Stammtisch und lass mir d'Sonn aufn Bauch scheinen. I hab jetz a neues Aufgabengebiet und ganz a neue Verantwortung, außerdem is hier im Präsidium grad die Hölle los! Wir ham zwei dringende Fälle aufm Tisch, da kann i ned pünktlich um viere den Bleistift fallen lassen und heimgehen. Wie stellst dir denn das vor? So a Beförderung muss ma sich ja a erst amal würdig erweisen!", verteidigte Veitl sich.

„Ach komm, du bist Beamter. Die können dich auch nicht rausschmeißen, wenn du da nur acht Stunden am Schreibtisch sitzt und Bleistifte spitzt! Und einen Teil von der Beförderung hast du ja schon auch der Mama zu verdanken. Sie hat dir doch all die Jahre den Rücken freigehalten. Und jetzt hat sie ihr ganzes bisheriges Leben aufgegeben, damit du hier in Landshut noch mal an deiner Karriere feilen kannst."

In Veitl keimte langsam Ärger auf. „Du, jetzt pass aber auf, was du sagst! Du tust ja grad so, als wär i hier der Workaholic und die arme Mama versauert daheim. Des war i ja bisher a immer genug. Und wie mir no in Garmisch waren, hat's gjammert, was des Haus für an Haufen Arbeit macht und der Garten, wo ma doch eigentlich gar nimmer so viel Platz bräuchten."

„Aber doch nur, damit du auch mal wahrnimmst, was sie den ganzen Tag alles macht! Weil bei der täglichen Hausarbeit und der Gartenarbeit einfach die Wertschätzung und die Anerkennung fehlt, im Vergleich zu einer Berufstätigkeit außer Haus", widersprach Benedikt.

Am meisten wurmte Veitl, dass in dem, was Benedikt sagte, durchaus ein Körnchen Wahrheit stecken könnte. Doch er war noch nicht bereit, das zuzugeben.

„Und was soll i jetzt deiner Meinung nach tun? Zurück nach Garmisch gehen is ja wohl a ned die Lösung, oder?"

„Nein", bestätigte Benedikt. „Aber du musst ihr halt helfen, damit sie da in Landshut richtig ankommen kann."

„Und wie genau soll i des machen? I hab's meim Chef ja eh scho vorgstellt. Aber des is halt a ein eingschichtiger Junggsell, des is jetzt wahrscheinlich a ned des, was sich die Mama unter am Kontakt vorstellt. Und sie geht zum Turnen und wir warn im Musical ..."

„Ja, das ist ja schon ein guter Anfang. Dein Chef in allen Ehren, aber was die Mama braucht, das sind andere Frauen in ihrem Alter. Und eine echte Aufgabe."

„Weißt du, wie lang die Mama scho nimmer arbeitet? Des war no vor der Geburt von deiner Schwester, wo sie aufghört hat. Da find sie jetzt keine Arbeit mehr, außerdem braucht's des ja a gar ned, wir kommen ja mit meim Gehalt gut aus."

„Ich sag ja auch nicht, dass sie auch arbeiten gehen soll. Es gibt ja noch andere Möglichkeiten. Vielleicht mag sie was Karitatives machen. Sowas könnt ich mir jetzt bei ihr schon vorstellen. Da gibt's doch bei euch sicher auch was, Lion's Club, Rotarier oder sowas. Oder was ist denn mit den Flüchtlingen? Ihr habt's doch so viele da unten in Bayern, hört und liest man dauernd. Wär das nichts für sie?"

Veitl runzelte die Stirn. „Also i weiß vei ned. Meinst, dass es der Mama bessergeht, wenn's sich jetzt des ganze Elend auf der Welt aus der Näh anschaut?"

„Mensch!", rief Benedikt unvermittelt aus. „Das ist es! Die Mama hat doch eh bald Geburtstag. Wir schenken ihr ein Tablet!"

„Ha?" Veitl meinte, sich verhört zu haben. „Wieso jetzt a Tablett? Was soll denn des helfen?"

„Geh, Papa, doch kein Tablett. Ein *Tablet*! Englisch. Das ist so ein kleiner Computer, mit dem man auch ins Internet kann und sowas, oder gleich einen Laptop. Das wär doch was!"

Veitl überlegte. Wenn er damit Margarete eine Freude machen konnte und sie vielleicht ein wenig über den Abschied von Garmisch hinweggetröstet wurde, dann war das bestimmt keine schlechte Investition.

„Was kostet denn sowas? Und wo kriegt ma des überhaupt her? I kenn mi da ja gar ned aus mit de Computer und allem. In der Arbeit mach i halt nur des, was i brauch, und daheim hab i so a alte Kiste, de braucht scho zehn Minuten, bis überhaupt hochgfahren is."

Benedikt lachte.

„Ja, Papa, das weiß ich! Deshalb schadet's ja auch nicht, wenn ihr mal ein bisschen aufrüstet. Gehst halt in ein Geschäft und lässt dich beraten. Ich schätz, für fünfhundert kriegst schon was Ordentliches."

Als das Gespräch beendet war, sinnierte Veitl noch ein bisschen über den Vorschlag nach. Ob sich Margaretes Probleme wirklich mit einem Laptop lösen ließen?

Da steckte Steindl den Kopf zur Tür herein und Veitl bemerkte zerknirscht, dass er sich noch gar nicht auf die Verhöre vorbereitet hatte, wie es eigentlich sein Plan gewesen war.

„So, i wär jetzt soweit. Kommen'S mit zu dem Ortstermin?",
fragte sein Vorgesetzter.

„Äh ... ja, selbstverständlich", beeilte Veitl sich zu sagen und
raffte die herumliegenden losen Blätter zusammen.

„Sie kommen mir heut a bissl zerstreut vor", meinte Steindl
stirnrunzelnd. „Is alles okay bei Ihnen?"

Veitl versuchte souveräner zu wirken, als er sich fühlte, und
versicherte: „Alles bestens. Pack ma's."

„I möcht jetz als Erstes mal zu den Schrebergärten fahren und
schauen, ob ma da noch Spuren finden. I hab die Eltern von
diesem Lenni verständigen lassen, der Vater sperrt uns auf."

Steindl und Veitl gingen hinunter in den Hof und bestiegen ein
Dienstfahrzeug.

Als die beiden Kommissare vor der Schrebergartensiedlung hinter
dem Eisstadion ankamen, wo der Vater und sein Sohn bereits
warteten, erlebten sie eine Überraschung.

„Ja, da schau her", begrüßte Steindl den jungen Mann. „Wir
kennen uns doch."

Auch Veitl erkannte ihn. Vor ihnen stand der neue Aushilfs-
kellner vom Biergarten auf der Mühleninsel, der ihnen bei ihrem
letzten Besuch dort aufgefallen war und den sie anschließend mit
seinem Sportwagen davonbrausen hatten sehen.

„Des passt ja wie d'Faust aufs Auge", kommentierte er.

Nachdem die Personalien überprüft waren, ließen sich die
beiden Kommissare den Garten zeigen. Die beiden Männer führten
sie zu einem etwas vernachlässigten, gut eingewachsenen Grund-
stück mit einem kleinen Holzhäuschen. Die Parzelle lag am Ende
der Reihe und war vom vorbeiführenden Weg aus praktisch nicht
einsehbar. Veitl stellte fest, dass sie sich perfekt dafür eignete, um
jemanden darin zu verstecken.

„Sind Sie ned so oft in Ihrm Garten?", fragte Steindl den Vater
von Lenni.

„Nein", bestätigte der. „Nicht mehr. Seit die Kinder groß sind,
kommen wir selten hierher. Viel Arbeit."

„Und Sie, Lenni?", wandte Steindl sich an den Sohn. „Kommen
Sie manchmal her?"

Auch der schüttelte den Kopf.

Sie ließen sich das Häuschen aufsperren und sahen sich um.
Auf den ersten Blick war nichts verdächtig.

Es roch ein wenig muffig, vor dem Fenster hatte eine Spinne ein riesiges Netz gesponnen. Augenscheinlich wurde die Gartenlaube tatsächlich wenig genutzt. Doch dann blieb Veitls Blick an der kleinen Einbauküche hängen. „Wann sagen Sie, war's letzte Mal jemand da?"

Der Vater zuckte die Achseln. „Vor ein paar Wochen."

„Und da ham'S vergessen zum Abspülen?", fragte Veitl weiter und zeigte auf das benutzte Geschirr, das im Spülbecken stand.

Der Vater streifte seinen Sohn mit einem strafenden Blick. „Mein Sohn ist sehr unordentlich", erklärte er.

„Also waren Sie als Letzter hier?", folgerte Steindl.

„Kann schon sein", räumte Lenni achselzuckend ein.

Veitl öffnete den Unterschrank des Waschbeckens mit behandschuhten Händen und förderte einen gelben Sack zutage, der randvoll mit Konservendosen war. Die eingetrockneten Essensreste an den Dosenwänden schimmelten und erklärten wohl auch den muffigen Geruch, der in der ganzen Laube hing. Angewidert erklärte Veitl: „Sie wissen aber scho, dass ma des Zeug ausspülen muss, bevor ma des da rein tut? De brauchen'S sonst zur Abholung gar nimmer an Straßenrand stellen, so wie der Sack ausschaut, läuft Ihnen der von allein raus, wenn'S noch a bissl warten."

Steindl zog sich nun ebenfalls Einweg-Handschuhe über und öffnete die Türen eines kleinen Schränkchens, das neben der Sitzgruppe stand. Darin fand sich ein Stapel mit Illustrierten. Steindl ging in die Hocke, nahm die oberste Zeitschrift heraus und blätterte sie auf. Gleich an mehreren Stellen fand er Seiten, aus denen etwas herausgeschnitten worden war. Anklagend legte er die Illustrierte mit einer zerschnittenen Seite nach oben auf den Tisch.

Lenni und sein Vater zeigten keine Reaktion. Veitl fragte sich, ob der Vater Mitwisser war oder ob er wirklich keine Ahnung hatte, was sein Sohn in diesem Wochenenddomizil trieb. Worüber er offensichtlich schon Bescheid wusste, waren seine Rechte, denn er fragte scharf: „Haben Sie eigentlich einen Durchsuchungsbefehl?"

Steindl warf ihm einen abschätzigen Blick zu. „Den hamma gleich. Reine Formsache. Sie wissen ja sicher, dass es in unsren Ermittlungen um den Sohn vom Amtsrichter Herberger geht, ned?"

Damit kamen die beiden Kommissare zur Sache.

„Sie san mit dem Herberger Leo befreundet, der in dem Jahr ursprünglich den Herzog bei der LaHo geben hätt sollen, richtig?", fragte Steindl nun Lenni.

91

Dieser antwortete: „Ja. Aber der ist ja entführt worden."

„Ach, echt?", hakte Veitl nach. „Des is ja seltsam. I hätt schwören können, dass wir genau den gestern verhaft ham. Aber des kann natürlich ned sein, wenn er entführt wordn is."

Den triefenden Sarkasmus in Veitls Worten nahm Lenni gar nicht wahr, stattdessen wiederholte er bestätigend: „Nein, kann nicht sein. Der is entführt worden."

Veitl beugte sich näher zu Lenni hinüber und fixierte ihn. „Was, wenn i jetz aber sag, dass wir ihn trotzdem verhaft ham?"

Lenni wirkte unberührt. „Dann is er wieder da."

„In der Tat. Und Entführung hat's auch keine gegeben. Was sagen Sie jetzt da dazu?", bohrte Veitl weiter.

„Nicht?", fragte Lenni lahm.

„Nein, nicht. Die Erpresserbriefe, die hat er nämlich selber geschrieben. Und zwar hier!"

Auf gut Glück zog er noch die Schublade der Anrichte auf und tatsächlich fand er darin eine Schere, Papier und Klebstoff.

„Die Sachen hätt ma vielleicht a weng besser verstecken sollen", sagte Veitl mit falschem Bedauern in der Stimme.

„Is es verboten, Bastelzeug in der Gartenlaube aufzuheben?", fragte Lennis Vater erbost.

„Naa, gar ned. Aber Sie müssen zugeben, a bissl seltsam ist der Zufall scho. Wir verhaften gestern den angeblich Entführten beim Versuch, des Geld bei der Übergabe abzukassieren, und er erzählt uns, dass er die Tage in a Gartenlaube in a Schrebergartensiedlung verbracht hat. Und just in Ihrer Gartenlaube find ma jetz alles, was ma braucht, damit ma so an Erpresserbrief basteln kann. Da mein i allerweil, da dat der Richter zumindest von einem Indiz sprechen. Meinen'S ned?", sagte Steindl ungerührt.

„Hast du damit was zu tun?", fragte der Vater sicherheitshalber seinen Sohn.

Lenni druckste ein wenig herum. „Was? Ich? Mit was? Mit der Entführung?"

Der Vater machte eine drohende Handbewegung in Richtung seines Sohns. „Lenni!", mahnte er. „Wehe dir, wenn ich dahinterkomme, dass du da irgendwie mit drinhängst. Du kannst nicht schon wieder einen Prozess brauchen, jetzt, wo du endlich wieder eine Arbeit hast!"

Veitl hakte ein: „Simma ebba scho öfter polizeilich aufgefallen?"

Herr Mateusz seufzte.

„Er ist halt da mit so einer Clique unterwegs, die nichts wie Unfug treibt. Unser Lenni ist kein Verbrecher, Herr Kommissar, aber wenn diese Halbstarken beisammen sind, kommen sie halt auf die absurdesten Ideen."

Wieder an Lenni selbst gewandt, fragte Steindl: „Die Clique, mit der Sie da unterwegs san, de beschäftigt sich mit Sportautos, gell?"

Lenni nickte verstockt, er schien noch immer keinen Anlass zu sehen, mit der Polizei zu kooperieren. „Ja und? Is ja nicht strafbar."

„Aber die eigene Entführung vortäuschen is strafbar!", polterte Veitl wütend.

„Hab ich doch nicht!", begehrte Lenni noch einmal auf.

„Aber der Herberger! Und Sie ham ihn hier versteckt und offenbar mit Lebensmitteln versorgt, weil von irgendwas hat er ja leben müssen, in der Zeit, wo er untergetaucht war."

Steindl hatte genug gehört und gesehen.

„I schlag vor, Sie kommen jetzt mit aufs Präsidium und dann nehm ma Ihr Aussage zu Protokoll."

Jetzt verlor Lennis Gesicht doch deutlich an Farbe. „Was? Zur Polizei? Aber ich hab doch nichts getan!"

„Des werd sich ja dann rausstellen, gell?", stichelte Veitl.

Anfang Juni 2017

Der Aufprall war hart.

Die Airbags auf Fahrer- und Beifahrerseite öffneten sich mit einem Knall. Dann war es still.

Leo Herberger brauchte einen Augenblick, um sich darüber klar zu werden, dass er unverletzt geblieben war. Vorsichtig bewegte er Arme und Beine.

Er hatte großes Glück gehabt, denn der BMW war mit der Beifahrerseite gegen den Baum geprallt, seine Seite war nahezu heil. Er konnte die Fahrertür öffnen und aussteigen. Aus der Motorhaube stieg Rauch auf.

Erst jetzt wagte Leo es, zu seinem Mitfahrer hinüber zu schauen. Jakob Springer hing bewusstlos im Sportsitz seines 3er BMWs, den Kopf gegen die B-Säule gelehnt. Blut rann von einer Platzwunde an der Stirn über sein Gesicht.

„Scheiße!", rief Leo. Und weil sein Entsetzen und seine Panik ein Ventil brauchten, gleich noch einmal: „Scheiße! Scheiße-scheiße-scheiße!"

Er umrundete den zerbeulten PKW und versuchte Jakobs Tür zu öffnen, doch es ging nicht. Der Aufprall hatte die Seite so stark verformt, dass sich die Beifahrertür nicht mehr öffnen ließ.

Leo rannte wieder zur Fahrerseite und kletterte noch einmal in den Wagen hinein. Die Airbags hingen jetzt schlaff herunter. Er bekam Jakobs Gurt zu fassen und zerrte daran. Natürlich ließ er sich nicht einfach aufreißen. Leo Herberger fingerte mit zitternden Händen den Gurt aus der Schließe.

Ohne den stützenden Halt des Sicherheitsgurts klappte Jakobs Körper wie ein Taschenmesser zusammen. Er schlug ungebremst mit dem Kopf auf das Armaturenbrett.

„Scheiße noch mal, Jakob, sag doch was!", schrie Leo ihn an. „Oh Gott, scheiße, bist du tot, oder was?"

Panik stieg in Leo Herberger hoch und drohte ihn mit sich fort-zureißen. Er kroch rückwärts aus dem Auto. Vor seinen Augen tanzten Schatten. Er stürzte auf die Knie und erbrach sich.

Er kotzte und spuckte und hustete, bis nur noch Galle heraus-kam.

Dann ließ er sich zur Seite fallen und blieb einfach liegen, wo er war.

Wieder zum späteren Zeitpunkt, auf dem Präsidium

Auf dem Revier zeigte Lenni sich plötzlich gar nicht mehr so ver-stockt. Anscheinend war ihm auf der Fahrt zum Polizeipräsidium die Erkenntnis gekommen, dass die ganze Sache auch für ihn ein Nachspiel haben könnte.

„Und weiter?", fragte Veitl. „Sie san da also öfter nachts Rennen gfahren. Und is da nie was passiert dabei?"

Lenni schluckte und betrachtete eingehend seine Fingerspitzen.

„Erst nicht", sagte er schließlich tonlos. „Nur die Sache mit dem Audi vom Leo. Das war halt doof. Wir sind ja sonst auch nie in der Stadt gefahren, sondern immer draußen, wo alles frei ist."

Veitl schüttelte fassungslos den Kopf. „Illegale Autorennen mitten in Landshut, also da hört sich doch alles auf! Ein Glück, dass des nur Blechschaden geben hat! Aber ihr glaubt's doch ned ernsthaft, dass des dann draußen auf der Landstraß okay is?"

„Nein ...", räumte Lenni ein.

„Was meinst, was da alles passieren hätt können! Ihr seid's doch da ned allein unterwegs. Da kann's noch so spät in der Nacht sein. Da fahrt vielleicht a Krankenschwester vom Dienst heim. Oder

a Bäcker zu seiner Arbeit. Und dann kommt's ihr da angrast!",
schimpfte Veitl erbost.

Steindl äußerte einen Verdacht: „Es is ja a ned so glimpflich
ausgegangen, oder? Es is dann doch was passiert, hab i recht?"

Lenni nickte. „Die Moosburger Clique wollte unbedingt eine
Revanche, weil wir sie beim letzten Mal haushoch geschlagen
haben. Die hatten ziemlich aufgerüstet und waren ganz scharf
drauf, sich wieder mit uns zu messen. Und der Leo, unser bester
Fahrer, hatte kein Auto mehr. Das war saublöd. Deshalb hat er sich
dann den BMW vom Jakob ausgeliehen und ist mit dem gefahren.
Jakob war sein Beifahrer. Irgendwas ist dann aber schiefgegangen,
der BMW ist von der Straße abgekommen und gegen einen Baum
geprallt und dann ...", Lenni brach ab.

Veitl und Steindl wechselten einen düsteren Blick. Das letzte
fehlende Puzzleteil, sie hatten es gefunden.

„Der Springer Jakob is bei dem Rennen ums Leben kommen, und
statt dass ihr die Polizei und die Rettung alarmiert hätt's, habt's des
Ganze vertuscht. Versteh i des richtig?", fragte Steindl scharf.

„Der Leo hatte Angst, dass ihm der Führerschein entzogen wird,
weil er doch schon so viel Ärger hatte, wegen dem Audi ..."

Veitls Faust traf hart auf die Tischplatte, sodass Lenni erschrocken zurückzuckte.

„Da is a Mensch umkommen und eure größte Sorge is, dass der
sein Führerschein verliern könnt?", schimpfte er. „Und Sie warn
sich da nicht zu schad, dass Sie den auch noch decken, oder was?"

„Leo wollt nach Spanien", erklärte Lenni zusammenhanglos.

„Ah so? Abhaun wollt er! Des wird ja immer besser. Ihnen is
aber schon bewusst, dass Sie sich damit strafbar machen, gell? I tät
vorschlagen, Sie packen jetzt amal ganz schnell *alles* aufn Tisch,
was Sie wissen, sonst könnt des hier ziemlich unschön ausgeh für
Sie. Dann is hier ratzfatz zappenduster, mein Lieber!", erwiderte
Veitl drohend.

Steindl beobachtete Lenni schweigend, die Lippen zu einer
schmalen Linie zusammengepresst.

Anfang Juni 2017

„Scheiße, Alter! Alter, hörst du mich? Scheiße, mach die Augen auf,
Mann!"

Lenni schüttelte und rüttelte an Leo herum, bis dieser be-
nommen die Augen aufschlug. Erleichtert ließ sich der Halbserbe

neben seinem Kumpel nieder. „Scheiße, hast du mir einen Schrecken eingejagt, Mann ...“

Eine Erinnerung schien Leo gestreift zu haben. Mit einem Ruck setzte er sich auf, sah sich hektisch um und fokussierte dann mit panisch geweiteten Augen das Autowrack im Straßengraben neben dem Baum, den es gerammt hatte. Taumelnd rappelte er sich auf.

„Jack ...“, murmelte er.

Lenni folgte Leos Weg mit den Augen, ohne die Tragweite des Geschehens zu erfassen.

„Scheiße, Mann, hilf mir mal!“, knurrte Leo in Lennis Richtung, während er sich erneut an der verbeulten Beifahrertür zu schaffen machte.

Lenni verstand immer noch nicht, aber er erhob sich immerhin und bewegte sich hinüber zum Wrack.

Als er neben Leo ankam, fiel sein Blick durch die gesprungene Seitenscheibe des BMWs auf die schemenhafte Gestalt hinter den kristallenen Splittern, die wie Tautropfen in einem Spinnennetz festhingen. Er erkannte Jakobs leblosen Körper. Panik überfiel Lenni.

„Oh shit! *Alter* ...“ Mehr fiel ihm dazu nicht ein.

Lenni stemmte sich nun auch gegen die Tür und zerrte am Griff. Leo hatte bereits erkannt, dass sie damit keinen Erfolg haben würden.

„Das bringt nix. Komm, wir müssen von der anderen Seite ran.“

Gemeinsam zerrten sie den Beifahrer über die Fahrerseite ins Freie. Jakob Springer gab kein Lebenszeichen mehr von sich.

„Verdammte Scheiße, du hast den umgebracht!“, fuhr Lenni Leo panisch an. Seinem Gesichtsausdruck nach stand er kurz vor der Hysterie.

Leo dagegen wirkte seltsam klar. „Der muss weg“, stellte er fest. „Was meinst du, was los ist, wenn das hier rauskommt! Dass wir hier Rennen gefahren sind.“

Lenni schrie: „Bist du bescheuert, Alter? Dafür gehst du in den Knast! Und ich gleich mit! Das war's, Mann! Das Leben ist vorbei! Am besten wärst du gleich mit draufgegangen!“

Leos gut platzierte Rechte traf Lenni am Kinn.

Lenni taumelte fassungslos ein paar Schritte rückwärts. „Alter, spinnst du, oder was? Willst du jetzt mich umbringen?“

„Halt's Maul!“, fuhr Leo ihn genervt an.

Einen Moment standen die beiden im schwachen Mondlicht da und starrten sich an. Zwischen ihnen am Boden lag der tote Jakob

Springer. Leo holte eine Zigarettenschachtel hervor und zündete sich eine Kippe an.

„Hol deine Karre!", wies er Lenni schließlich an.

„Was?", quiekte der. „Was willst du mit meinem Auto?"

Leo verdrehte die Augen. „Den Jack reinpacken, was'n sonst?"

„In *mein* Auto!?", protestierte Lenni.

Trotz seines Unglaubens und Protests stapfte er schließlich davon und setzte mit seinem am Straßenrand geparkten, tiefer gelegten Mazda 6 zum Unfallort zurück. Seine blaue Unterbodenbeleuchtung tauchte die Szenerie in ein gespenstisches Licht.

Leo schnippte seine Zigarette weg, ergriff den leblosen Jakob unter den Armen und zog ihn hoch. „Mach den Kofferraum auf", knurrte er Lenni an.

Widerwillig entriegelte der die Heckklappe. „Ich hab den erst mit Leder ausgekleidet, der macht mir da jetzt bestimmt Blutflecken rein. Die krieg ich nie wieder raus."

„Quatsch nicht", beschied ihn Leo brüsk.

Zusammen zerrten sie die Leiche zum Wagen und verstauten sie im Kofferraum.

„Wenn du nicht so viel Glump drin hättest ...", moserte Leo, während sie versuchten, den Toten vollständig im Heck des Mazdas verschwinden zu lassen.

„Hey, der Subwoofer is neu! Pass bloß auf!", rief Lenni.

„Jetzt halt doch mal die Fresse, Alter!"

Schließlich ließ Leo die Heckklappe zuschnappen.

„Und was jetzt?", fragte Lenni mit einem gehetzten Blick auf den kaputten BMW. Leo runzelte die Stirn.

„Was machen wir jetzt mit dem? Und was wird mit dem Auto? Das fährt doch garantiert keinen Meter mehr!"

Leo beendete den nervösen Redefluss Lennis. „Woah, du Opfer! Halt mal die Fresse, ich denke nach, Mann!"

Lenni platzte der Kragen: „Ich Opfer? Selber Opfer! Du bist so am Arsch, Alter! Da kommst du im Leben nicht mehr raus!"

„Du auch nicht. In deinem Auto liegt eine Leiche", erklärte Leo trocken.

Lenni machte ein paar Schritte in das angrenzende Feld und brüllte aus voller Kehle in die dunkle Nacht hinaus.

Während Lenni noch seinen Gefühlen freien Lauf ließ, setzte Leo sich wieder in den kaputten BMW und versuchte das Auto zu starten. Der Anlasser gab keinen Ton mehr von sich.

Als Lenni sich wieder beruhigt hatte, kehrte er zu Leo zurück.

„Springt nicht an, oder?", fragte er verzagt.

„Nee."

„Und jetzt?"

Leo klopfte seine Hosentaschen nach seinem Handy ab. Als er es gefunden hatte, wählte er eine Nummer.

„Wen rufst du jetzt an?", fragte Lenni. „Es ist mitten in der Nacht."

„Schscht ...", machte Leo und drehte sich von ihm weg. Er musste es lange klingeln lassen, bis jemand abhob.

„Servus Alter, du, ich hab'n Problem. Lenni und ich haben einen Unfall gebaut ... Ja, kurz vor Ohu. Du, mein Alter bringt mich um, wenn ich den jetzt anrufe. Ich hab erst ein Auto geschrottet. ... Ja, genau. Kannst du kommen? Du, und kann ich den Schrotthaufen vielleicht bei euch derweil ... Alles klar, danke. Ciao."

Er beendete das Gespräch und sah Lenni triumphierend an.

„Der Neubauer Seppi kommt mit dem Traktor von seinem Alten. Der zieht den BMW aus dem Graben und dann versteckt er ihn auf dem Hof, bis mir was einfällt."

Die beiden warteten.

Leo setzte sich auf die Motorhaube des zerbeulten BMWs und steckte sich noch eine Zigarette an. Lenni allerdings fand keine Ruhe, um sich irgendwo hinzusetzen. Er lief stattdessen nervös neben dem Fahrzeugwrack auf und ab.

„Aber was, wenn der Seppi jetzt mein Auto da stehen sieht? Kommt das nicht blöd? Und was ist, wenn er reinschaut und sieht, dass wir den Jakob da drin haben?", lamentierte er.

„Mach dir nicht ins Hemd, warum soll der in deinen Kofferraum reinschauen?" Leo stieß den Rauch in Kringeln aus. „Aber wenn das Auto da steht, kommt das schon komisch, das stimmt. Du bist gar nicht so doof, wie du aussiehst, Alter. Fahr ihn weg."

Lenni zeigte keine gesteigerte Lust, allein mit dem Toten irgendwohin zu fahren. Doch Leo machte keine Anstalten mitzukommen. Schließlich murmelte Lenni: „Wohin soll ich denn fahren?"

„Fahr den Feldweg da vorn rein, da kommst du zum Stausee", schlug Leo vor.

Lenni protestierte sofort: „Aber da komm ich mit meinem Auto doch niemals durch. Da reiß ich mir die Frontschürze ab!"

Leo verdrehte die Augen. „Was ist wohl schlimmer? Die Frontschürze ausklopfen, oder mit ner Leiche im Kofferraum erwischt zu

werden?" Irgendwie schien er den Toten im Kofferraum nun mehr als Lennis Problem zu betrachten.

Missmutig setzte Lenni sich wieder in seinen Wagen und ließ ihn vorsichtig über den Schotterweg rollen. Als sich die Rücklichter bereits ein Stück von Leos Sitzplatz entfernt hatten, hörte er, wie der tiefer gelegte Sportwagen über einen Stein schrammte.

Kurze Zeit später kam Lenni schnaufend und schimpfend wieder zum Unfallort zurück. „Scheiße, das ist der reinste Sumpf da hinten! Keine Ahnung, wie ich da jemals wieder rauskommen soll! Da schuldest du mir aber echt was, Alter!"

Leo blieb die Erwiderung erspart, denn von Richtung Ohu kommend, näherte sich der Traktor.

„So, jetzt halt's Maul und lass mich reden", schärfte Leo Lenni ein. Der herbeizitierte Bauerssohn hatte sich scheinbar nicht die Mühe gemacht, sich umzuziehen, denn er hatte eine alte Schlaf-anzughose und ein ausgewaschenes T-Shirt mit Mickey Mouse darauf an, als er vom Führerhaus des Traktors heruntersprang. Trotz der Umstände wollte Leo sich schier ausschütten vor Lachen.

„Alter, wie schaust du denn aus? Kein Wunder, dass du immer noch keine Frau am Start hast!"

Seppi Neubauer verzog keine Miene. „Also, was is jetzt?"

Leo kehrte zum Geschäftlichen zurück. „Ja, der BMW springt halt nicht mehr an. Und wenn ich so jetzt meinem Alten unter die Augen komme, dann ist Schicht."

Seppi nickte. „Hast du a Kippe für mi?", fragte er.

Leo beeilte sich, eine Zigarette bereitzustellen und zündete sich sicherheitshalber auch noch mal eine an.

„Ewig schad um dein Audi. Aber sag amal, des is doch der BMW vom Jack, oder?", fragte Seppi zwischen zwei Zügen von der Ziga-rette.

„Ja", räumte Leo ein. „Das is halt jetzt alles scheiße. Ich muss jetzt erst mal schlafen und dann überleg ich mir was."

Seppi musterte Leo und dann Lenni im Scheinwerferlicht des Traktors. „Kannst eh von Glück sagen, dass euch da ned mehr passiert is. Der BMW schaut ja sauber aus! I würd aber sicher-heitshalber doch zum Doktor gehn morgen."

Lenni entfuhr ein hysterisches Lachen.

„Das hilft eh nichts mehr!"

Leo warf ihm einen warnenden Blick zu. „*Dem Auto* hilft das jetzt nichts mehr, meint er."

99

„Na, ihr werd's es scho wissen", sagte Seppi und schnipste seine halb aufgerauchte Kippe weg. „Also dann, auf geht's. Aber auf unsern Hof könn ma mit der Karrn ned fahren, da riecht mei Alter glei was. Wir ham an Schupfen draußen auf de Felder, da is bloß a Heu drin. Da könn ma den BMW derweil verstecken."
Leo nickte erleichtert.

Seppi vertäute den kaputten Wagen und zog ihn mithilfe eines Abschleppseils und einer Seilwinde wieder zurück auf die Bundesstraße. Dann banden sie den BMW hinten an den Traktor.

„Einer von euch zwei muss jetzt hinten rein. Der andre kann bei mir aufm Deutz mitfahrn."

Lenni und Leo sahen zu dem Autowrack hinüber. „Du", riefen beide simultan.

Seppi lachte. „Traut's euch jetzt alle zwei nimmer nei in den BMW, oder was? Ihr müsst's ja ned viel machen. Gang raus, Brems raus und bloß a bissl mitlenken."

„Mach du", äußerte Lenni und war schon halb den Traktor hochgeklettert.

Leo stapfte missmutig zur Fahrertür des BMWs und hievte sich hinein.

Im Gespann tuckerten sie durch die Felder und Wiesen. Glücklicherweise kamen sie nicht an der Stelle vorbei, wo Lennis Mazda mit der Leiche geparkt war. Nach einer gefühlten Ewigkeit erreichten sie den Schuppen, vom dem Sepp gesprochen hatte, und versteckten dort den kaputten BMW. Seppi bot noch an, die beiden nach Hause zu bringen, doch sie lehnten ab.

„Passt schon, danke. Wir gehen zu Fuß nach Landshut. Frische Luft schadet uns jetzt glaub ich nicht", winkte Leo ab.

„Wie's meint's. Dann meldst dich wegen dem BMW, gell? Ewig kann i den da ned verstecken."

„Schon klar. Danke auf jeden Fall."

Als der Traktor außer Sicht war, scheuchte Leo Lenni vor sich her zum Stausee und dem geparkten Mazda. „Und was mach ma jetzt mit dem Jack, Alter? In meinem Auto bleibt der nicht! Das kannst du vergessen! Ich fahr keinen Meter mehr mit dem!"

„Hör auf zu kreischen, du Pussy, logisch bleibt der nicht in deinem Auto, Mann, bist du bescheuert? Ich weiß es auch noch nicht ..." Leo zündete sich zum Nachdenken eine weitere Zigarette an, es war die letzte. „Fuck, und Kippen hab ich auch keine mehr!"

Über den Dächern von Ohu ging bereits die Sonne auf.

„Der Stausee!", fiel es Leo plötzlich wie Schuppen von den Augen. Er beschleunigte seine Schritte.

Lenni hechtete hinter ihm her. „Was? Wieso jetzt Stausee? Willst du jetzt baden, Alter?", keuchte er.

Leo blieb so abrupt stehen, dass Lenni in ihn hineinlief. „Du bist so selten dämlich, Alter. Du raffst echt null. Der Stausee ist der ideale Ort, um den Jacky loszuwerden. Wir schmeißen den jetzt in den See und fertig. Dann sieht's so aus, als wär er ins Wasser gefallen, vielleicht von einer Brücke gesprungen oder was weiß ich. Jedenfalls is das ein Problem weniger!"

Zum ersten Mal in dieser Nacht quittierte Lenni Leos Ideen nicht mit hysterischem Geschrei. Er nickte nur gottergeben und stiefelte weiter in Richtung Mazda. Dort angekommen, erklärte er lediglich noch: „Aber ich brech nicht noch weiter mit dem Mazda durchs Unterholz, den müssen wir jetzt schon tragen!"

Sie zerrten die Leiche aus dem Kofferraum und hievten sie durch das Gebüsch zum Stausee. Als sie auf dem Damm angekommen waren, brachen die ersten Sonnenstrahlen durch die Wolken. Der Himmel färbte sich rosarot.

Halb erleichtert, halb resigniert, schoben sie den leblosen Körper zum Abhang, bis er auf dem betonierten Gefälle von selbst anfing zu rutschen und mit einem satten Platschen ins Wasser tauchte. Beide verharrten noch einen Moment am Damm und sahen Jakob dabei zu, wie er mit dem Gesicht nach unten davon trieb. Ein Schwanenpaar zog seine Runden über den See und beäugte den Fremdkörper.

„So. Fahren wir", beendete Lenni die Seebestattung.

Leo starrte ihn an. „Ich kann unmöglich nach Hause", stellte er fest. Und langsam fügte er hinzu: „Ich glaub, ich kann nie wieder heim."

Lenni packte ihn am Kragen und schüttelte ihn: „Alter, was soll das jetzt? Kriegst du jetzt nen Moralischen? Du machst mich fertig, echt! Der BMW ist verräumt, der Jakob auch, jetzt hör auf zu spinnen und komm!"

„Ich kann nicht, Mann! Wie stellst du dir das vor? Ich muss untertauchen. Ich brauch jetzt erst mal Zeit. Ich muss nachdenken. Und als erstes muss ich schlafen!"

„Du kannst nicht zu mir mit heim, vergiss es, Alter!", widersprach Lenni sofort.

„Nein, kann ich nicht", bestätigte Leo. „Meine Visage war in jeder Zeitung, in ganz Landshut kennt mich jede Sau wegen dieser

Scheiß-Hochzeit. Ich muss weg. Aber wohin?" Dann kam ihm die rettende Idee: „Ihr habt doch so einen alten Garten, oder? Hat dein Alter den noch?"

Lenni nickte unglücklich. „Das geht schief, Alter", orakelte er noch, bevor er schließlich losfuhr.

Wieder zum späteren Zeitpunkt

Die beiden Kommissare verabschiedeten sich vor Steindls Büro voneinander. „Heut hamma se an frühern Feierabend verdient", stellte Steindl fest.

„Des war jetzt a saubere Gschicht, ja", stimmte Veitl zu.

„Hätten Sie sich des dacht? Dass de imstand zu sowas san und de Leich einfach in den Stausee schmeißen?"

Veitl schüttelte immer noch den Kopf. „Aber a Mord war's ja jetzt dann doch ned. Eher a Körperverletzung mit Todesfolge. Was meinen'S, was der jetzt kriegt?"

„A Mord ned, na. Aber da kommt ja doch einiges zam. De Straßenrennen, der Sachschaden, de ganze Vertuschung, de vorgetäuschte Entführung, Erpressung ... Mei Lieber, da kommt er ned so einfach davon. Aber da kennt sich ja sei Vater dann eh aus damit."

„Wenn des mal dem Herberger ned selber's Gnack bricht", unkte Veitl. „Für an Richter is des ja der Wahnsinn, wenn ma so a Bürscherl zum Sohn hat."

„Ja, wenn ma solche Kinder hat, dann braucht ma keine Feinde mehr", bestätigte Steindl.

Dabei fiel Veitl sein Gespräch mit Benedikt wieder ein. „Wo kriegt ma jetzt eigentlich in Landshut an Laptop? Oder so a Dings ... so a Tablett?"

„Wollen'S jetzt in die Cyber-Kriminalitätsbekämpfung einsteigen? Sehr gut, sehr löblich, Herr Kollege", scherzte Steindl.

„A Schmarrn. Mei Sohn meint, dass des a gutes Geschenk wär für mei Margarete. I kenn mi da ja ned so aus."

Steindl nannte Veitl ein paar Adressen, wo er sich schlau machen konnte. Anschließend nutzte er den früheren Feierabend, um so ein Gerät zu besorgen.

2. Juli 2017

„Haaalloooooo ... Haaallooooooo ..."

Der Schlachtruf der Hochzeiter tönte durch die Gassen der Neustadt und hallte von den mittelalterlichen Fassaden der Stadthäuser wider.

Die Landshuter Hochzeit war in vollem Gange. Der allsonntägliche Umzug schlängelte sich durch die Straßen. Entlang der Alt- und Neustadt reihten sich die Tribünen, und Zuschauer drängten in die Stadt, kämpften um die besten Plätze.

Steindl, Veitl und Margarete hatten eine hervorragende Sicht auf das Spektakel: Sie standen gemeinsam am Fenster von Steindls Büro, das zur Neustadt hinaus ging. Auch der Sohn der Veitls war mit seinem Freund eigens zur LaHo von Hamburg heruntergekommen. Die beiden winkten, zusammen mit der Sekretärin und ihrem Mann, aus dem zweiten Fenster hinunter. Andrea und ihre Familie hatten Karten für die Tribünen und würden später zu ihnen stoßen.

Die Trommeln und Fanfaren dröhnten. Gleich würde das Brautpaar mit dem goldenen Brautwagen ins Blickfeld kommen. Der junge Mann, der neben dem Wagen in vollem Ornat auf seinem Pferd saß, war der über das ganze Gesicht strahlende Härtinger Ferdinand. Leo Herberger hingegen saß noch immer in Untersuchungshaft und konnte die Festivitäten nicht einmal als stummer Beobachter miterleben.

Die Gruppe der Reisigen wurde aufgehalten, weil die Zuschauer von der Tribüne „I-gel! I-gel! Ige-l!", skandierten.

Bereitwillig formierten sich die tapferen Gesellen zu einem engen Haufen und hielten ihre Spieße von sich gereckt wie ein Igel seine Stacheln. Dazwischen gellten immer wieder langgezogene „Haaalloooooo"-Rufe.

Als das Spektakel vorüber war, ließen sich die Veitls, Steindl, Benedikt und Vicky mit der Menschenmasse zum Zehrplatz treiben. Ganz Landshut schien auf den Beinen und noch viel mehr Touristen. Auf dem Festgelände unten an der Isar wollten die Veitls Margaretes Geburtstag nachfeiern.

„Hat Ihnen na des Geschenk von Ihrm Mann gefallen?", fragte Steindl auf dem Weg.

„Mei, was soll denn i in meim Alter noch mit so am Computer, hab i gsagt. I wüsst ja gar ned, was i mit dem machen soll. Aber der Bene hat ihn mir jetzt schon eingrichtet, und a schnellere Internetverbindung hamma a. Des is scho toll, was ma da alles machen

kann. I surf halt jetzt a im großen, weiten Netz, gell?", lachte Margarete. Sie wirkte inzwischen überhaupt viel befreiter.

„Und was surfen'S da allerweil so, wenn i fragn derf? I kenn mi da ja a ned aus. Unser Generation hat halt da nimmer so den rechten Bezug dazu." Auch Steindl war heute in fröhlicher Plauder-laune. Die beiden Fälle, die den Kommissaren schwer aufs Gemüt gedrückt hatten, waren mit einem Schlag gelöst.

„Mei, i such halt nach Rezepte und i bin da in so einem Forum drin, da geht's um alternative Heilmethoden, um gesunde Ernährung und um alles, was Körper und Seele gut tut", berichtete Margarete.

Veitl nickte bedauernd, denn seit sie dort im Netz Gleich-gesinnte gefunden hatte, war ihre Laune zwar erheblich besser, dafür die Küche auch wieder deutlich alternativer geworden.

Sie passierten ein paar uniformierte Streifenpolizisten, die zur Sicherung des Umzugs abgestellt worden waren. Auch sie trugen Buchskränzchen und winkten den vielen Kindern in der Menschen-menge zu.

Benedikt, der sich auch freute, dass es seiner Mutter wieder besserging, legte den Arm um ihre Schultern und zog sie an sich. „Und am meisten freut mich, dass das hässliche Gepardenviech endlich weggekommen ist."

„Den hab ich der Diakonie geschenkt", bestätigte Margarete. „Der wartet jetzt im Gebrauchtwarenhaus *Hab & Gut* auf einen neuen Platz."

Und Vicky fasste zusammen: „Isch des Ende subba, isch alles subba."

Veronika Lackerbauer, Landshuter Hochzeit 2009 & 2013

 Die Reisigen formieren sich zum „Igel" -
Landshuter Hochzeit 2009

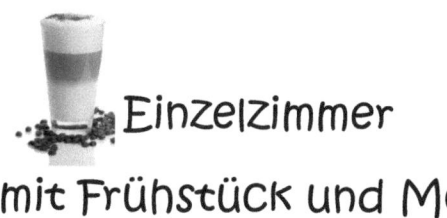

Einzelzimmer
mit Frühstück und Mord

Ein normaler Tag im Büro.

Das Telefon klingelte ohne Unterlass.

Man hätte meinen können, dass die Leute allesamt kein Zuhause hatten. Stattdessen buchten sie wie die Weltmeister Zimmer in einem Mittelklassehotel, von dem böse Zungen behaupteten, dass der Schwerpunkt eindeutig mehr auf Mittelmaß denn auf Klasse lag. Auf meinem Schreibtisch stapelten sich langsam die Papiere, weil ich überhaupt nicht mehr dazu kam, die Buchungen in den Computer einzugeben, die ich annahm. Kaum hatte ich ein Gespräch beendet, klingelte es erneut.

Langsam aber sicher begann das penetrante Gebimmel mir auf die Nerven zu gehen. Ich musste meine ganze Konzentration zusammennehmen, um am Telefon nicht ungehalten zu klingen. Schließlich konnten die Gäste ja nichts dafür, dass ich gerade gestresst war. Ich sah meinen Feierabend bereits in weite Ferne rücken. Dabei hätte ich am liebsten sofort und ein für alle Mal Feierabend gemacht.

Normalerweise machte ich meinen Job einigermaßen gern, obwohl ich schon seit geraumer Zeit darauf hoffte, endlich die nächste Stufe auf der Karriereleiter zu erklimmen. Von meinen einstigen Wunschträumen war ich leider meilenweit entfernt. Ich hatte mal von einer internationalen Karriere an den tollsten Orten der Welt geträumt; dort arbeiten, wo andere Urlaub machten. Aber erstens: War es wirklich wünschenswert zu arbeiten, während andere urlaubten? Wäre zu urlauben, während andere arbeiten mussten, nicht wesentlich erstrebenswerter gewesen?

Und zweitens: Von der großen, weiten Welt konnte leider überhaupt nicht die Rede sein! Ich saß in der Reservierung eines kleinen Stadthotels in einer mittelgroßen deutschen Stadt, und nicht etwa auf den sonnigen Bahamas oder im quirligen Manhattan. Hier saß ich nun schon seit meiner Ausbildung, hatte den Absprung irgendwie verpasst. Wo andere in die große weite Welt aufbrachen, wurde ich erst zur Schichtleiterin am Empfang, dann stellvertretende Em-

pfangschefin und schließlich Reservierungsleiterin. Mit dem Hotel war ich irgendwie zusammengewachsen, konnte über viele seiner Makel hinwegsehen. Zum Beispiel darüber, dass es schon bessere Zeiten gesehen hatte und die Einrichtung teilweise hoffnungslos altmodisch war. Das gab ihm ja auch eine gewisse Gemütlichkeit, die viele unserer Stammgäste durchaus schätzten.

Problematisch war es nur, wenn die Leute zu viel von uns erwarteten. Um also auch einer der sonderbaren Fälle vor einiger Zeit nicht unerwähnt zu lassen: Der Tag, als ein junger Mann mit sympathischer Stimme angerufen hatte und mir vorschwärmte, er wolle seiner Freundin einen romantischen Heiratsantrag in unserem Hotel machen. Dazu wollte er ein Candle Light Dinner, Rosen, das volle Programm. Es kam selten vor, dass wir solche Anfragen bekamen. Dazu war unser Haus einfach zu sehr auf Geschäftsreisende und Flugpersonal des nahen Flughafens eingestellt. Diesen jungen Romantiker professionell zu bedienen, ihm ein Hotelzimmer, einen Platz im Restaurant und einen Tiefgaragenstellplatz zu vermieten, fiel mir dann doch schwer. Am liebsten hätte ich ihm gesagt: „Aber doch besser nicht bei uns! Die Ärmste schreckt sich womöglich, wenn sie unsre seltsam gemusterten Vorhänge, die abgelatschten Teppiche und das zusammengewürfelte Mobiliar sieht. Sie soll doch ja sagen, oder? Also nein, vielen Dank und auf Wiederhören." Aber das ging natürlich nicht.

Die meisten unserer Gäste machten es mir dagegen nicht so schwer. Im Wesentlichen tat ich also Folgendes: Ich tippte Daten ab. Namen, Anschrift, Firmenadresse, Telefonnummern, An- und Abreisedaten, Sonderwünsche. Das alles übertrug ich von dem Fax, der Email oder aus der telefonischen Mitschrift in unser Hotelsystem. Dass das langfristig nicht mein Traumjob war, hatte ich meinem Chef bereits mitgeteilt, und bisweilen erlaubte ich mir den Scherz zu sagen, dass diese Tätigkeit auch von einem dressierten Affen bewältigt werden konnte. An den meisten Tagen empfand ich es jedoch als gar nicht so schlimm. Nur wenn, wie heute, scheinbar gar kein Ende in Sicht war, dann nervte mich mein Job.

Endlich schwieg das Telefon.

Immerhin.

Eilig begann ich den Stapel vor mir abzuarbeiten, bevor mir die Rezeption die nächste Nervensäge durchstellte.

Name, Adresse, Buchungsdaten.

Anreise, Abreise.

Einzelzimmer, Doppelzimmer, Zustellbett.

Mit Frühstück, ohne Frühstück.

Die Daten begannen vor meinen Pupillen zu verschwimmen. Ich wandte den Blick zur Decke, weg vom flimmernden Bildschirm des Computers.

Meine Augen brannten.

Es gab noch andere Faktoren, die mein Arbeitsleben bisweilen erschwerten: Da war zunächst einmal mein Chef – von allen nur Big Boss genannt –, das Herzchen. Natürlich war es ihm nicht entgangen, dass ich mir mehr Verantwortung wünschte. Er versprach mir schon seit einem knappen Jahr eine andere Position. Damit lockte er mich wie den sprichwörtlichen Esel, dem man eine Karotte vor der Nase baumeln lässt, damit er weiterläuft. Leider gab es allerdings in unserem Haus überhaupt keine Vakanzen, daher musste er es bei Versprechungen belassen. In stummer Übereinkunft taten wir also beide so, als wäre ein Aufstieg meinerseits nur eine Frage der Zeit und die Position, die ich jetzt innehatte, nur eine vorübergehende Zwischenstation. Dieser Zustand dauerte nun schon zwei Jahre an.

Vor Kurzem hätte es dann doch eine freie Stelle gegeben. Eine, die ich nicht geschenkt gewollt hätte. Unsere langjährige Buchhalterin, die gute Seele des Hauses und die Einzige, die alle Zahlen und Statistiken, Löhne, Gehälter, Einnahmen, Ausgaben und überhaupt alles, worauf es betriebswirtschaftlich ankam, im Kopf hatte, war schwanger geworden. Man stelle sich diese Katastrophe vor!

Und nicht nur das, zusätzlich war ihre Schwangerschaft auch derart verlaufen, dass sie ziemlich plötzlich und unvorbereitet zu Hause bleiben musste. Jetzt war guter Rat natürlich teuer. Es gab niemanden bei uns, der so auf die Schnelle einspringen hätte können. Und was machte unser Big Boss?

Natürlich musste er schnellstmöglich Ersatz herbeischaffen, und das tat er dann auch, und zwar auf dieselbe Weise, wie er personelle Engpässe stets löste: Er durchforstete die Ablage mit den ehemaligen Mitarbeiterkarteien. Und wurde fündig. Ein paar Telefonate später war die vakante Stelle nicht mehr unbesetzt. Mich hatte er gar nicht in Erwägung gezogen. Ich hätte die Stelle auch nicht gewollt, aber ein wenig wurmte es mich doch, dass er mich nicht einmal gefragt hatte. Nein, stattdessen holte er eine alte Bekannte zurück ins Hotel.

Eine, die schon während der Ausbildung vor allem mit einem geglänzt hatte: mit Unvermögen. Insgeheim waren wir alle froh gewesen, als Linda Kowalski endlich die Abschlussprüfung bestanden hatte und ihr Engagement bei uns damit beendet war. Linda war das, was man wohl mit Fug und Recht als hoffnungslosen Fall bezeichnen konnte. Sie war ganz hübsch, doch damit erschöpfte sich ihr Potenzial auch schon. Mehr war da nicht. Und sie hatte einen geradezu furchteinflößenden Hang dazu, aus kleinen und mittleren Katastrophen richtig großes, undurchdringliches Chaos zu machen.

Ich erinnerte mich noch gut daran, als sie zum ersten Mal eigenverantwortlich die Spätschicht an der Rezeption gehabt hatte. Viele Auszubildende schafften es während dem zweiten und dritten Lehrjahr, selbstständig und verantwortungsbewusst die Aufgaben des Schichtleiters allein zu übernehmen. Vor allem war die Spätschicht weniger kompliziert als die Frühschicht, sodass es in der Regel gut funktionierte, den Lehrlingen nach und nach die Verantwortung dafür zu überlassen. Diese Regel galt nicht für Linda.

Obwohl meine Reservierung sehr eng mit der Rezeption verknüpft war, bekam ich in meinem Kabuff doch nicht alles mit, was vorne passierte. An diesem Tag kam ich erst dazu, als das Kind schon in den Brunnen gefallen war. Linda saß wie ein Häuflein Elend auf dem Drehstuhl im hinteren Bereich der Rezeption, glücklicherweise durch die verglaste Trennwand von den Augen der Gäste abgeschirmt, und war den Tränen nahe. Jeder Quadratzentimeter des Backoffice war mit Papieren eingestreut. Da lag alles kreuz und quer: Meldebögen, die Reservierungen des Tages, der Zimmerplan, Dienstanweisungen für die Küche und das Restaurant, der Veranstaltungsplan ... Es sah aus, als hätte ein Orkan über den Schreibtisch gefegt.

Dem war auch so. Ein Sturmtief namens Linda.

Das Telefon klingelte sich heiser, weil am Flughafen Fahrer zur Abholung standen und ihre Gäste nicht fanden, weil die Einteilung nicht stimmte. Gäste riefen an und beschwerten sich, weil sie nicht abgeholt wurden. In der Lobby saßen bereits mehrere Grüppchen mit wartenden Reisenden herum, deren Zimmer nicht bezugsfertig waren, und Elvira, die Hausdame, rief im Minutentakt an, weil sie nicht wusste, welche Zimmer nun schon frei waren und geputzt werden konnten. Ich brauchte zwei Stunden, in denen mir die heulende Linda keine Hilfe war, um einigermaßen Licht in das Dunkel zu bringen. An diesem Tag hagelte es Beschwerden und

noch eine Woche später fanden wir Überreste des verheerenden Chaos' in den diversen Ablagen.

So war das immer mit Linda. Was sie anfasste, endete im Tumult. Sie war auch im Restaurant gefürchtet gewesen, weil um sie herum alles zu Bruch ging. Sie konnte keine Bestellung aufnehmen, weil sie immer irgendetwas vertauschte, vergaß oder zu viel aufschrieb. Sie schaffte es nicht, die fertigen Speisen oder Getränke zu servieren, ohne etwas umzuschütten, fallen zu lassen oder an den falschen Tisch zu bringen. Und wenn man sie kassieren ließ, fehlte hinterher mindestens ein Beleg in der Kasse, im schlimmsten Fall sogar Geld.

Und diese Linda, ausgerechnet Linda, saß nun allen Ernstes bei uns in der Buchhaltung. Diese Art von spontanen Entscheidungen, die beim Big Boss keine Einzelfälle waren, machten uns das Leben bisweilen recht schwer.

Gerade als mein müder Blick die digitale Uhr auf dem Display meines Telefons streifte – es war bereits halb sechs, eigentlich hätte ich jetzt gehen wollen –, hörte ich die aufgesetzt fröhliche Stimme meiner Verkaufskollegin und Vizechefin. Andrea Maier kam bereits im Mantel mit einer ledernen Aktentasche unter dem Arm aus ihrem Büro.

Schön, dass wenigstens einer von uns pünktlich in den Feierabend geht, dachte ich missmutig.

Andrea kam an meinem Schreibtisch vorbei und ließ einen Stapel Papier in meinen Posteingang fallen. „Ich hab da noch ein Angebot. Muss dringend raus. Schaffen Sie das noch vor sechs?" Ihre Stimme war wie Honig, süß und pappig.

Ich wandte meine ganze Selbstbeherrschung auf, um ihr nicht sofort ins Gesicht zu springen. Stattdessen presste ich zwischen den Zähnen hindurch: „Das kann ich nicht versprechen."

Sie sah mich mit ihrem geübten *Wir müssen alle Opfer bringen*-Blick an und wiederholte bedauernd: „Es ist wirklich dringend. Sie schaffen das schon!"

Mir lag ein unkollegiales *Dann geh doch rüber in dein schickes Einzelbüro und gib den Scheiß selber in den Computer ein!* auf der Zunge.

Um nichts zu sagen, was ich hinterher bereut hätte, presste ich stattdessen die Lippen ganz fest aufeinander.

Andrea nickte mir noch einmal zu – es sollte wohl aufmunternd wirken, erreichte aber eher das Gegenteil – und weg war sie.

Als sie hinaus war, trat ich, um mir Erleichterung zu verschaffen, mit voller Wucht gegen meinen Papierkorb. Er kippte beinahe geräuschlos auf den Teppichboden und ergoss seinen Inhalt zu meinen Füßen.

Das Ergebnis befriedigte mich nicht im Geringsten. Ich ließ den Saustall liegen und nahm mir leise vor mich hin fluchend die Unterlagen vor, die die davoneilende Kollegin mir hinterlassen hatte. Desinteressiert überflog ich die Anfrage. Dann wandte ich mich wieder dem Computer zu. „Was wollen wir wetten, dass nichts davon angelegt ist?", murmelte ich.

Missmutig begann ich also damit, die Daten von Grund auf ins System zu hacken. Zusammen mit den immer noch einzugebenden Buchungen lagen jetzt noch etwa anderthalb Stunden Arbeit vor mir. Falls nicht noch was nachkam.

Mein Büronachbar, der die Veranstaltungen im Hotel koordinierte und das Restaurant leitete, erhob sich geräuschvoll von seinem Drehstuhl. Seufzend drückte Jürgen die Off-Taste an seinem Bildschirm und griff nach dem an der Wand hängenden Dienstplan, um sich auszutragen. Ich sah ihm neidvoll dabei zu.

„Fertig für heute?", fragte ich. Ich wusste wohl, dass Jürgen noch öfter als ich nicht pünktlich in seinen Feierabend kam, trotzdem neidete ich ihm die Stunde, die er heute vor mir gehen konnte.

Jürgen nickte. „Ich hab da noch was für dich", meinte er und reichte mir einen weiteren Stapel über unsere beiden Schreibtische hinweg.

Es war heute wirklich ganz toll hier! Ich hätte schreien können vor Begeisterung. Oder mit der Kettensäge auf Menschen losgehen. Oder was immer man sonst so vor Freude machte.

Stattdessen pfefferte ich die Unterlagen in meinen Posteingang. Heute nicht mehr. Das nicht auch noch! Irgendwas würde jetzt eben liegen bleiben.

Jürgen knipste die Neonröhre über seinem Schreibtisch aus und ließ mich im halbdunklen Büro zurück. Der Gang, der unser Büro mit den weiteren Büroräumen verband, war auch schon dunkel.

Alle fort.

Sogar unser Big Boss, der normalerweise mit seinem Bürostuhl verwachsen zu sein schien, war heute schon zu Hause.

Nur ich nicht.

Schicksalsergeben wandte ich mich wieder meiner wartenden Arbeit zu, vom Jammern erledigte sie sich ja auch nicht schneller.

Ich hatte mich eben wieder in die zusätzliche Anfrage vertieft, als das Klingeln des Telefons mich erneut hochfahren ließ. Herrgott im Himmel, das war doch heute wirklich wie verhext!

„Hotel Lindenhof, Verena Schulze, was kann ich für Sie tun?", leierte ich meinen üblichen Begrüßungssatz herunter und schaffte es dieses Mal nicht mehr, einladend und serviceorientiert zu klingen.

„Firma Weyermann, Dirk Schuhmann am Apparat. Ich bräuchte diese Woche ein Zimmer bei Ihnen", kam es freundlich zurück.

Dieser Schuhmann klang nett, er ließ sich von meiner hingerotzten Begrüßung nicht aus der Ruhe bringen.

Ich räusperte mich und versuchte mich zusammenzunehmen.

„Gerne, Herr Schuhmann. Für wann denn bitte?"

„Mittwoch bis Freitag, eventuell auch bis Samstag. Haben Sie da noch was?"

Ich klickte mich routiniert durch die Anzeigen. Mittwoch bis Freitag. Samstag auch noch. Das System zeigte freie Zimmer an.

„Ein Einzelzimmer, Herr Schuhmann?", spulte ich mein Standardprogramm ab.

„Ja."

„Soll da Frühstück mit dabei sein?"

„Bitte, ja."

Ich nannte ihm zwei Kategorien und die dazugehörigen Preise inklusive Frühstück. Wie es unsere Vorgaben verlangten, erläuterte ich ihm kurz die Unterschiede in den beiden Zimmerkategorien und versuchte ihn unterschwellig von den Vorteilen der höheren zu überzeugen. Nicht dass der späte Anruf noch von einem Hoteltester kam, der dann hinterher wieder kritisierte, dass ich keine Zusatzverkäufe gemacht und keine Kategorienbeschreibung abgegeben hätte. Das Palaver beim Chef war dann gleich wieder vorprogrammiert.

Im Hintergrund hörte ich plötzlich Stimmen am anderen Ende der Leitung. Mich beschlich das Gefühl, Herr Schuhmann hörte mir nicht mehr zu. „Herr Schuhmann? Hören Sie? Welche Kategorie darf ich denn für Sie buchen?"

Stimmengemurmel.

„Herr Schuhmann? Hallo? Sind Sie noch dran?"

Da meldete mein Gesprächspartner sich zurück.

Seine Stimme klang verändert. „Bleiben Sie bitte kurz in der Leitung?"

„Ja ..."

Ich rechnete mit einer Warteschleife, stattdessen hörte ich weiter mit, was sich auf Herrn Schuhmanns Seite der Leitung abspielte. Ich horchte, versuchte aus dem Gemurmel im Hintergrund etwas aufzuschnappen. Ich glaubte, einen Stuhl rücken zu hören.

Noch mehr Stimmen.

Ich meinte Herrn Schuhmanns Stimme zu erkennen, die etwas sagte wie: „Nehmen Sie doch Vernunft an."

Jemand schimpfte in einer harten Sprache, die ich nicht verstand. Ich hielt es für Russisch.

Herr Schuhmann antwortete nicht.

Ich konzentrierte mich ganz auf die Geräusche am anderen Ende der Leitung. Was war da los?

„Hören Sie auf mit dem Scheiß!" Das war wieder Deutsch und wieder Schuhmann, dieses Mal klang er alarmiert. *„Nicht!"*

Bumm.

Ein Schuss!

Ich war mir absolut sicher, dass es ein Schuss gewesen war. Entsetzt hielt ich den Hörer von mir. Das Ohr tat mir weh, so laut war der Knall gewesen.

Ich starrte ungläubig aufs Telefon.

Verdammte Scheiße, was hatte ich da belauscht?

Ich schluckte. Zögernd nahm ich den Hörer wieder ans Ohr. Doch es war nur noch das gleichmäßige Tuten des Freizeichens zu hören.

Die Leitung war unterbrochen.

Aufgelegt.

Mein Blick fiel auf den Notizblock, der vor mir lag. Wie immer hatte ich die Daten auf einem Vordruck gesammelt, um sie anschließend in den Computer eingeben zu können.

Herr Dirk Schuhmann.

Firma Weyermann.

Die Telefonnummer hatte ich mir aus dem Display notiert.

Anreise: Mittwoch, 19. Abreise: Freitag, 21., alternativ 22. Ein Einzelzimmer mit Frühstück ...

Meine Hände zitterten, als ich den Hörer zurück auf die Gabel legte. Was sollte ich jetzt tun?

Um wieder einigermaßen klar im Kopf zu werden, arbeitete ich erst einmal das Angebot für Andrea aus dem Verkauf ab. Die vertrauten Handgriffe halfen mir dabei, mich ein bisschen zu beruhigen.

Trotzdem hatte ich immer noch den Knall im Ohr.

Als ich das Angebot endlich fertig und in meinem Email-programm auf den Senden-Button geklickt hatte, raffte ich den Rest meiner Unterlagen zusammen, ließ meinen PC herunter-fahren und packte meine Sachen. Es war Viertel nach sechs.

Den Stapel mit den offenen Reservierungen trug ich nach vorne an die Rezeption. Der Kollege und die Azubine, die dort heute Spätdienst hatten, würden im Laufe des Abends schon Zeit finden, um die Daten ins Hotelprogramm einzupflegen, hoffte ich. Ich wollte hier nur noch weg.

Hans, der heute die Spätschicht leitete, sah mich forschend an. „Alles klar bei dir, Verena?", fragte er. „Du siehst aus, als hättest du ein Gespenst gesehen."

Ich reichte ihm die Notizen über den Tresen, dabei zitterten meine Hände wieder so stark, dass die Blätter ihr Ziel verfehlten und sich über die Arbeitsfläche ergossen. Die dienstbeflissene Azu-bine eilte herbei und sammelte sie auf.

„Ich hab da noch ein paar Reservierungen, wärt ihr bitte so nett und würdet die für mich eingeben?", fragte ich mit deutlich be-legter Stimme. „Ich muss nach Hause."

„Alles okay?", wiederholte Hans seine Frage.

Es war mir unmöglich, so zu tun, als wäre alles okay.

Hans sah das und tat das einzig Richtige. „Komm", sagte er schlicht.

Er angelte seine Zigaretten aus dem Jackett, das über der Stuhl-lehne hing, und schob mich vor sich her in Richtung Restaurant.

Hinter der Küche hatten wir vom Personal unseren Aufent-haltsraum, und dahinter, auf dem Innenhof, wo auch die Müll-tonnen, die Papierpresse und überhaupt alles Unansehnliche, was in so einem Hotelbetrieb anfiel, herumstanden, hatten wir unsere Raucherecke. In Ermangelung von Sitzgelegenheiten holten wir uns leere Getränkekisten, drehten sie um und so saßen wir dann, bei jedem Wetter, nur notdürftig gegen Wind, Regen und Sonne ge-schützt, unter dem schmalen Dachvorsprung inmitten des Abfalls und frönten den Süchten.

Ich rauchte eigentlich nicht, aber die Tücken des Hotelalltags machten es bisweilen nötig. Unaufgefordert hielt Hans mir eine Kippe aus seiner Schachtel hin. Ich nahm sie dankbar und wartete, bis er sich seine angezündet hatte und das Feuerzeug vor meiner Nase aufflammen ließ. „Schieß los", sagte er.

Hans war schon so lange in dem Hotel und immer in derselben Position. Manchmal fragte ich mich deshalb sogar, ob er es eigentlich

nicht satthatte. Was hielt ihn denn, objektiv betrachtet, noch hier? Er war Single wie ich – galt in Fachkreisen sogar als unvermittelbar – und Familie hatte er hier in der unmittelbaren Umgebung auch nicht. Da er auf eigenen Wunsch fast ausschließlich Spätdienst an der Rezeption schob, war sein Privatleben auch sonst eher unspektakulär. Nur manchmal schaute er im Anschluss an seine Schicht noch in seiner Stammkneipe vorbei und kurierte seine daraus resultierenden regelmäßigen Abstürze dann am Vormittag so lange aus, dass er in aller Regel wieder halbwegs nüchtern zum nächsten Dienst erschien. Vielleicht war ihm das genug.

Heute war ich um seine unaufgeregte Gesellschaft ausgesprochen froh. Nachdem ich zwei, drei Mal an der Zigarette gezogen hatte, schilderte ich Hans, was ich eben ungewollt mit angehört hatte.

Als ich fertig war, saß er noch genauso da wie zuvor und starrte mich an. Halb erwartete ich, dass er jetzt in helle Panik ausbrechen würde, doch das lag nicht in seinem Naturell. Stattdessen sagte er nur: „Du solltest wirklich nach Hause gehen."

„Du meinst, ich spinne?", fragte ich entrüstet. Schon bereute ich es, ihm davon erzählt zu haben.

„Was auch immer du da gehört hast, war mit Sicherheit etwas anderes. Die Firma Weyermann kommt schon so lange zu uns, das ist ein völlig seriöses Unternehmen. Da stürmen keine russischen Mafiosi ins Büro und erschießen Mitarbeiter. Das glaub ich einfach nicht. Jetzt ist es schon zu spät, aber morgen früh rufst du da einfach zurück und machst die Buchung fertig. Du wirst sehen, alles klärt sich auf. Denk nicht mehr weiter drüber nach."

Er nahm noch zwei kräftige Züge von seiner Zigarette, dann drückte er sie aus, klopfte mir aufmunternd auf die Schulter und verschwand wieder im Schlund des Hotelgebäudes.

Ich schlief denkbar schlecht und der Vorfall geisterte noch durch meine Gedanken, als ich am nächsten Morgen ins Hotel kam. Die Stunden, die zwischen dem Nachhausegehen und meinem morgendlichen Dienstbeginn lagen, reichten nicht, um mich zu entspannen.

Mein Weg führte mich wie jeden Tag als Erstes zur Kaffeemaschine im Servicebereich des Restaurants. Ohne eine ordentliche Dosis Koffein war der Tag vermutlich nicht zu überstehen. Im Kellnergang motzten sich zwei Servicemitarbeiter lautstark gegenseitig an. Ich schnappte davon nur so viel auf, dass es irgendwie

um den Dienstplan ging. Fahrig griff ich mir meine Tasse und verließ so schnell ich konnte das Restaurant. Ich hatte keine Lust, in den Disput verwickelt zu werden. Die Dienstpläne waren in jeder Abteilung ein wiederkehrender Quell der Freuden. Personal war überall knapp – unser Big Boss pflegte zu sagen, dass wir nur nicht fähig waren, es richtig einzuteilen – deshalb wurde um freie Tage, oder gar freie Wochenenden, Urlaubsanträge und Überstunden wenn nötig mit harten Bandagen gekämpft.

Wir vom Büro hatten zwar keine Schichtpläne zu füllen, dafür teilten wir uns den allseits beliebten MoD-Dienst, eigentlich die Abkürzung für *Manager on Duty*, bei uns aber auch bekannt als *Master of Desaster*.

Der Duty-Manager war der Abteilungsleiter, der die Stellung hielt, während alle anderen, einschließlich der Chefetage, das Hotel bereits verlassen hatten. An einem guten Tag saß er nur die Stunden vom Ende der Bürozeiten bis Mitternacht ab, an schlechten Tagen – und die waren häufiger – jonglierte er mit allerlei Problemen, Chaos und Unwägbarkeiten herum, die eben in einem Hotelbetrieb so anfielen: von sich beschwerenden Gästen über Zechpreller, Trunkenbolde und Schlägertypen bis hin zu Überbuchungen, liegengebliebenen Flughafen-Shuttle-Autos, Wasserrohrbrüchen, unangemeldeten Reisegruppen und so weiter.

Jeden Werktag ab fünf sowie an allen Wochenenden und Feiertagen musste einer diesen unbeliebten Dienst versehen. Bisweilen machte ich das sogar gern, weil man abends seine Ruhe hatte, wenn nicht gerade etwas Außerplanmäßiges passierte. Man kam dazu, Dinge zu erledigen, für die im normalen Büroalltag nie Zeit blieb, und wenn man keine Lust auf produktive Arbeit hatte, konnte man in den späten Abendstunden auch wunderbar Zeit totschlagen, ohne dass es negativ auffiel.

Abgesehen von den MoD-Plänen blieben wir Abteilungsleiter in der Regel von den Unbillen des Schichtbetriebs unberührt.

Ich betrat das Büro, das ich mir mit Jürgen teilte, als mir Linda, die neue Buchhalterin, entgegenkam. Beim Anblick ihres dümmlichen Grinsens stieg bei mir sofort die Galle hoch. Die Buchhalter-Attrappe machte sich sowieso bei allen schon richtig beliebt, indem sie mit einer geradezu ekelerregenden Happy-Päppy-Laune alles weglächelte, was man ihr zu erklären versuchte.

Im Büro zischte Jürgen gerade Sigi, unserem Küchenchef, zu: „Gestern meinte sie noch auf die Frage, ob sie jetzt in Frankfurt in

der Hauptverwaltung gut vorbereitet worden wäre: *Nö, aber macht ja nix, ihr seid ja da und ihr arbeitet mir das dann schon so vor, dass ich da nicht mehr viel tun muss!* Sagt die zu mir! O-Ton!"

Sigi quittierte die Information mit: „Ja *genau!*"

Ich seufzte, ließ meine Tasche auf meinen Bürostuhl fallen und stellte die Kaffeetasse ab. „Wie lange war die jetzt in der Hauptverwaltung? 'n Morgen zusammen."

Jürgen war gerade voll in Fahrt. Er hatte klare Vorstellungen davon, wie das Hotel zu laufen hatte, und auch sehr konkrete Ansichten dazu, was einen guten Mitarbeiter auszeichnete.

„Zwei Wochen! Stell dir das mal *vor!* Die hat von Tuten und Blasen keine Ahnung, dann schickt der Big Boss sie *zwei Wochen* auf Lehrgang und danach soll die hier die komplette Buchhaltung schmeißen! Weißt du, wie lang die Sybille das schon gemacht hat? Die war quasi vom ersten Tag an hier die Buchhalterin. Was die sich in den zehn Jahren angeeignet und teilweise selbst mühsam erarbeitet hat, das meint die jetzt, kann man in zwei Wochen im Vorbeigehen lernen! Dabei hat die doch noch nie zuvor was mit Buchhaltung zu tun gehabt. Das ist doch Irrsinn! Was hat er sich überhaupt dabei gedacht, die wieder einzustellen?" Um Zustimmung heischend sah Jürgen in die Runde.

Sigi und ich beeilten uns, mit empörter Miene den Kopf zu schütteln. Empörend war es in der Tat. Geradezu *verstörend.*

Aber ich hatte eigentlich momentan andere Dinge im Kopf.

Ich fuhr meinen PC hoch und inspizierte meinen Posteingangskorb auf dem Schreibtisch. Wie erwartet war er voll bis zum Anschlag. Aber der Packen Reservierungen vom Vortag lag mit einem Post-it versehen obenauf: *Erledigt!*

Auf Hans war einfach Verlass.

Nachdenklich suchte ich aus den Reservierungsnotizen die des Herrn Schuhmann von Weyermann heraus. Hans hatte sie als einzige nicht in den Computer eingegeben, sondern mit einem Fragezeichen versehen.

Ja, was denn nun eigentlich?

Ruf an und mach die Buchung fix, hatte er gesagt. Sollte ich das wirklich tun? Einfach dort anrufen?

Und dann?

Im besten Fall bestätigte sich das, was Hans prophezeit hatte: Es stellte sich heraus, dass alles ganz harmlos und ich nur überreizt gewesen war. Aber was, wenn ich niemanden erreichte?

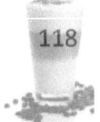

Und die eigentliche Frage: Was, wenn ich wirklich einen Mord mit angehört hatte?

Einerseits wollte ich unbedingt wissen, was hier los war, schon allein deshalb, um meinen Seelenfrieden wiederzubekommen. Andererseits war ich mir nicht sicher, ob ich wirklich die Wahrheit herausfinden wollte, oder ob es dann endgültig mit meiner Ruhe vorbei wäre.

Ich legte den Bogen Papier zur Seite und beschloss, das Problem noch ein bisschen aufzuschieben.

Den Rest des Vormittags kam ich auch erst einmal nicht mehr dazu, über irgendwelche eingebildeten Mordfälle nachzugrübeln. Der Big Boss rief uns zu einem außerplanmäßigen Meeting zusammen, das von immenser Wichtigkeit zu sein schien.

Wir sammelten uns also zum Rapport in seinem Büro.

Den spartanisch eingerichteten Arbeitsraum dominierte der ausladende Schreibtisch aus Eichenholz. Einen Besprechungsraum gab es nicht, ebenso wenig wie einen großen Tisch, an dem wir alle Platz gefunden hätten, aber das war vom Big Boss auch so gewollt. Aus diesem Grund mussten wir vom Fußvolk nämlich stehen. Wir standen dann bei solchen Anlässen wie die Schulkinder, die sich ihre Standpauke abholten, aufgereiht nebeneinander, während er hinter seinem Schreibtisch thronte und Hof hielt.

So auch heute.

Alle waren gekommen: Sigi, der mit seiner hohen, weißen Kochmütze aus Papier und seiner Körpergröße fast nicht durch die Tür passte; Harald, der Haustechniker – der Einzige, dem hier alles ganz offenkundig am Arsch vorbeiging; Jürgen – der beliebteste Prügelknabe unseres Big Boss', der vor allem auch deshalb so gern auf ihm herumhackte, weil der die Rolle des Opferlamms oskarreif beherrschte; Elvira, die Hausdame, die nur höchst ungern aus ihrem Elfenbeinturm zu uns in die Niederungen herabstieg, schon allein deshalb, weil dort das Untier Big Boss sein Unwesen trieb; Monika, die Empfangschefin, die eigentlich immer nur versuchte es allen recht zu machen, und damit das zweitliebste Opfer für Attacken des Big Boss' war; die Pseudo-Buchhalterin Linda, deren dümmlicher Miene deutlich zu entnehmen war, dass sie von dem Unmut, den sie allenthalben gegen sich aufbrachte, gar nichts mitbekam; Andrea, die bei jedem Anschiss eine professionell unbeteiligte Miene zur Schau trug und uns anderen damit das Gefühl gab, dass sie als Einzige gewusst hätte, wie der Hase läuft, wir in unserer Unfähigkeit aber mal wieder nicht ihren Rat eingeholt hatten, und die als Stellvertreterin vom Big Boss aufgrund dieser Vormachtstellung die Einzige außer dem Chef, die sitzen durfte; und ich.

Ich rechnete mit einem kollektiven Anschiss, das war eigentlich der einzig denkbare Grund, aus dem wir alle außertourlich ins Büro des Big Boss´ gerufen wurden. Im Geiste ging ich die letzten Tage durch. Hatte es irgendeinen Vorfall gegeben, der Anlass geboten hätte, um zu toben?

Nicht, dass der Big Boss dazu notwendigerweise immer einen konkreten Anlass gebraucht hätte. Er tobte auch manchmal einfach um des Tobens willen. Er war einfach ein unfassbarer Choleriker. Das Gute daran war, dass er sich meist ebenso schnell wieder beruhigte, wie er sich aufregte, und spätestens am nächsten Tag war alles vergessen. Er wollte vielleicht auch so wahrgenommen werden. Wie ein Patron von anno dazumal. Sein Alter deutete auch daraufhin, dass er noch aus einer anderen Ära stammte, als ein Firmenoberhaupt noch ein ganzer Kerl gewesen war, der mit ordentlich Wumms auf den Tisch hauen konnte und dem alle anderen wie die Lämmer treudoof folgten. Er konnte durchaus auch anders. Vielleicht war heute aber einfach wieder einmal Zeit für ein bisschen Dampfablassen.

Doch wie sich herausstellte, ging es um etwas ganz anderes.

„Ich möchte Sie alle über eine personelle Veränderung in unserem Haus in Kenntnis setzen", begann er ohne Einleitung. „Und zwar tritt Ihre langjährige Kollegin und meine Stellvertreterin Frau Maier ab übermorgen ihren Dienst in unserem Partnerhotel in der französischen Schweiz an. Sie hat dort die Stelle des Geschäftsführers angeboten bekommen."

Man hörte, wie alle die Luft einsogen.

Der Haustechniker war der Erste, der seine Sprache wiederfand. „Jetzt im Ernst, oder?", fragte Harald und sah Andrea dabei abschätzig an.

Die sah mit einem Mal gar nicht mehr so überlegen aus, sondern betrachtete eingehend ihre Fußspitzen und nickte nur.

„Das heißt, wir haben dann weder einen Stellvertretenden Direktor noch einen Verkaufsleiter", fasste Jürgen das Kernproblem zusammen.

Diese beiden Posten hatte Andrea bisher bei uns in Personalunion bekleidet und obendrein schon so getan, als wäre sie die an-

gehende Kronprinzessin und einzig legitime Nachfolgerin des Big Boss´. Er war ja nun nicht mehr der Jüngste, und obwohl er noch keine Anstalten machte, sich zur Ruhe zu setzen, waren die Tage, die er hier das Zepter schwang, wohl doch gezählt. War ihr das Warten auf die nächste Stufe der Karriereleiter doch zu lang geworden?

Da musste sie ja jetzt glücklich sein, dass sich diese Abkürzung aufgetan hatte. So richtig beglückt sah sie aber irgendwie gar nicht aus.

„Wohin geht's denn genau?", fragte Sigi, wohl einfach, um auch irgendetwas zu sagen.

„Alpenhof", nuschelte die Vize.

Jetzt war mir auch schlagartig klar, weshalb sie sich nicht freute. Das war keine Beförderung, das war die Höchststrafe. Ich kannte das Hotel zufällig, hatte dort schon einmal einen kurzen Urlaub verbracht. Und mir dabei gedacht, dass ich da doch froh um meine Stelle hier war.

Der Alpenhof lag auf einem Bergplateau mitten in den Schweizer Alpen. Außer dem Hotel gab es dort oben noch die Seilbahnstation und sonst weit und breit nichts. Mit dem Auto brauchte man fünfundvierzig Minuten ins Tal, im Winter gab es oft gar keine Möglichkeit hinunter. Die nächste größere Stadt war mehr als eine Stunde Fahrt entfernt. Da oben gab es nur Skilifte, Pisten und Almhütten. Zum Urlaub machen und Abschalten sicher ideal. Zum Leben und Arbeiten eher ein Albtraum. Aus diesem Grund blieben die Leute dort auch in der Regel maximal eine Saison, wenn sie denn überhaupt so lange aushielten. Der Chef von dem Laden zu sein, war gelinde gesagt eine Herausforderung.

Ich sah unsere Vize an, wie sie da zusammengesunken auf ihrem Stuhl hockte. Andrea und mich verband sicher keine Freundschaft. Mit ihrem knallharten Verhandlungsgeschick, ihrer kühl berechnenden Raffinesse und ihrem Hang zur Delegation von aus ihrer Sicht minderen Tätigkeiten, hätte sie auch Immobilienmaklerin, Investmentbankerin oder Versicherungsvertreterin sein können, und dementsprechend niedrig war auch ihr Beliebtheitslevel bei mir. Aber heute tat sie mir einfach nur leid.

Der Big Boss verkündete gerade: „Am Nachmittag um fünfzehn Uhr gibt es einen kleinen Abschiedsumtrunk in unserem Rosenstüberl. Sie können dann wieder an Ihre Arbeit gehen."

Es sah ihm ähnlich, dass er es damit bewenden ließ. Keine Erklärung, kein Wort zu viel. Die Beweggründe des geheimnisum-

witterten Big Boss' blieben im Dunkeln. Er liebte es einfach, den großen Zampano zu geben.

Dann schoss er noch hinterher: „Wie Sie sich alle denken können, hat diese Veränderung weitreichende Auswirkungen auf unser ganzes Team. Ich werde Sie alle zu gegebener Zeit über die nötigen Änderungen informieren."

Pff!

Seit einem Jahr versprach er mir nun schon beinahe wöchentlich, dass wir uns über meine weiteren Einsatzmöglichkeiten unterhalten würden. Ich zweifelte daran, dass es nun so weit sein sollte. Insgeheim überlegte ich ja schon, mich woanders zu bewerben, aber noch war dazu der Leidensdruck nicht groß genug.

An der Tür kam es zum Gedränge, während alle Abteilungsleiter gleichzeitig das Büro verlassen wollten. Man konnte sie alle murmeln und ungläubig zischeln hören.

„Frau Schulze, bleiben Sie doch bitte noch einen Augenblick", traf mich die Stimme des Big Boss´ im Rücken.

Ich drehte mich um, sah ihn fragend an.

„Ich habe Ihnen ja versprochen, dass wir uns bald unterhalten. Das machen wir auch ...", er lächelte mich vielsagend auf eine Weise an, die wohl irgendwie väterlich wirken sollte, „... demnächst."

Ich zuckte nur die Achseln.

Das Spiel kannte ich schon. Immer, wenn eine Personalentscheidung anstand, dann spielte er mit mir *Ich sehe was, das du nicht siehst*.

Als ich an meinen Platz kam, blinkte bereits das Telefon.

Vier Anrufe in Abwesenheit – ich hatte vergessen, das Telefon auf die Rezeption umzustellen. Wenn das aufkam, war der nächste Schreianfall im Chefbüro vorprogrammiert. Ganze drei potenzielle Gäste hatten versucht, hier anzurufen und ein Zimmer zu reservieren, und niemand hatte sich um sie gekümmert. Sakrileg! Drei Anrufe ohne Nummer, also konnte ich auch nicht zurückrufen. Die vierte Nummer sah ich und sie kam mir irgendwie vage bekannt vor.

Während ich die Nummer wählte, brüllte der Big Boss über den Flur (dass das Telefon mittlerweile erfunden war und es daher möglich gewesen wäre, den gewünschten Mitarbeiter für alle anderen lautlos herbei zu zitieren, war wohl an ihm vorübergegangen): „FRAU ..."

In einem routinierten Antwortgesang, ähnlich dem siebenfachen Echo vom Königssee, riefen nun alle anwesenden und infrage kommenden Kolleginnen ihre Nachnamen auf den Gang hinaus.

„Maier?"

„Herrmannskirchner?"

Ich enthielt mich dieses Mal meiner vorschriftsmäßigen Rückmeldung, da ich ja eh eben bei ihm gewesen war und annahm, dass er mich nicht schon wieder sprechen wollte.

„Maier! Frau Maier!", schallte es aus dem hintersten Büro. Der Big Boss hatte gewählt.

Im selben Moment hob mein Gesprächspartner den Hörer ab und meldete sich. „Weyermann und Partner, Julia Biersack am Apparat, Vorzimmer Herr Weyermann, Herr Schuhmann, was kann ich für Sie tun?"

Ich war einen Augenblick so perplex, dass ich mich beinahe mit Maier gemeldet hätte. Gerade noch rechtzeitig korrigierte ich: „Mmm ... Schulze. Verena Schulze vom Lindenhof Hotel, Guten Tag."

„Ach, genau", fiel es der Empfangsdame wieder ein. „Ich hatte vorher schon mal bei Ihnen angerufen. Da ging aber niemand ans Telefon." Der leicht vorwurfsvolle Tonfall sollte mir wohl signalisieren, dass sie es nicht gewohnt war, warten zu müssen.

Wenn sie sich diesbezüglich beim Big Boss beschwerte, hätte das mit an Sicherheit grenzender Wahrscheinlichkeit den nächsten Anschiss zur Folge. Das Credo lautete: beim dritten Klingeln. Spätestens. Mehr als dreimaliges Anläuten war dem Gast unseres Hauses nicht zumutbar, danach suchte er sich aller Wahrscheinlichkeit nach ein anderes Hotel. Deshalb wurden wir darauf gedrillt, das dritte Läuten zu scheuen wie der Papst den Puff.

Eilig bemühte ich mich, mit zuckersüßer Stimme zu versichern: „Oh, ich bitte vielmals um Verzeihung, unsere Telefonanlage weist heute ein paar Probleme auf. Wirklich sehr ärgerlich. Das kommt auf keinen Fall noch einmal vor. Wir lassen sie ... äh ... wir lassen sie überholen!"

Die Weyermann'sche Sekretärin gab mir anschließend dieselben Reservierungsdaten durch wie Herr Schuhmann am Vortag. Sogar auf seinen Namen. Ich notierte brav alles noch einmal mit, machte die üblichen Angaben und wagte es nicht, vorzustoßen. Natürlich fragte ich auch nicht, ob sie sicher sei, dass der fragliche Herr überhaupt noch am Leben war. Das wäre ja doch zu seltsam gewesen.

Als das Telefonat beendet war, ärgerte ich mich noch ein bisschen über meine Dusseligkeit, nicht zumindest angemerkt zu haben, dass die Buchung eigentlich halb schon bestanden hatte. Ich hätte ja auch wieder der Telefonanlage die Schuld geben und so tun können, als wären wir einfach unterbrochen worden. Aber zu spät. Also nahm ich die Reservierung jetzt einfach im System vor und legte den seltsamen Vorfall von gestern fürs erste ad acta.

Anschließend nahmen mich die Ereignisse in unserem Hotel wieder so in Beschlag, dass ich beinahe vergaß, dass ich vermeintlich akustischer Zeuge eines Mordes geworden war. Am Nachmittag verabschiedeten wir unsere Vize und es wurde fast sentimental. Sogar eine Flasche vom guten Sekt opferte der Big Boss für diesen Anlass. Die Gläser klirrten.

Danach kehrten wir alle an unsere Schreibtische zurück.

Jürgen wurde zum Big Boss zitiert, und als er wiederkam, bebte er geradezu vor Zorn. Ich kam gar nicht dazu, ihn zu fragen was los war, er schoss nämlich sofort mit den Neuigkeiten heraus und war dabei so wütend, dass nicht mehr viel gefehlt hätte und er hätte Feuer gespuckt.

„Du wirst nicht glauben, was der Alte mir jetzt gerade mitgeteilt hat!", schimpfte er. „Ich fass es selber nicht!"

„Was denn?", fragte ich sicherheitshalber nach.

„Die Arbeit von unserer Vize, ja? Weißt du, wie er sich das in Zukunft vorstellt?"

Ich wusste es nicht, und so aufgebracht, wie Jürgen war, wollte ich es eventuell auch gar nicht wissen. Ich schüttelte den Kopf.

„Also, das ganze Personalzeug, das macht ab sofort unsere Buchhaltungsgranate da oben. Nachdem sie ja mit dem Tagesgeschäft schon so gut klarkommt, kann sie sich da auch gleich noch einarbeiten. Hat die Vize ja bisher auch nur so nebenher gemacht."

Meinem Gesicht war das Erstaunen offenbar anzusehen.

„Ja, so hab ich auch geguckt! Unglaublich, oder? Der hat sie doch nicht mehr alle. Und rate, was mit den ganzen anderen Aufgaben ist, also quasi mit *allem*. Du kommst nicht drauf!"

Und weil er wohl annahm, dass ich die abstrusen Gedankengänge des Big Boss´ ohnehin nicht nachvollziehen konnte, fuhr er gleich ohne Pause fort: „Die darf ich erst einmal kommissarisch mitmachen. Ich soll mich jetzt dann gleich hinten mit den beiden zusammensetzen und mir alles übergeben lassen, weil über-

morgen ist sie ja schon weg. Ich mach dann also übergangsweise zwei Jobs, meinen und den vom Vize, zum selben Gehalt und allen Konditionen wie bisher, versteht sich. Und dann bestimmt er wahrscheinlich einen neuen Stellvertreter, den er mir dann vor die Nase setzt, und den arbeite ich dann ein, damit der anschließend die Lorbeeren einheimst. Danach bin ich dann wieder der Depp, der ich immer war. Ja, sag mal, geht's eigentlich noch?"

So aufgebracht hatte ich Jürgen noch nie erlebt. Normalerweise gab er zwar gern die leidende Diva, aber eigentlich war er die Loyalität in Person. Dieses Angebot allerdings, wenn man es denn als solches bezeichnen wollte, war natürlich schon allerhand.

„Und, was machst du jetzt?", fragte ich lahm.

Jürgen pfefferte eine Mappe mit Unterlagen auf seinen Schreibtisch. „Keine Ahnung ..." Offenbar hatte er sich eben so aufgeregt, dass an Arbeit im Moment nicht zu denken war. Er machte wieder kehrt und verließ das Büro. „Ich brauch jetzt einen Kaffee", fügte er als Erklärung noch hinzu.

Da mich die Verabschiedung der Vize vorher gerade wertvolle Arbeitszeit gekostet hatte, die ich benötigt hätte, um heute mal wieder pünktlich gehen zu können, wandte ich mich jetzt meinem Bildschirm zu, um mein Arbeitspensum für heute erledigt zu bekommen.

Doch die neusten Entwicklungen ließen mir keine Ruhe. Natürlich war das Angebot eine einzige Zumutung. Ich an Jürgens Stelle wäre genauso entsetzt gewesen. Andererseits, die Stelle des Vizes, also wirklich seine *Stelle*, nicht nur die Mehrarbeit durch seine Aufgaben, die hätte mich schon gereizt. Vermutlich ahnte der Big Boss das auch. Vielleicht war es das, was er mit mir besprechen wollte.

Aber das kam ja nun nicht mehr infrage. Wenn Jürgen die Drecksarbeit machen sollte, bis ein anderer die eigentliche Position übernahm, dann wollte ich ganz sicher nicht diejenige sein, die sich dann ins gemachte Nest setzte. Ich hatte ja bisher wirklich viel zu wenig Einblick in die ganzen Geschäftsführeraufgaben, die Zahlen, Statistiken, die Budgets, die Akquise der Firmenkunden, die Vertragsverhandlungen und was es da noch alles geben mochte. Ob Jürgen da viel mehr Ahnung hatte, wagte ich zu bezweifeln. Er würde sich also auch von Grund auf einarbeiten müssen.

Und wofür? Für Ehre und Vaterland.

Nein, sollte mir dieser Posten tatsächlich angeboten werden, dann musste ich ihn ablehnen. Und weiterhin das tun, was ich

eben tat, ob ich nun wollte oder nicht. Somit war ich mit meinem eigenen Dilemma auch keinen Schritt weiter.

Missmutig klopfte ich in die Tasten.

Das Arbeiten im Hotelreservierungsprogramm brachte mich gedanklich wieder zurück zu Herrn Schuhmann von Weyermann. Ob der jetzt wirklich einfach hier auftauchen und einchecken würde? So als wäre nie etwas geschehen? Ich blätterte in den Buchungen und überprüfte noch einmal das angegebene Datum. Das war ja schon diese Woche Mittwoch. Ein Blick auf den Kalender bestätigte: Heute war bereits Dienstag. Na, dann würde ich es ja bald erfahren!

Zufällig bekam Hans mit, wie seine Azubine vorn am Empfangstresen den Gast von der Firma Weyermann eincheckte. Er kam zu mir ins Büro und sagte: „Jetzt is er da. Komm schnell vor und schau ihn dir an, den Herrn Schuhmann."

Ich flog förmlich aus meinem Büro und postierte mich unauffällig an der verglasten Schiebetür zur Rezeption. So konnte ich einen Blick auf den Gast werfen und hörte sogar, was gesprochen wurde. Hans blieb hinter mir.

Am Tresen stand ein untersetzter älterer Herr. Ich hätte ihn vielleicht auf fünfzig geschätzt. Sein schütteres Haar hatte er vergeblich versucht über die kahle Kopfhaut zu kämmen. Nein, der sah überhaupt nicht aus, wie ich mir Schuhmann am Telefon vorgestellt hatte.

Im Gegensatz zu meinen Überlegungen erklärte Hans sichtlich befriedigt: „Siehst du? Alles okay. Da ist er. Und er lebt."

Bevor ich etwas erwidern konnte, hörte ich den vermeintlichen Herrn Schuhmann etwas zu dem Lehrling an der Rezeption sagen.

„Vielen Dank. Und wo ist jetzt bitte die Einfahrt zu Ihrer Tiefgarage? Ich stehe einstweilen nämlich da draußen im Halteverbot."

Das war nicht Schuhmann. Nie im Leben!

Ich bugsierte Hans bestimmt vor mir her zurück durch meine Bürotür. Dem blieb nichts anderes übrig, als rückwärts vor mir her zu stolpern. Unsanft landete er an der Kante meines Schreibtischs.

„Aua!", protestierte er. „Sag mal ... was soll das denn?"

„Das ist er *nicht*", stieß ich mit Nachdruck hervor.

Hans verdrehte theatralisch die Augen. „Also komm ..."

„Das ist er nicht", wiederholte ich. „Der ist viel zu alt, seine Stimme hört sich wie von einem Quartalssäufer an und außerdem

nuschelt er. Schuhmann war viel jünger. Ein attraktiver Mann, allerhöchstens Mitte dreißig." Ich sah Hans triumphierend an.

Der Blick aus Hans' braunen Augen, der mich dann traf, ließ meine Euphorie sofort wieder einschmelzen. „Schuhmann ist ein junger, attraktiver Mittdreißiger. Genau deine Kragenweite, quasi. Und das *hörst* du. Ist klar."

Hans tippte sich an die Stirn, was wohl ein Ausdruck seiner Einschätzung bezüglich meiner geistigen Verfassung sein sollte, und ging an mir vorbei zurück zu seinem Posten.

Ich ließ mich von meiner Idee nicht abbringen und heftete mich sofort an seine Fersen.

„Warte doch mal", versuchte ich ihn aufzuhalten. „Natürlich hört man gewisse Dinge auch am Telefon! Ich sag dir, das ist nicht die Stimme, die ich am Telefon hatte. Garantiert nicht."

Hans blieb so abrupt stehen, dass ich in ihn hineinlief. Er kramte in den herumliegenden Unterlagen und hielt mir dann siegessicher ein Blatt Papier unter die Nase.

„Dann hast du eben nicht mit Schuhmann telefoniert. Hier ist der Beweis: Der, der hier gerade eingecheckt hat, ist Schuhmann."

Ich nahm den angeblichen Beweis in die Hand und studierte das Papier. Es handelte sich um die Ausweiskopie des Herrn Schuhmann, die die Auszubildende beim Check-in eben für die Reservierungsunterlagen gemacht hatte.

Das Bild auf der Kopie war so schlecht, dass ich auch nicht widersprechen hätte können, wenn Hans mir gesagt hätte, er selbst wäre darauf zu sehen. Ich kniff die Augen zusammen und hielt das Bild in verschiedenen Winkeln zum Licht, doch das änderte nichts daran, dass es eine miese Qualität hatte. Genaugenommen konnte man auf der Kopie kaum den Namen entziffern. Weshalb fotokopierten wir eigentlich die Ausweise unserer Gäste, wenn darauf danach nichts zu erkennen war?

Ich gab Hans den Bogen zurück. „Das beweist überhaupt nichts", sagte ich.

Schon wieder verdrehte Hans die Augen. „Sandra, hast du den Ausweis des Herrn angeschaut, den du eben kopiert hast?", fragte Hans seine Auszubildende.

„Ja, natürlich", beeilte die sich zu erwidern.

„Und? Ist dir dabei irgendetwas aufgefallen?"

Der Lehrling sah unsicher zwischen Hans und mir hin und her. „N-nein ... Wieso? Stimmt was nicht damit?"

127

Es war schon vorgekommen, dass wir Zechpreller im Haus gehabt hatten, und fast immer war es letztlich ein Fehler der Rezeption gewesen, die offensichtliche Diskrepanzen bei den Angaben der Personen übersehen oder – noch schlimmer – durch Schlamperei erst dazu beigetragen hatten, dass einer zum Zechpreller werden konnte, indem sie zum Beispiel keine Vorkasse bei neuen Gästen verlangt hatten oder sich die Kostenübernahme durch die Firma nicht rückbestätigen hatten lassen. Das Ergebnis war dann Ärger für alle Beteiligten, Geld, das uns am Ende fehlte, und, was am ärgerlichsten war, eine hervorragende Gelegenheit für den Big Boss, um ein Fass aufzumachen. Sandra, die Azubine im zweiten Lehrjahr, befürchtete nun wohl, ihr wäre gerade etwas ähnliches passiert.

„Natürlich stimmt alles", beschwichtigte Hans sofort. Und zu mir gewandt sagte er eindringlich: „Es hat alles seine Richtigkeit. Bitte, du verrennst dich da in was. Lass es einfach gut sein, okay?"

Er legte mir in einer aufmunternden Geste die Hand auf die Schulter, doch ich wollte mich nicht beruhigen und schüttelte sie ab. Beleidigt zog ich von dannen.

Vor meiner Bürotür traf ich mit Jürgen zusammen, der aus der anderen Richtung kam und auch gerade in unser gemeinsames Büro wollte. Er war offensichtlich wieder beim Big Boss gewesen. Seine Laune war entsprechend.

„Du sollst zum Alten kommen", schnappte er.

Unwillkürlich zuckte ich zurück. „Okay ...", murmelte ich.

Das Letzte, was ich jetzt noch brauchte, war ein Gespräch mit dem Big Boss, aber ihn warten zu lassen, machte die Sache sicher auch nicht besser. Ich würde ihm jetzt gehörig die Meinung geigen, sobald er auf die weitere Verteilung der Aufgaben zu sprechen kam. Jawohl! Ich würde sagen: *Mit mir nicht!*

Ha, ich war gewappnet.

So wie Jürgen würde ich jedenfalls nicht mit mir umspringen lassen. Also ließ ich Jürgen stehen und marschierte kampfbereit in das Allerheiligste.

Der Big Boss war grad in irgendwelche Papiere vertieft, als ich durch die stets offene Tür hereinkam. Er ließ das Büro immer offen, weil er ja sonst nicht nach uns rufen hätte können. Jetzt sah er von seinem Schreibtisch auf. Einen Moment schien er zu überlegen, ob er mich gerufen hatte, dann winkte er mich heran.

„Setzen Sie sich, Frau Schulze", sagte er in dem großväterlichen Ton, den ich nach seinen cholerischen Anfällen am wenigsten an ihm leiden konnte. „Und machen Sie die Tür zu."

Oha. *Machen Sie die Tür zu* bedeutete, es wurde ein vertrauliches Gespräch.

Ich bereitete mich schon einmal innerlich auf den Zweikampf vor. Würde ich tatsächlich die zweite Rolle in dem abgekarteten Spiel um die Stellvertreterposition bekommen?

„Na, wie geht's Ihnen denn so?", fragte der Big Boss zu meinem grenzenlosen Erstaunen in Plauderstimmung.

„Bitte?", antwortete ich entgeistert mit einer Gegenfrage.

„Sie haben sich ja in letzter Zeit nicht mehr so wohlgefühlt in Ihrer Position. Deshalb frage ich: Wie geht es Ihnen denn inzwischen?", erläuterte er, und in seiner freundlichen Miene war keinerlei Ironie oder ähnliches zu entdecken.

Ich fühlte mich vollkommen übertölpelt.

In jeder freien Minute, die ich nicht gerade über die seltsame Buchung der Firma Weyermann nachgedacht hatte, hatte ich mir zurechtgelegt, was ich ihm alles an den Kopf werfen würde, wenn er mir wieder auswich, oder gar, wenn er mir den verbrannten Stuhl des Vizes anböte. Und was nun?

Ich kam mir vor, als hätte ich mit einem Prellbock versucht, das Tor einer Festung einzurennen, und gerade als ich Schwung geholt hatte, wurde die Tür weit aufgemacht und ich rannte mit dem Prellbock einfach vorn rein und hinten wieder hinaus.

„Passt schon", beschied ich ihn säuerlich.

„Wirklich? Haben Sie keine weiterreichenden Ambitionen mehr?", bohrte er nach.

„Ist mir egal", log ich. „Ich bin auch mit meinem jetzigen Job ganz zufrieden."

„Sie wissen ja, dass sich jetzt einiges bewegen wird bei uns. Interessiert es Sie gar nicht?"

„Nein", antwortete ich kategorisch.

„Die Stelle des Stellvertreters kann ich Ihnen leider nicht anbieten", fuhr er ungefragt fort. „Das werden Sie sicher verstehen. Dazu sind Sie noch nicht erfahren genug. Sie haben zu wenig Einblick in die ganzen Zusammenhänge."

Jetzt brodelte es bereits wieder in mir. Zu wenig Einblick, aha. Wie wäre es zum Beispiel, wenn er mir diesen Einblick verschafft hätte? Aber es bekam ja sowieso niemand mehr Einblick als un-

bedingt notwendig. Und hinterher hielt er uns dann die hausgemachte Unwissenheit vor!

„Ich habe mir im Gegenteil überlegt, dass es für Sie am besten wäre, wenn Sie noch ein bis zwei Jahre die Reservierungen machen. Da bekommen Sie sehr viel mit. Aber vielleicht können Sie sich schon mal mit Frau Hermannskirchner zusammensetzen und sie ein wenig entlasten."

Wie jetzt? Wieso das denn? Ich hatte eher angenommen, dass Jürgen in Zukunft Entlastung benötigte, und wir teilten uns ja sowieso ein Büro.

„Sagen Sie", fiel ihm da noch schnell etwas anderes ein. „Ich weiß natürlich, dass ich Sie das nicht fragen darf, aber ... Sie verstehen sicher, dass es für meine weitere Planung schon von enormer Wichtigkeit wäre, zu wissen ... ähm ... Wie sieht es eigentlich mit Ihrer Familienplanung aus?"

Jetzt klappte mir die Kinnlade herunter und ich war nicht mehr in der Lage, so zu tun, als wäre mir das alles egal.

Es war natürlich kein Geheimnis, dass der Big Boss Schwangerschaften in seinem Betrieb stets persönlich nahm. Wir waren so viele weibliche Angestellte und auch noch fast alle in einem entsprechenden Alter, dass es eigentlich nicht weiter verwunderlich sein sollte, wenn nahezu permanent in irgendeiner Abteilung eine schwanger war. Aber für den Big Boss war es jedes Mal eine Katastrophe. Mütter waren nach seinem Verständnis nicht mehr zuverlässig, und dasselbe galt schon für die Vorstufe zur Mutterschaft. Hinterher, das war ein ungeschriebenes Gesetz, bekam eine junge Mutter dann zur Strafe auch keine verantwortungsvollere Aufgabe mehr, als das Frühstücksbuffet aufzubauen oder Shuttle zu fahren. Diese ganze Haltung führte dazu, dass bei uns kaum eine Frau nach der Elternzeit wieder zurückgekommen war.

Für mich war das alles derzeit allerdings sowieso kein Thema. Beziehungstechnisch durchlebte ich gerade so etwas wie die Wüste Gobi. Da der Flurfunk an nichts mehr Gefallen hatte als an Liebesgeschichten und Skandalen, war der Beziehungsstatus von jedem von uns eigentlich auch ein offenes Geheimnis. Der Big Boss tat zwar immer unbeteiligt, in Wahrheit war er aber von uns allen am besten informiert. Dafür sorgte schon seine Frau, für uns alle nur *Die Chefin*, obwohl sie gar nicht im Hotel angestellt war. Sie schneite unangemeldet herein und wollte plaudern, wenn sie gerade in der Stadt zu tun hatte, und so hatte sie stets den Überblick.

130

Ich straffte die Schultern und erwiderte kühl: „Ich weiß natürlich, dass ich Ihnen darauf nicht antworten muss. Aber wie Ihnen sicher nicht entgangen ist, gibt es in meinem Leben nicht einmal so etwas wie eine nennenswerte Beziehung. Also besteht derzeit auch keine Gefahr, dass die Familienplanung ausbricht."

Der Big Boss grinste anzüglich. „Das hatte ich mir schon gedacht, ja."

Während ich noch überlegte, ob ich jetzt beleidigt sein sollte, war das Gespräch von seiner Seite her offenbar schon wieder beendet. Er wies mit einer unmissverständlichen Geste Richtung Tür und sagte abschließend: „Gut, dann gehen Sie mal wieder an Ihre Arbeit. Ach, und ist der Herr Wendel heute im Dienst?"

„Weiß ich nicht", murmelte ich, ohne mir die Mühe zu machen, meine Verärgerung über das unerfreuliche Ende des Gesprächs zu verbergen.

„Schicken Sie ihn mir rein, wenn er da ist."

Also stapfte ich nach vorne an die Rezeption und schaute nach, ob Hans noch im Dienst war.

„Einfach vom Büro aus vorne anzurufen und selbst nachzufragen, wäre ja zu einfach gewesen", knurrte ich halblaut.

Monika, die Empfangschefin, deren Entlastung mir eben nahegelegt worden war, saß im Backoffice der Rezeption am Computer. Als sie mich hörte, drehte sie sich um.

„Was sagst du?"

„Nix. Ich soll den Hans zum Big Boss schicken", erwiderte ich.

„Der ist vorne", sagte Moni und wies durch die getönte Scheibe nach vorne an den Tresen.

Richtig, da stand er immer noch und bediente gerade eine Gruppe Kunden. Ich wartete ab, bis die Gäste gegangen waren, dann ging ich nach vorne, tippte ihm auf die Schulter und überbrachte die Nachricht, er möge ins Büro des Chefs gehen.

Da er seinen Posten verlassen musste, war Monika gezwungen, ihre Arbeit am Computer zu unterbrechen und nach vorne zu gehen, falls Gäste an die Rezeption kamen.

Daher hatte ich jetzt keine Gelegenheit, mit ihr über die seltsamen Andeutungen zu sprechen, die der Big Boss gemacht hatte. So kehrte ich an meinen Schreibtisch zurück. Jürgen war auch da und arbeitete konzentriert.

Schweigend setzte ich mich ihm gegenüber und begann ebenfalls wieder Buchungen in das Computersystem einzugeben.

Plötzlich hörten wir, wie hinten die Tür zum Chefbüro aufgerissen wurde. Der Alte brüllte etwas und Hans hielt mit der Lautstärke eines startenden Flugzeugs dagegen: *„Das ist mir völlig egal!"* Jürgen und ich zogen unwillkürlich die Köpfe ein.

Wir mussten gar nicht aufstehen, um nachzusehen, was genau da draußen los war, denn der Ort des Geschehens verlagerte sich direkt vor unsere Bürotür. Hans stapfte an uns vorbei, der Big Boss kam aus seinem Büro geschossen und brüllte: „Sie bleiben hier, wenn ich mit Ihnen spreche!"

Hans fauchte: „Das werden wir ja sehen!"

„Wenn Sie jetzt gehen, brauchen Sie gar nicht mehr wiederzukommen!", drohte der Big Boss.

Jürgen und ich wechselten erschrockene Blicke.

„Na prima, dann kündige ich!", schleuderte Hans ohne mit der Wimper zu zucken zurück.

„Tun Sie das!" Damit drehte der Big Boss auf dem Absatz um und knallte die Tür seines Büros so zu, dass es auf dem schmalen Gang widerhallte. Auf der anderen Seite unseres kleinen Bürotrakts marschierte Hans durch die Schiebetür zur Rezeption und verschwand in der Halle.

An unseren Schreibtischen saßen Jürgen und ich immer noch zu Salzsäulen erstarrt. Man war ja grundsätzlich immer froh, wenn die Wutausbrüche des Big Boss' einen nicht persönlich trafen, trotzdem war es jedes Mal wieder unschön.

„Ob das jetzt ernst gemeint war?", fragte Jürgen schließlich verunsichert.

„Keine Ahnung. Es klang ziemlich ernst", erwiderte ich.

Die Neugierde hielt mich nicht auf meinem Platz. So schob ich meinen Stuhl zurück und huschte Hans hinterher.

Vorne an der Rezeption traf ich nur auf Monika. Von Hans keine Spur.

„Was ist denn bei euch los?", fragte sie mich.

„Das wollte ich dich gerade fragen", gab ich zurück. „Wo ist Hans denn jetzt hin?"

„Rauchen, nehm ich an", sagte sie.

Das klang wahrscheinlich.

Weil ich schon einmal da und weit und breit kein Gast in Sicht war, brachte ich gleich noch das Thema von zuvor zur Sprache. „Du, warum will der Big Boss eigentlich, dass ich dich *entlasten* soll?"

Es schien mir, als weiche sie meinem Blick plötzlich aus. Etwas lahm entgegnete sie: „Was, echt? Sagt er das?"

„Ja, das sagt er. Und Jürgen soll zukünftig die Arbeit von Andrea nebenher mitmachen."

Ich beschloss, alle meine aktuellen Informationen in den Flurfunk einzufüttern. Oftmals bekam man auch Neuigkeiten zurück, wenn man den Neugierigen etwas Futter anbot, wobei Monika eigentlich nicht zu den richtig indiskreten Neugierigen im Hotel gehörte.

„Weiß ich, hat er mir auch erzählt", gab sie zurück.

Hätte ich mir denken können, dass Jürgen solche News selbst verbreitete. Also war meine Information gar nicht so kostbar.

„Sauerei, oder?"

„Vielleicht bekommt er die Stelle ja hinterher doch, dann wär's ja okay", gab Monika zu bedenken.

In dem Moment kam Hans zurück von seiner Raucherpause. Er wirkte schon gar nicht mehr erregt. Kommentarlos, als wäre nichts gewesen, kehrte er an seinen Arbeitsplatz zurück. Monika und ich verzogen uns ein Büro weiter nach hinten.

„Du musst mich nicht entlasten", nahm Moni den Faden wieder auf. „Du bist doch sowieso sowas wie meine Stellvertretung, wenn ich mal nicht da bin."

Die Verbindungstür zu den Büros ging auf und der Big Boss kam heraus. Er trug seinen Mantel und hielt seinen Hut in der Hand.

„Frau Schulze, Frau Hermannskirchner, Sie arbeiten sich gegenseitig in Ihre Abläufe ein, bitte. Ich will nicht mehr haben, dass hier einzelne Vorgänge nur von einem einzigen Mitarbeiter bearbeitet werden können. Was ist, wenn eine von Ihnen auf dem Nachhauseweg vor den Bus rennt? Dann nimmt sie ihr Wissen mit ins Grab. Ich muss noch in die Stadt, bin dann für heute weg. Schönen Abend." Damit setzte er sich den Hut auf und seinen Weg durch die Schiebetür Richtung Rezeption fort.

„Wiedersehen." Monika und ich hielten die Luft an.

„Ich bin weg. Schönen Abend noch, Herr Wendel", verabschiedete der Big Boss sich von Hans, als wäre nie etwas gewesen.

Und Hans erwiderte mit derselben professionellen Freundlichkeit: „Alles klar. Schönen Abend." Vom Streit und der lautstark vorgebrachten Kündigung keine Spur mehr.

„Was war das denn?", kommentierte ich entgeistert.

Monika zuckte die Schultern.

„Es wird nichts so heiß gegessen, wie es gekocht wird."

Am nächsten Tag traf mich der leidige MoD-Dienst und ich kam erst am Nachmittag ins Hotel. Das hatte den Vorteil, dass viele Kollegen schon Dienstschluss hatten und die morgendliche Hektik vorbei war. Wie ich erfuhr, war Linda –die Gewitterhexe – heute wieder durchs Hotel gefegt und hatte Spuren an den Nerven meiner Kollegen hinterlassen, weshalb die Stimmung schon etwas angeschlagen war.

Ich richtete mich an meinem Schreibtisch häuslich für den Abend ein, während Jürgen seinen Computer schon runterfuhr.

„Ich gehe jetzt. Seit heute früh um acht bin ich drüben mit Andrea gehockt und hab Unterlagen und Ordner gewälzt, ich kann nicht mehr. Ich glaube, mein Kopf platzt gleich!", erklärte er und trug sich am Dienstplan aus.

„Und? Bist du jetzt eingearbeitet?", fragte ich.

„Natürlich nicht, aber das soll dann auch nicht meine Sorge sein. In zwei Tagen kann kein Mensch sowas sinnvoll übergeben. Meine eigene Arbeit hab ich auch obendrauf noch. Ich mach halt, was ich kann. Mehr ist nicht drin."

Ich nickte. „Und Andrea? Ist sie schon weg?"

„Ja, gerade eben. Hast sie knapp verpasst. Sie muss jetzt gleich ihre Sachen packen, morgen fährt sie schon in die Schweiz."

„Irgendwie unvorstellbar. Ich dachte, sie wartet bis der Alte in Rente geht und macht sich dann hier breit", murmelte ich staunend.

Jürgen gab mir recht. „Das dachten wir alle. Sie auch, glaube ich. Aber wahrscheinlich soll sie sich noch einmal außer Haus beweisen, bevor man sie hier ans Ruder lässt. Zumindest ist das meine Theorie. Die Hauptverwaltung weiß halt auch, dass ein Direktor, der aus den eigenen Reihen kommt, es immer schwer hat. Wenn sie sie jetzt noch ein paar Jahre in die Schweiz schicken, dann kommt sie danach quasi wieder neu hierher."

„Das stimmt", räumte ich ein. „So kriegt das Ganze eigentlich doch Sinn."

„Also, ich wünsch dir einen ruhigen Abend", schloss Jürgen unser Gespräch ab.

Er zog seine Jacke an, nahm seine Tasche und ging. Ich blieb im halbleeren Büro zurück.

Gerade hatte ich mir meine Arbeit vorsortiert, da steckte der Big Boss seinen Kopf zur Tür herein. Es kam eher selten vor, dass er sich bis in die Niederungen unserer Büros herabließ.

„Sie sind heute der Duty-Manager, oder, Frau Schulze?", fragte er.

„Ja, bin ich. Bin gerade gekommen", erklärte ich.

„Gut, dann halten Sie mal die Stellung." Der Wetterbericht meldet Sturmwarnungen für unsere Region. Wenn der Flughafen geschlossen werden muss, kann es sein, dass heute Abend noch was reinkommt. Sie wissen ja Bescheid. Wenn Probleme auftreten, rufen Sie mich unverzüglich an, haben Sie verstanden? Ich bin dann ansonsten heute schon weg."

Ich nickte. „Alles klar. Wird schon nicht so schlimm werden. Schönen Feierabend!"

„Ja, so schön ist das gar nicht", erwiderte der Big Boss in vertraulichem Tonfall. „Meine Frau schleift mich heute noch ins Konzert. Da würde ich lieber hierbleiben und mit Ihnen auf den sturmbedingten Lay Over warten."

Ich grinste. „Dann tauschen wir. Ich geh mit Ihrer Frau ins Konzert und Sie machen meine Arbeit hier."

Der Big Boss lachte ebenfalls, winkte aber ab. „Lassen Sie mal. Schönen Abend!"

Manchmal dachte ich, so verkehrt war er gar nicht. So als Mensch. Dann war ich allein. Das Chefbüro, Andreas verwaistes Büro, alles schon dunkel heute. Jürgen war weg, Monika ebenfalls. Vorne hielten nur Hans und seine Auszubildende die Stellung. So stellte ich mir einen ruhigen Arbeitstag vor. Niemand, der meckerte, niemand, der einem irgendetwas Unvorhergesehenes auf den Schreibtisch klatschte.

Eine Weile arbeitete ich einfach still vor mich hin.

Dann klingelte mein Telefon. Das Läuten verriet, dass es ein interner Anruf war. Ich sah auf und las auf dem Display *Restaurant*. Mir schwante, dass es nun mit meiner Ruhe vorbei war.

„Ja, Schulze", meldete ich mich.

„Verena, ist der Big Boss nicht mehr im Haus?", hörte ich den diensthabenden Servicekollegen Andrej fragen.

„Nein, der ist grade raus. Was gibt's denn?", fragte ich zurück.

„Hast du heute MoD?"

„Ja. Jetzt sag halt schon, was ist denn los bei euch?"

„Ich habe eine Gastbeschwerde hier, wegen eines Room-Services."

Ich seufzte. Da, schon ging es los. Meine MoD-Dienste waren selten so gemütlich, wie sie in meiner Vorstellung hätten sein können.

„Warte, ich komme", sagte ich ergeben und legte auf.

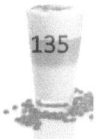

Also machte ich mich auf den Weg quer durch die Lobby, an der Bar vorbei zum Restaurant. Dort traf ich auf Andrej. Es waren noch keine Gäste im Restaurant, für das Abendessen war es noch zu früh. Durch die halboffene Tür zum Kellnergang sah ich die Küchenmannschaft bei ihren Vorbereitungen für das Abendgeschäft. Im Restaurant waren zwei Auszubildende damit beschäftigt, die Tische einzudecken. Alles sah aus wie immer.

„Also, was ist jetzt hier los?", fragte ich Andrej.

Andrej gehörte eigentlich zu meinen Lieblingskollegen. Normalerweise gab es bei ihm in der Schicht wenig Probleme, er hatte seine Leute im Griff. Hans an der Rezeption und Andrej im Service zu haben verhieß eigentlich einen ruhigen Abend.

„Wir haben vorher einen Room-Service auf Zimmer hundertzwölf gebracht, aber anscheinend ist der Gast unzufrieden damit. Er wollte den Chef sprechen. Ich reiche ihm nicht als Ansprechpartner. Aber der Big Boss ist ja nicht mehr da. Dann muss er wohl mit dir vorliebnehmen."

Na wundervoll, so etwas hatte ich ja schon gefressen. Irgendein kleines Problem, und gleich sollte der Geschäftsführer persönlich antanzen. Diese Art von Kundschaft war mir sowieso zuwider.

„Ist der Gast noch auf dem Zimmer?", wollte ich wissen.

Andrej bestätigte: „Ja, das war gerade eben."

Ich trabte also zurück in mein Büro, öffnete das Hotelprogramm, gab die Zimmernummer 112 ein und wollte mir erst einmal einen Überblick verschaffen, wer der Beschwerende überhaupt war, bevor ich mich mit ihm auseinandersetzte.

„Oha", entfuhr es mir und meine Stimme hallte seltsam im leeren Büro wider.

Zimmernummer 112 gehörte zu Herrn Schuhmann. Sofort überkam mich wieder dieses seltsame Prickeln, das ich jedes Mal verspürte, wenn ich mit der mysteriösen Buchung konfrontiert wurde. Das war meine Chance! Jetzt würde ich die Gelegenheit bekommen, mir diesen Herrn einmal aus der Nähe anzusehen.

Ich wählte die Durchwahl zum Zimmer. Es tutete. Einmal, zweimal, beim dritten Läuten war er schon dran. „Schuhmann", blaffte er in den Apparat.

Ich schreckte am anderen Ende der Leitung förmlich zurück, fing mich aber schnell und reagierte in meinem serviceorientiertesten Tonfall: „Guten Abend, Herr Schuhmann. Verena Schulze hier, vom Lindenhof Hotel. Ich bin heute Abend Ihr Manager on Duty. Ich

wurde informiert, dass Sie mit unserem Service nicht zufrieden waren. Wie darf ich Ihnen behilflich sein?"

„Sind Sie die Chefin von dem Laden?"

Wenn das nicht sowieso von Anfang an schon der Fall gewesen war, dann wäre mir dieser falsche Schuhmann spätestens durch sein Auftreten jetzt gerade höchst unsympathisch geworden. Er klang nicht nur unhöflich, er gab mir mit jeder Silbe auch das Gefühl, dass ich ein armer kleiner Wurm zu seinen Füßen war, mehr nicht.

Freundlich und unverbindlich wiederholte ich: „Wie gesagt, ich bin heute Ihr Manager on Duty. Worum geht es denn? Ich kümmere mich um Ihr Anliegen."

„Das, was Sie da als Steak servieren lassen, ist eine Frechheit! Meine Schuhsohle wäre gekocht schmackhafter", fuhr er mich an.

Ich wappnete mich innerlich schon einmal, da ich leider zugeben musste, dass Sigis Küche mich auch nicht immer zu überzeugen vermochte. Was weiß Gott nicht seine Schuld war, wahrscheinlich litt er selbst am meisten darunter, dass er nicht so kochen konnte, wie er gewollt hätte. Die meisten Gerichte auf der Karte stammten in nahezu unveränderter Form aus dem Froster, oder mussten allenfalls als kochähnliche Leistung vor dem Servieren noch in die Fritteuse, weshalb wir unsere Köche manchmal auch boshaft als *Aufwärmer* und *Frittierer* bezeichneten. Am schlimmsten machten sich diese Sparmaßnahmen am Personalessen bemerkbar, das an mindestens fünf Tagen der Woche aus Leberkäse und Pommes bestand.

Beschwerden waren also nichts allzu Ungewöhnliches.

„Es tut mir sehr leid, dass Sie so unzufrieden sind. Darf ich Ihnen anbieten, dass unsere Küche Ihnen ein neues Steak nach Ihren Wünschen zubereitet?", bot ich kniefällig an.

„Das kriegen Sie doch beim zweiten Mal auch nicht hin!", beschied er mich.

„Dann vielleicht ein Dessert aufs Haus? Oder möchten Sie vielleicht einen Espresso, oder einen Schnaps?"

„Schnaps, ja, den braucht man, damit das Zeug runterrutscht, das Sie einem hier als Essen verkaufen. Kommen Sie her und schauen Sie sich das Zeug an."

Ich stöhnte innerlich. Das konnte ja noch heiter werden.

„Selbstverständlich. Ich komme sofort."

Also machte ich mich auf den Weg hinauf in den ersten Stock. Ich klopfte an der Tür mit der Nummer 112 und hörte Schritte

137

dahinter. Dann wurde sie einen Spalt breit geöffnet. Der Typ, den ich beim Einchecken beobachtet hatte, streckte seine Nase heraus.

„Schulze", stellte ich mich vor und strich mein Jackett glatt. Normalerweise hing es an meiner Stuhllehne. Ich trug es im Dienst selten, weil ich mich damit nicht richtig bewegen konnte. Aber für so einen Anlass gehörte es sich natürlich, dass ich in meinem vollen Ornat auftrat, schon wegen der Souveränität.

„Ich komme wegen Ihrer Beschwerde", sagte ich.

„Ach ja ...", erwiderte er zerstreut, als hätte er bereits wieder vergessen, dass wir eben telefoniert hatten.

Er schlug mir die Tür vor der Nase zu und ich hörte ihn im Inneren des Zimmers rumoren. Schließlich kam er wieder und drückte mir ein volles Tablett in die Hand.

„Hier", sagte er nur. „Danke."

Wegen dem Tablett hatte er die Tür weiter öffnen müssen als zuvor. Ich erhaschte einen Blick in sein Zimmer. Es sah unordentlich aus, und ich hätte schwören können, dass mehr als eine Person im Raum war. Ich reckte den Hals, um besser sehen zu können, doch Herr Schuhmann versperrte mir die Sicht.

Als ich das Tablett von ihm übernahm, knallte er mir erneut die Tür vor der Nase zu.

Da stand ich nun mit dem schmutzigen Geschirr.

Verärgert stapfte ich, das Tablett in der Hand, wieder hinunter. Was sollte die ganze Aktion jetzt eigentlich?

Ich brachte das Geschirr in die Spülküche und berichtete Andrej kurz vom weiteren Hergang der Beschwerde. Der zuckte nur die Achseln, im Service erlebte man so etwas täglich.

An der Rezeption ebenfalls, wie ich bemerkte, als ich wieder vorne ankam. Auch Hans hatte nämlich eine Beschwerde am Tresen, wie er mich beim Vorbeigehen kurz informierte, um ein wenig Dampf bei mir abzulassen. Ich schlich mich an der Rezeption vorbei und hoffte, dass mein Eingreifen nicht schon wieder vonnöten sein würde.

Ich hatte eben an meinem Schreibtisch Platz genommen und das zu enge Jackett wieder über die Lehne gehängt, da kam Hans zur Tür herein.

„Was war los?", fragte ich sofort.

„Ach, nichts. Nur so ein Depp, der sich beschwert, weil der Duschkopf kaputt ist."

„Der Duschkopf?", wiederholte ich.

„Ja, wahrscheinlich hat er ihn fallen gelassen. Er wirkte auf mich schon etwas alkoholisiert. Er würde sich aber mit zwei, drei Bier als Entschädigung zufriedengeben."

„Bitte? Er macht unseren Duschkopf kaputt und erwartet dafür, dass wir ihn entschädigen?", fragte ich entgeistert.

„Genau. Weil er ihm auf den Kopf gefallen ist", bestätigte Hans.

„Von allein, oder was?"

„Er wollte duschen, sagt er, und dann ist der Duschkopf aus der Verankerung gebrochen."

„Was ist heute eigentlich los?", fragte ich ihn. „Lauter Irre ... Gib ihm sein Bier, dann hat er recht und wir unsere Ruhe."

Hans nickte und schickte sich an zu gehen.

„Ach, und schreib der Technik bitte eine Nachricht, damit sie den Duschkopf austauschen", rief ich ihm noch hinterher.

Danach kehrte etwas Ruhe ein und ich kam dazu, ein wenig zu arbeiten.

Lange währte mein Glück jedoch nicht. Wieder hatte ich Andrej am Telefon.

„Schau dir mal bitte dem seine Zimmerrechnung an", riet er mir.

„Warum, was ist damit?", fragte ich und ließ sie mir gleich parallel am Computer anzeigen.

„Das ist doch ein Einzelzimmer, oder?"

Vom Restaurant aus hatten sie keinen Zugriff auf die Zimmerbelegung, aber ich konnte von meinem Büro aus alles einsehen, auch die aufgebuchten Speisen und Getränke aus der Restaurantkasse.

Wieder ging ich die Buchung von Zimmer 112 Zeile für Zeile durch, auf der Suche nach Ungereimtheiten. Ein Einzelzimmer, Zimmer mit Frühstück auf Kostenübernahme durch die Firma, Extras Selbstzahler – keine Auffälligkeiten.

„Ein Einzelzimmer, ja", bestätigte ich.

„Das ist doch nicht normal, was der frisst", sagte Andrej.

Ich blätterte durch die aufgelaufenen Restaurantbuchungen. Alles Room-Service. „Nicht schlecht, ja. Rindersteak, aber das hat ihm ja nicht geschmeckt. Eine Flasche Chardonnay, passt nicht zum Steak, aber gut, ist ja seine Entscheidung. Dann zwei Mal Filetspitzen mit Bandnudeln. Eine Mousse au Chocolat und ein Eisbecher. Ach ja, und Sekt gab's auch noch", zählte ich auf.

„Mir kommt das seltsam vor", gestand Andrej.

Endlich jemand, dem da auch etwas spanisch vorkam. Hans hatte mich ja schon für verrückt erklärt.

„Ich kümmere mich darum", versprach ich. „Habt ihr ihn abkassiert?"

Entrüstet erwiderte Andrej: „Nein, natürlich nicht! Das ist doch Firma Weyermann. Die haben sogar einen Firmenvertrag mit uns."

Ich konnte das seltsame Gefühl in der Magengegend nicht mehr ignorieren. Da war etwas oberfaul!

Nachdem ich aufgelegt hatte, ging ich wieder an die Rezeption und wühlte mich durch die Meldebögen. Von Rechts wegen musste jeder Gast, egal ob er nun über eine Firma oder privat kam, einen Meldebogen ausfüllen. Ich fand das fragliche Dokument.

„Ha!", entfuhr es mir und ich hielt es Hans unter die Nase. „Da, schau selber! Dein feiner Herr Schuhmann ..."

„Was denn?"

„Hier steht: Manfred Schuhmann und eine Ingolstädter Adresse. Firma Weiermann", las ich ihm vor.

„Und?"

„Weiermann! Mit I! Sollte jemand, der dort seit Jahren beschäftigt ist, nicht wissen, wie man die Firma schreibt? Weyermann schreibt man mit Y!", triumphierte ich.

Mein Triumph blieb mir allerdings schnell im Hals stecken, als mir klar wurde, was das bedeutete. Wir hatten es hier mit einem Einmietbetrüger zu tun.

Auch Hans hatte spontan die Gesichtsfarbe gewechselt. „Was jetzt?", fragte er.

Er war schon viel länger im Hotel als ich und hatte vermutlich mehr Erfahrung mit solchen Situationen, im Moment schien er jedoch recht froh darüber zu sein, nicht derjenige sein zu müssen, der die Entscheidungen traf. Diese undankbare Aufgabe blieb mir überlassen.

„Ruf ihn oben an, sag ihm, er soll herunterkommen und eine Teilrechnung begleichen. Die Zusatzausgaben sind von der Kostenübernahme nicht gedeckt. Wir bleiben auf dem ganzen Zeug sitzen, wenn der abhaut. Und ich ruf den Big Boss an. Ich glaube, der sollte Bescheid wissen."

Wir trennten uns und jeder versuchte, seinen Teil der heiklen Aufgabe zu erledigen.

Bei mir war schon nach dem zweiten Läuten der sonore Bass des Big Boss´ zu hören. Anscheinend hielt er sich auch zuhause an seine eigenen Ansprüche. Ich schilderte ihm knapp, was hier los war.

„Hat er bezahlt?", wollte er wissen.

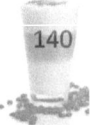

„Ich weiß es nicht. Hans ... also, Herr Wendel ist gerade dabei ...“

„Himmel, warum habt ihr den nicht sofort abkassiert?“, herrschte er mich an.

Ich ging sofort in Verteidigungshaltung: „Weil er eine Kostenübernahme hat!“

„Ja und? Kennen wir den Herrn Schuhmann? War der schon mal bei uns im Haus?“

„Weiß ich nicht. Aber die Firma Weyermann kennen wir, die buchen regelmäßig ein. Sollen wir die Leute von unseren Firmenkunden immer gleich mit Vorkasse begrüßen? Das macht bestimmt einen tollen Eindruck!“

Natürlich war die ganze Situation scheiße, aber ich fand es in diesem Fall auch nicht fair, dass der Big Boss jetzt die alleinige Schuld uns gab. Obwohl ich ja schon die ganze Zeit gesagt hatte, dass mit dem Schuhmann irgendwas nicht stimmte, aber Hans mir nicht hatte glauben wollen.

„Fragen Sie nach, ob er jetzt bezahlt hat. Und wenn nicht, dann rufen Sie die Polizei!“, ordnete der Big Boss an.

Hans hatte den Schuhmann nicht dazu bewegen können, herunterzukommen. Ich hatte so etwas schon befürchtet und ließ mir stattdessen die komplette Zwischenrechnung ausdrucken, um zu sehen, wie hoch der Schaden schon war.

Abzüglich der von der Firma übernommenen Kosten blieben noch gut vierhundert Euro offen. Im Spa war er gewesen und neben den Restaurantbestellungen hatte der feine Herr Schuhmann auch noch das Pay-TV ausgiebig genutzt. Eine Massage, Rindersteak, Schampus und Schmuddelfilmchen, na wunderbar ...

Ich versuchte selbst noch einmal mein Glück und rief den Herrn an. Jetzt weigerte er sich sogar schon, ans Telefon zu gehen.

„Soll ich nochmal raufgehen zu ihm?“, fragte Hans.

Ich ergriff ihn erschrocken am Ärmel. „Bist du wahnsinnig? Was, wenn er bewaffnet ist? Der ist doch jetzt gewarnt! Die Polizei muss her, und zwar sofort!“

Es war bereits nach elf Uhr, die Küche hatte inzwischen geschlossen. Im Hotel befanden sich nur noch Andrej und seine Azubis, die das Restaurant für den Frühstücksservice herrichteten, Hans mit seiner eigenen Azubine und ich.

Noch nie zuvor in meinem Leben hatte ich die 110 gewählt. Seit ich hier im Hotel arbeitete, hatte ich bereits zweimal den Rettungsdienst geholt, auch das war mir in meinem Leben vor dem

Hotel noch nie widerfahren. Jetzt kam also das Erlebnis eines Polizeinotrufs hinzu. Man hörte ja gemeinhin, in der Hotellerie könne man so vieles erleben. Oh ja ... definitiv!

Ich schilderte also dem Wachtmeister am anderen Ende der Leitung, was bei uns los war.

„Ist die betreffende Person noch im Gebäude?", wollte er wissen.

Das fragte ich mich gerade selber. Vielleicht war er längst getürmt, doch dazu hätte er an uns vorbeikommen müssen.

„Ich nehme es an", erwiderte ich deshalb.

„Alles klar, unternehmen Sie nichts. Ich schicke Ihnen eine Streife vorbei", sagte der Polizist.

Nun hieß es warten.

Die Rezeptionsazubine Sandra entließen wir angesichts der Gefahrenlage in ihren wohlverdienten Feierabend. Die ganze Zeit ging mir durch den Kopf, was wohl wäre, wenn der Schuhmann jetzt hier die Treppe runterkäme. Womöglich mit einer Waffe. Mein Impuls sagte mir: Verschanz dich in deinem Büro! Aber ich wollte meine Kollegen dann doch nicht so feig im Stich lassen.

Zumindest konnte ich Hans und Andrej, der inzwischen auch informiert war, davon abhalten, die Helden zu spielen. „Ihr geht jetzt da nirgends hin! Seid ihr noch zu retten? Ich bin euer MoD und ich sage, niemand verlässt den Raum!"

Die automatische Vordertür bewegte sich und ich atmete schon hörbar aus, weil ich den Fall endlich der Polizei übergeben konnte. Doch es war nicht die Streife. Der Nachtportier trat seinen Dienst an.

Xaver war gefühlt schon seit ewigen Zeiten unser Night Audit. Wir witzelten oft, dass er schon da gewesen sein musste, als man das Hotel in den späten Siebzigern gebaut hatte. Wahrscheinlich hatten sie es *um ihn herum* gebaut. Ja, Xaver war ein Urgestein und durch nichts und niemanden aus der Fassung zu bringen. Irgendwie war ich froh, ihn zu sehen.

Als wir ihm aufgeregt und wild durcheinander erzählt hatten, was hier vorging, kam er mit einer gar nicht so abwegigen Überlegung an, auf die wir noch gar nicht gekommen waren: „Und wenn er über den Notausgang abgehauen ist? Das kriegt ihr doch hier vorne gar nicht mit."

Hans, Andrej und ich wechselten bedröppelte Blicke.

Andrej sagte: „Ich geh ins Restaurant und ruf ihn von dort aus noch einmal an. Er sieht im Display, dass es nicht die Rezeption ist, vielleicht geht er ja dann ran."

Er stapfte davon und wir anderen sahen ihm hinterher.

„So, Wendel, auf geht's, wir zwei umstellen jetzt das Haus", kommandierte Xaver.

Noch war ich zwar im Dienst, aber ich ließ mir nur allzu gerne das Heft aus der Hand nehmen. Allerdings hatte ich doch Zweifel, ob sie den Kasten zu zweit sichern konnten.

„Wie wollt ihr das denn anstellen?", fragte ich skeptisch.

„Ganz einfach", grinste Xaver und wedelte mit seinem Generalschlüssel vor meiner Nase herum. „Indem wir die Notausgänge zusperren."

Ich kam mir reichlich dämlich vor. Xavers Ideen waren gleichermaßen naheliegend wie einfach, ich war nur leider auf keine selbst gekommen.

Jeder Flur des Hotels endete an beiden Seiten des Hauses in einem Notfalltreppenhaus. Die Türen der Stockwerke ließen sich ohne Schlüssel von innen aufdrücken. Schnappten sie allerdings danach wieder ins Schloss, blieben sie verschlossen. Von außen konnte man die Türen nur mit dem Generalschlüssel öffnen. Wenn jetzt also jemand durch das Notausgangstreppenhaus abhauen wollte, so konnte er problemlos vom Flur ins Treppenhaus gelangen, allerdings danach nicht wieder zurück. Der einzige Ausgang befand sich dann unten am Fuß der Treppe, und dort wollte Xaver sich positionieren und die Türe von außen abschließen. Einfach, aber effektiv.

Wenn er noch da war, was uns Andrej in Kürze sagen würde, dann saß Schuhmann in der Falle.

Hans schnappte sich den zweiten Generalschlüssel aus der Kasse an der Rezeption und folgte Xaver. Ich blieb allein zurück.

Argwöhnisch fixierte ich die Haupttreppe und die beiden Fahrstühle. Wenn wir ihn jetzt aufscheuchten, bestand immer noch die Gefahr, dass er plötzlich vor mir stand. Meine drei Männer brachten sich in Gefechtsposition, aber mir war überhaupt nicht nach Heldentum zumute. Ich erwog, ob ich mich unter dem Rezeptionstresen verstecken sollte, da schrillte das Telefon. Ich machte vor Schreck einen unwillkürlichen Sprung und musste ein Quietschen im Ärmel ersticken. Das Klingelgeräusch kam mir beinahe unanständig laut vor. Schnell nahm ich den Hörer ab und flüsterte: „Lindenhof Hotel, Verena Schulze, Guten Abend."

„Was ist jetzt mit dem Zechpreller?" Die Stimme des Big Boss' drang ungedämpft an mein Ohr.

„Wir haben ihn noch nicht", gab ich Auskunft. „Die Polizei ist noch nicht da. Herr Wendel und Herr Haberkorn sichern das Haus, Herr Fomin versucht ihn telefonisch zu erreichen, damit wir sichergehen, dass er noch auf dem Zimmer ist."

„Melden Sie sich sofort, wenn Sie etwas Neues wissen", wies der Big Boss mich an und legte auf.

Endlich, nach einer Ewigkeit, betraten zwei Polizeibeamte in voller Ausrüstung die Lobby. Ich widerstand dem Impuls, mich einem von ihnen an den Hals zu werfen.

„Haben Sie uns angerufen?", fragte mich der eine.

Ich bejahte.

„Was ist passiert? Ist die betreffende Person noch im Haus?", wollte der andere, der bei näherer Betrachtung eine Frau war, wissen.

„Vermutlich ja, warten Sie bitte einen Moment." Ich wählte die Durchwahl ins Restaurant.

Als Andrej abhob, fuhr ich ihn ohne Einleitung an: „Warum meldest du dich nicht? Die Polizei ist da. Hast du ihn erreicht?"

„Ja, hab ich. Er ist noch da. Ich hab mich nicht sofort melden können, weil ich gerade noch mit dem Big Boss telefoniert hab", erwiderte Andrej.

Ich schnaubte genervt. Dass er sich Sorgen machte, sah ich ja ein, aber musste er dazu alle Leitungen blockieren?

An die Polizisten gewandt sagte ich: „Mein Kollege hat mit ihm telefoniert, der Herr ist noch oben auf dem Zimmer. Zimmer 112, erster Stock, nach der Treppe links."

„Wie viele Ausgänge gibt es?", wollte der Polizist wissen.

„Diesen, den vom Restaurant, aber dahin kommt man nur über die Lobby, und zwei Notausgänge, die haben meine Kollegen aber gerade abgesperrt."

Die Polizistin fragte: „Wie viele Kollegen haben Sie denn noch hier? Kann jemand mit uns zum Zimmer nach oben gehen?"

Ich schluckte. Unter gar keinen Umständen wollte ich bei dem Einsatz live dabei sein.

„Im Restaurant ist nur noch einer. Unser Nachtportier und ein weiterer Kollege sind bei den Notausgängen. Und ich."

„Rufen Sie bitte den Kollegen aus dem Restaurant hinzu. Sie sollten hier besser die Stellung halten", wies der Polizist mich an.

Ich beorderte also Andrej nach vorne und blieb dankbar auf meiner Position zurück, während die beiden Polizisten und Andrej nach oben gingen.

Kaum waren sie fort, kam Hans um die Kurve gejoggt. Atemlos rief er mir schon von Weitem entgegen: „Wir haben zwei gefangen, in der Mausefalle vom Notausgang! Ich kann sie durch den Glaseinsatz am Fenster sehen."

Meine Augen traten bestimmt weit hervor, so überrascht war ich. „Wie jetzt? Zwei?"

„Ja! Ist die Polizei schon da?" Hans hatte immer noch Schnappatmung. Ob vor Anstrengung oder Schock, konnte ich nicht sagen.

Das Telefon klingelte wieder.

Das Gefühl, dass ich nicht so viele Hände hatte wie Aufgaben, das mich in meinem Job hier öfter überkam, stellte sich gerade wieder ein. Ich bedeutete Hans pantomimisch, dass die Polizei nach oben gegangen war, und nahm gleichzeitig den Anruf entgegen. Es war wieder der Big Boss.

„Gibt's schon was Neues? Ist die Polizei schon da? Haben Sie den Mistkerl?", überfiel er mich gleich mit einer Salve an Fragen.

„Nein. Ja. Nein", antwortete ich im Stakkato.

„Sie melden sich aber umgehend, wenn sich etwas tut! Ich muss über alles unbedingt informiert werden. Hören Sie?"

„Ja. Ich bin ja nicht taub. Bitte, ich muss mich hier jetzt um allerhand kümmern", versuchte ich ihn abzuwimmeln.

Er ließ aber nicht locker. „Sie haben das im Griff, oder? Und die Polizei ist vor Ort?"

„Jaha!" *Himmel noch eins, soll er doch selber herkommen und sich um alles kümmern,* dachte ich.

„Gut. Bis später. Wird schon." Die letzte Bemerkung sollte wohl aufmunternd klingen. Mich erleichterte nur, dass ich ihn wieder abgewürgt hatte.

Hans hatte sich inzwischen von seiner Atemnot erholt und sah mich erwartungsvoll an.

Ach ja, die beiden Gefangenen im Notausgang hatte ich jetzt fast vergessen. „Was machen wir jetzt?", fragte ich.

„Auf die Polizei warten, würde ich sagen. Ich sperr da jetzt nicht auf und lass die raus."

„Wird wohl das Beste sein", stimmte ich zu.

„Stellt sich mir nur noch die Frage, wer das überhaupt ist." Hans zog die Stirn in Falten.

„Wie, wer das ist?"

„Keiner von den beiden ist der Herr Schuhmann, der bei uns eingecheckt hat", erklärte er mir.

„Was?" Meine Augen wurden wahrscheinlich noch eine Nummer größer, wenn das denn möglich war. „Ja, aber wer ist das denn dann? Ein anderer Gast?" In dem Moment kamen Andrej und die beiden Polizisten wieder die Treppe herunter. Die Polizistin steckte gerade noch ihre Dienstwaffe zurück in den Halfter. Der Anblick der Schusswaffe beunruhigte mich noch zusätzlich. Hatte es eine bewaffnete Auseinandersetzung mit dem Kerl gegeben? Aber wo war er denn jetzt?

Hans überfiel die beiden Beamten sofort mit seiner Neuigkeit, dass ihnen zwei Typen in die Falle gegangen waren. Die Polizisten folgten ihm hinaus zu den Notausgängen. Andrej blieb bei mir am Tresen stehen. „Das war wie im Film!" Ihm war die Aufregung noch anzumerken.

„So haben die gemacht ..." Er demonstrierte mir in einer Slap-stick-Version von James Bond, wie die Beamten angeblich mit der Pistole im Anschlag das Hotelzimmer gestürmt hätten.

Umso mehr erstaunte mich, dass sie offenbar trotzdem mit leeren Händen zurückgekommen waren.

„Ja, aber wo ist er denn jetzt?"

„Weg", antwortete Andrej.

„Weg? Einfach weg? Aber über den Notausgang ist er nicht runter. Da haben Hans und Xaver zwei andere gefangen."

Plötzlich kam mir ein schlimmer Verdacht. „Meinst du, er ist noch irgendwo im Hotel?"

Aber Andrej schüttelte den Kopf. „Der ist abgehauen. Nicht über den Notausgang, sondern direkt durchs Fenster! Das stand sperrangelweit offen und nur die Vorhänge haben noch im Wind geweht. Wie bei Hitchcock war das, ich sag's dir!"

„Nein! Im Ernst? Durchs Fenster? Aber tut man sich da nicht weh?"

Ich versuchte mir vorzustellen, wo das Zimmer 112 genau lag, hatte dabei aber immer Probleme mit den Himmelsrichtungen.

„112 ist doch direkt über dem Restaurant. Der ist über den Dachvorsprung vom Restauranteingang runter. Das geht. Und über alle Berge natürlich."

Die Polizisten kamen mit den beiden Ausbrechern zurück. Hans und Xaver liefen wie zwei Großwildjäger hinterher, die ein kapitales Tier erlegt hatten. Ich erhaschte nur einen kurzen Blick auf die beiden, bevor sie zum Polizeiauto hinaus abgeführt wurden. Unser gefälschter Herr Schuhmann war tatsächlich nicht dabei.

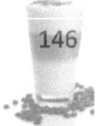

„Na, ihr beiden Superhelden?", begrüßte ich Hans und Xaver und meinte es auch so.

Xaver kam um den Tresen herum, legte mir den Arm um die Schultern und erklärte mit stolz geschwellter Brust: „Die hätten wir erledigt!"

„Schon, schon", bestätigte ich. Ich wollte ihm sein verdientes Hochgefühl nicht nehmen, aber eins musste ich doch noch anfügen: „Aber der Zechpreller war jetzt nicht dabei."

Xavers Miene verdunkelte sich. „Nein, das hat Hans schon gesagt. Und auf dem Zimmer war er auch nicht?"

„Nein", bestätigte ich.

„Abgehauen", ergänzte Andrej und erzählte die ganze James-Bond-Geschichte nebst gestenreicher Darstellung noch einmal.

„Aber der Restauranteingang ist videoüberwacht." Wieder war es Xaver, der das Offensichtliche aussprach.

Als Night Audit kannte er das Videoüberwachungssystem wie kein Zweiter im ganzen Hotel. In den langen Nachtstunden beschäftigte er sich auch gegen die Langeweile mit den Aufnahmen der Überwachungskameras.

Schon so manches witzige oder kuriose Fundstück hatte er dabeigehabt, das uns am nächsten Tag alle gut unterhalten hatte – am meisten vielleicht die Flugbegleiterin, die splitterfasernackt wohl versehentlich den Aufzug ins Erdgeschoss bestiegen hatte statt zum Zimmer ihres Stelldicheins. Als die Tür an der Rezeption aufging, merkte sie, dass sie so nicht aussteigen konnte, aber statt ihren Fehler zu korrigieren, fuhr sie erst noch weiter hinunter zur Tiefgarage. Xaver hatte das Video die ganze Nacht vor- und zurückgespult. Vielleicht hatte das Überwachungssystem auch dieses Mal etwas Interessantes eingefangen.

Gerade, als wir uns alle vier vor den Monitoren der Kameras postiert hatten, kam die Polizeibeamtin zurück. Ich ging ihr entgegen, um zu sehen, was sie noch brauchte. Sie wollte meine Aussage zu Protokoll nehmen, weil ich ja die Polizei gerufen hatte.

Also schilderte ich ihr alles, was sich ereignet hatte. Von der Beschwerde wegen des Steaks erzählte ich, und wie ich dann oben gewesen war und uns alles immer sonderbarer erschienen war. Auch, dass der Meldeschein offensichtlich nicht stimmig und die Ausweiskopie kaum leserlich war. Dass ich bereits bei der Buchung des Zimmers das Gefühl gehabt hatte, einen Mord belauscht zu haben, verschwieg ich. Trotz aller fast krimihafter Ereignisse kam

mir das, je länger es zurücklag, doch selbst immer unwahrscheinlicher vor.

Xaver zeigte der Polizistin noch die Aufnahmen der Überwachungskamera. Sie hatten ihn tatsächlich auf den Bändern gefunden. Man sah, wie er sich vom Dachvorsprung heruntergleiten ließ und davonsprintete.

„Der ist über alle Berge", kommentierte die Polizeibeamtin das Video. „Das macht aber nichts, wir haben seine beiden Komplizen. Bestimmt kriegen wir ihn auch bald. Weit kommt der zu Fuß nicht."

Jetzt wurde ich hellhörig: „Seine Komplizen? Waren die zwei also mit ihm auf dem Zimmer?"

Mir war doch so gewesen, als ob er nicht allein gewesen wäre.

Die Polizistin nickte. „Die wichtigste Frage hätte ich jetzt beinah vergessen: Wollen Sie Anzeige erstatten?", fragte sie mich.

„Ich?", fragte ich zurück.

„Müsste das nicht eigentlich der Chef machen?", warf Hans ein.

Wie auf Stichwort klingelte das Telefon wieder. Xaver hob ab und reichte den Hörer dann an die Polizistin mit folgenden Worten weiter: „Das ist er. Fragen Sie ihn bitte selbst!"

Am Ende dieses MoD-Dienstes hatte ich als Bilanz: einen überführten, aber getürmten Einmietbetrüger, zwei gefasste, aber nicht wirklich zuzuordnende Komplizen und meine erste Anzeige bei der Polizei – ich hatte dann nämlich am Ende unterschreiben müssen, weil der Big Boss das über das Telefon ja nicht gut konnte.

Ich war heilfroh, als ich endlich meine Sachen packen und das Hotel verlassen konnte. Xaver übernahm das Ruder für die Nacht. Andrej, Hans und ich standen noch unschlüssig auf dem Mitarbeiterparkplatz. Was für eine Nacht!

„Irgendwie kann ich jetzt noch nicht nach Hause gehen", erklärte Andrej.

Mir ging es ähnlich. Die Ereignisse wühlten mich noch auf. Selbst wenn ich jetzt nach Hause gefahren wäre, an Schlaf wäre sicher noch nicht zu denken gewesen.

„Gehen wir noch wohin?", schlug Hans vor.

Ich zuckte mit den Achseln; warum nicht?

Es war schon vorgekommen, dass ich nach einem MoD mit in die inoffizielle Stammkneipe der Hotel-Belegschaft gegangen war. Im *Sahara-14* traf sich vorwiegend die Spätschicht nach getaner Arbeit. Da ich normalerweise Bürozeiten hatte, kam es nicht allzu

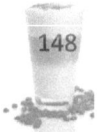

oft vor, dass ich in den Genuss kam. Die Kneipe hatte ihren klangvollen Namen, wie ich bei einem meiner seltenen Aufenthalte dort erfahren hatte, von der Wandfarbe: Saharagelb in der Nuance 14.

Automatisch steuerten wir den Laden an. Der Wirt kannte uns alle, spätestens nach den alljährlichen Weihnachtsfeiern endeten wir immer an seiner Bar. Nick hatte mir einmal gesagt, dass er die Hotelleute am liebsten hatte. Wenn sie nach dem Dienst zu ihm kamen, dann bestellten sie erst einmal zwei Bier; eines, das sie sofort in einem Zug leerten, und dann noch ein zweites, das ein wenig länger herhielt. Danach kam meist schon die erste Runde Sambuca. Und am Ende hingen alle mehr oder weniger besinnungslos am Tresen und Nick knipste ihnen einem nach dem anderen das Licht aus.

Normalerweise hätte ich gesagt, dass mir so stumpfsinnige Besäufnisse nicht lagen. Leider war mir aber genau das auch schon passiert. Ich wohnte etwas außerhalb, war deshalb auf mein Auto angewiesen und somit in der Regel, selbst wenn ich noch mitkam, auf der alkoholfreien Seite. Ein, zwei Mal hatte ich aber bei Kollegen übernachtet, die direkt in der Stadt wohnten, und dann war es mir auch schon passiert, dass Nick mich *ausgeknipst* hatte.

Mein Vorsatz heute lautete aber: nüchtern bleiben.

Nick stand, wie immer, hinter seinem Tresen und polierte Cocktailgläser. Er grinste breit, als er uns kommen sah.

„Die Lindenhofler!", begrüßte er uns. „Ich dachte schon, heute kommt gar keiner von euch."

Wir zogen unsere Jacken aus, hängten sie an die dafür vorgesehenen Haken unterhalb der Bartischplatte und erklommen jeder einen Barhocker.

Andrej und Hans bestellten die üblichen zwei Bier, ich eine Apfelschorle. Nick servierte die Getränke.

„Und? Alles klar im Hotel?", fragte er in Plauderlaune.

Wir waren um diese Zeit fast die einzigen Gäste. Unter der Woche war nach Mitternacht nicht mehr viel los. Nur ein Tisch am Fenster war mit ein paar Halbstarken besetzt, die Cocktails tranken.

Andrej und Hans erzählten Nick, was wir gerade erlebt hatten. Ich hielt mich weitgehend aus dem Gespräch heraus, weil ich keine Lust hatte, nochmal alles durchzukauen.

Zum Trost brachte Nick die erste Runde des unvermeidbaren Sambucas aufs Haus.

Hans hielt mir ein Glas hin. „Trinkst du einen mit?"

149

Ich nahm das Schnapsglas an. „Einen, ja."

Die Gläser klangen und der scharfe Geruch nach Anis stieg mir in die Nase. Ich leerte den Schnaps in einem Zug und schüttelte mich anschließend. Die ersten zwei Sambuca schmeckten immer widerlich, der dritte war dann in Ordnung und ab dem vierten wurde es schon wieder grenzwertig, aber irgendwie war der hochprozentige, italienische Anislikör zum Stammgetränk der Belegschaft geworden.

Nach der Hausrunde wandte Nick sich seinen anderen Gästen zu.

„Wer waren denn jetzt die beiden anderen da?", fragte Andrej in die Runde.

Ich fand es nun doch an der Zeit, meine persönlichen Beobachtungen zu dem Ganzen mitzuteilen, und sagte: „Mir kam das schon so seltsam vor, als ich wegen der Beschwerde oben war. Ich hatte irgendwie das Gefühl, dass er nicht allein ist."

Andrej bestätigte: „Das dachte ich auch, weil er so viel bestellt hat. So viel kann einer allein doch gar nicht essen. Und warum beschwert er sich dann über das Steak, der Depp, wenn er sowieso nie vorgehabt hat, es zu bezahlen? Ist doch auch seltsam."

„Das ist in der Tat komisch, oder schlichtweg doof. Er hätte ja einfach ein neues bestellen können", pflichtete ich ihm bei.

Hans beschäftigte etwas ganz anderes. „Wieso kommt da jemand, der anscheinend nicht Schuhmann ist? Woher wusste er, dass auf Schuhmann reserviert war? Hat er doch etwas mit der Firma Weyermann zu tun?"

„Glaubst du's jetzt auch endlich, dass das nicht Schuhmann war?" Ich konnte mir nicht verkneifen, auf meinen kleinen Triumph hinzuweisen, nachdem Hans ja so vehement bestritten hatte, dass der Gast von 112 nicht Schuhmann sein konnte.

„Ja, anscheinend hast du recht gehabt", räumte er ein.

„Womit recht?", wollte Andrej wissen.

Ich setzte zu einer Erwiderung an, doch Hans kam mir zuvor. „Sie hat schon die ganze Zeit gesagt, dass der Typ nicht Schuhmann ist. Anscheinend hat sie schon bei der Reservierung am Telefon seltsame Sachen gehört."

„Ich habe gehört, wie jemand erschossen wurde", unterbrach ich Hans.

Der Sambuca lockerte meine Zunge.

Andrej machte große Augen und Hans sah mich missbilligend an. „Du *glaubst*, dass es ein Schuss war", korrigierte er.

„Aber du sagst doch inzwischen selber, dass es nicht Schuhmann war. Weil Schumann erschossen wurde. Am Telefon", beharrte ich.

„Du hast gehört, dass jemand erschossen wurde?", wiederholte Andrej, unseren kleinen Disput ignorierend. „Hast du das der Polizei gesagt?"

„Nein", gestand ich ein.

„Nein?!", wiederholten Andrej und Hans wie aus einem Munde. Andrej tadelte: „Das musst du ihnen doch sagen! Das kannst du doch nicht für dich behalten!"

Und Hans erwiderte bissig: „Bist du dir inzwischen doch nicht mehr so sicher, mit dem Schuss?"

Mit so viel Herablassung in der Stimme, wie ich nur konnte, erwiderte ich: „Ich habe gehört, was ich gehört habe."

„Dann hättest du das der Polizei sagen sollen", pflichtete Hans nun Andrej bei.

„Aber ich kann doch nicht jetzt damit ankommen? Wie sieht das denn aus?"

„Du kannst sagen, dass es dir erst jetzt wieder eingefallen ist. Weil du das nicht miteinander in Verbindung gebracht hast", schlug Andrej vor.

„Oder du sagst, dass dir deine Kollegen nicht geglaubt haben und du deshalb nichts gesagt hast", meinte Hans versöhnlich.

Eigentlich hatte ich mir von dem Absacker an der Bar Entspannung erhofft, doch das Gespräch beruhigte mich jetzt in keiner Weise. Ich beeilte mich, meine Apfelschorle auszutrinken, dann verabschiedete ich mich schnell und ging.

Am nächsten Morgen hatte ich meine Jacke noch gar nicht ausgezogen und meinen PC hochgefahren, da schallte von hinten schon der Ruf des Big Boss'. „Frau ... Frau Schulze!"

Jürgen war schon da und zischte mir zu: „Der hat heute eine ganz üble Laune. Was war denn da los bei euch gestern? Ich werd ihm am besten gleich noch mal deutlich sagen, dass ich um vier gegangen bin. Das, was da verbockt wurde, hab also dieses Mal ausnahmsweise nicht ich verbockt."

„Später", gab ich zurück und eilte nach hinten ins Chefbüro.

„Frau Schulze, kommen Sie herein. Was hat die Polizei gestern noch gesagt?", begrüßte mich der Big Boss sofort.

Und noch einmal wiederholte ich alles haarklein, was ich gestern bereits am Telefon gesagt hatte. Überhaupt musste ich die

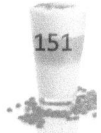

Ereignisse an diesem Morgen noch unzählige Male wiederholen. Andrej und Hans hatten beide wieder Spätdienst und standen somit nicht für neugierige Fragen zur Verfügung. Ich jedoch schon.

Für den nach spektakulären Neuigkeiten gierenden Flurfunk waren der mutmaßliche Zechpreller und seine Flucht über das Dach natürlich ein gefundenes Fressen, ebenso der heldenhafte Nachtdienst, der die beiden anderen dingfest gemacht hatte. Da es wenig gesicherte Ergebnisse gab, wurden die Lücken eben kurzerhand mit Spekulationen gefüllt.

„Was man so hört, geht's mit Weyermann sowieso den Bach runter. Gut möglich, dass das doch ein Mitarbeiter von denen war", mutmaßte Sigi.

Plötzlich traf man auf Leute im Rauchereck bei den Mülltonnen, die dort normalerweise nie zu finden waren. Und die notorischen Raucher brauchten auf einmal noch öfter Pause für einen Glimmstängel als sonst. Mir ging das Gequatsche schon wieder auf die Nerven.

Ich beteiligte mich ja durchaus gerne an Klatsch und Tratsch, aber ich wurde ungern zur zentralen Figur darin. Es gab jetzt zwei Möglichkeiten: Ich konnte einfach gar nichts mehr zu dem Thema sagen, dann würden sie sich ohne meine Informationen in ihre Mutmaßungen versteigen, auch wenn es völliger Blödsinn war, oder ich sagte, was ich wusste und musste mich die ganze Zeit weiter mit dem Thema beschäftigen.

Gegen Mittag stellte Monika mir einen Anruf durch. Bevor sie den Anrufer aus der Warteschleife entließ, informierte sie mich: „Da ist eine Dame von der Firma Weyermann dran, sie möchte mit dir sprechen. Geht sicher um gestern."

Ich seufzte ergeben. Noch einer mehr, der Antworten von mir wollte, die ich auch nicht hatte.

„Julia Biersack von der Firma Weyermann und Söhne OHG am Apparat", begrüßte mich die bekannte Stimme der Sekretärin, noch bevor ich ein Wort sagen konnte.

„Verena Schulze hier. Was kann ich für Sie tun?"

„Ich möchte die Buchung für Herrn Schuhmann stornieren. Es tut mir leid, ich weiß, dass ich damit zu spät dran bin, weil Herr Schuhmann ja bereits bei Ihnen hätte anreisen sollen. Aber es hat einen sehr bedauerlichen Zwischenfall gegeben. Herr Schuhmann ist leider ... unerwartet verstorben."

Eine eisige Kälte ergriff plötzlich von mir Besitz.

Meine Hand am Telefonhörer zitterte. In meinem Magen zog sich etwas krampfartig zusammen.

Tot.

Herr Schuhmann war tot.

Und ich wusste auch wieso.

Unerwartet verstorben – durch die Kugel einer Pistole. Und er war nicht erst heute von uns gegangen. Er war bereits einige Tage tot. Seit unserem Gespräch, um genau zu sein.

Ich hatte es gewusst. Ich hatte es die ganze Zeit über gewusst, aber ich hatte nichts unternommen. Ein bisschen fühlte es sich so an, als hätte ich die Pistole auf ihn gerichtet und abgedrückt.

„Frau Schulze? Sind Sie noch dran? Ich weiß, dass das jetzt Unannehmlichkeiten macht. Aber ich wollte Sie fragen, ob Sie in diesem speziellen Fall vielleicht von den No-Show-Gebühren absehen können. Unsere Firma hat einen langjährigen Mitarbeiter verloren und ...“

Ich hörte Frau Biersack wie aus weiter Ferne reden, ohne dass ich den Sinn ihrer Worte aufnehmen konnte. Mechanisch sagte ich: „Ich muss mit unserem Chef darüber sprechen. Ich melde mich bei Ihnen, Frau Biersack.“

Als sie aufgelegt hatte, schleppte ich mich hinüber in das Chefbüro. Ich fühlte mich hundeelend und offenbar sah man mir das auch an. Der Big Boss fuhr gleich von seinem Stuhl hoch, als er meiner ansichtig wurde.

„Ist etwas passiert? Hat die Polizei sich gemeldet?“

„Nein“, murmelte ich. „Die Firma Weyermann.“

„Ach, die ...“ Der Big Boss setzte sich wieder und ich nahm ihm gegenüber Platz.

„Sie wollen ... wegen der Stornogebühren ...“ Ich hatte meine Gedanken noch gar nicht sortiert. In meinem Hirn blinkte ständig nur die Information auf: Schuhmann ist tot.

Deshalb merkte ich auch noch nicht, dass ich und auch Frau Biersack etwas Wesentliches übersehen hatten.

Der Big Boss schüttelte vehement den Kopf. „Kommt ja überhaupt nicht infrage. Das Zimmer war ja belegt. Bevor nicht geklärt ist, wer der Zechpreller war, gilt für uns: Die Firma hat das Zimmer gebucht, der Gast ist angereist, die Firma erhält die vereinbarte Rechnung! Wo kommen wir denn da hin? Reicht ja nicht, dass wir auf den ganzen Nebenkosten und Extras wahrscheinlich sitzen bleiben, weil die Rezeption mal wieder nicht fähig war, einen Betrüger zu erkennen. Und *Sie* übrigens auch nicht! Sollen wir jetzt auch noch das Zimmer herschenken? Sind wir von der Wohlfahrt? Nichts da! Die Rechnung geht raus und fertig." Das Gesicht des Big Boss' nahm schon wieder einen alarmierenden Farbton an. Er selbst drohte, sich in Rage zu reden.

Ich stammelte: „Aber er ist doch tot."

Das riss den Big Boss aus seinem gerechten Zorn. „Was? Wer ist tot?"

„Der Gast. Der Herr Schuhmann."

„Wieso ist der tot? Hat die Polizei ihn erwischt? Hat er sich das Leben genommen?" Der Big Boss sah mich entgeistert an.

„Nein, nicht der Zechpreller ist tot. Der Gast, der eigentlich hätte kommen sollen …" Ich schluckte und setzte dann zu einer umfassenden Erklärung an. Ich erzählte ihm alles. Von dem Telefonat, das nach meiner Einschätzung mit einem Schuss geendet hatte; davon, dass ich sofort gesehen hatte, dass der Anreisende nicht Schuhmann war; und auch davon, dass ich der Polizei nichts gesagt hatte und jetzt ein elendig schlechtes Gewissen deshalb hatte. Ich redete und redete und der Big Boss hörte sich das ganze Schlamassel einfach an. Ich erwartete, dass er mir jetzt die Standpauke meines Lebens halten, mindestens jedoch schreien und toben würde, doch nichts dergleichen geschah.

„Das ist ja eine schöne Misere", fasste er das Gehörte zusammen. „Als Erstes rufen Sie jetzt bei der Polizei an und sagen, dass Sie Ihre Aussage von gestern Abend ergänzen wollen. Und dann erzählen Sie denen das, was Sie mir erzählt haben. Genau so. Alles. Verstanden?"

Ich nickte artig.

„Was wir mit der Firma Weyermann machen, überleg ich mir noch. Eigentlich sind das ja gute Kunden von uns. Vielleicht muss man denen auch ein bisschen entgegenkommen. Ich hoffe nur, die Polizei schnappt das Arschloch …"

Ich war ihm in dem Moment so dankbar, dass ich nur nicken und zustimmen konnte.

Wieder in meinem Büro tat ich, wie mir geheißen. Die Polizei sagte mir, dass sie den Flüchtigen noch nicht gefunden hatten. Offenbar war er untergetaucht. Aber die beiden anderen, die Xaver über die Notausgänge erwischt hatte, gehörten allem Anschein nach zu ihm, und die hatten sie ja. Also war es wohl nur eine Frage der Zeit, bis man auch den eigentlichen Übeltäter zu fassen bekam.

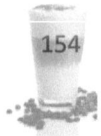

„Machen Sie sich nur nicht allzu viele Hoffnungen, dass Sie Ihr Geld von dem dann wiederbekommen", gab mir der Beamte am Telefon noch zum Abschluss mit auf den Weg. „Oftmals ist bei solchen Typen nichts zu holen. Die werden dann zwar vor Gericht verurteilt, aber man kann einem Nackten halt nicht in die Hosentaschen fassen, verstehen Sie?" Er lachte.

Ich tat auch so, als würde mich das Ganze total amüsieren. In Wahrheit war mir noch nie weniger zum Lachen zumute gewesen.

Der Rest des Tages lief irgendwie an mir vorbei. Jürgen regte sich wieder fürchterlich wegen der Sache mit Andreas Nachfolge auf. Ich hatte keinen Kopf dafür. Zum Glück hatten wir eine große Tagung im Haus, mit der er die meiste Zeit beschäftigt war, und dadurch wenig im Büro zu tun. Stattdessen kam die Chefin vorbei. Natürlich. Immer, wenn es etwas Spannendes im Hotel gab, kam sie wie zufällig her. Nachdem sie sich alles ausgiebig erzählen hatte lassen, verschwand sie eine Weile hinten beim Big Boss und kam danach mit einem Stapel Mappen wieder zu uns nach vorne.

„Schauen Sie mal, Frau Schulze", sagte sie und wedelte mit den Mappen. „Sie auch, Herr Pfeiffer."

Vertraulich ließ sie sich auf meiner Schreibtischkante nieder und reichte mir einen Teil der Mappen, den anderen gab sie Jürgen. Es handelte sich dem Anschein nach um Bewerbungsmappen.

„Ist da was für Sie dabei?", fragte sie hoffnungsvoll.

„Für mich?", fragte ich zurück.

„Ja! Sie sind doch beide Single. Schauen Sie mal, Frau Schulze, der junge Mann ist doch schick ..." Sie blätterte selbst in den Mappen, die sie mir übergeben hatte. „Wär der nichts?"

„Das ist aber keine Partnervermittlung hier, oder? Der hat sich als ... Moment ... hier steht's! Als Koch hat er sich beworben."

Mir stand der Sinn heute nicht nach solchen Scherzen.

Jürgen dagegen fand die Idee urkomisch. „Die fänd ich hübsch ... ah, aber die ist etwas zu jung für mich. Ich bräuchte schon eher so eine Mitte, Ende dreißig." Er gab ihr die Mappe zurück.

„Aber mal einladen könnten wir sie doch", bot die Chefin an. „Das Alter spielt ja nicht so die große Rolle."

„So ein Foto sagt aber jetzt auch nicht so viel aus", warf ich ein.

„Also, wenn sie auf dem Foto sympathisch aussieht, ist das doch schon mal ein guter Anfang", erklärte Jürgen mit typisch männlicher Logik.

„Trotzdem kann sie eine irre Axtmörderin sein", beharrte ich. „Deshalb muss sie zum Vorstellungsgespräch kommen, der Big Boss kriegt das dann schon raus", versicherte die Chefin, die ihren Mann im Hotel selber auch Big Boss nannte.

„Nee", widersprach ich. „Das geht heutzutage auch einfacher." Ich rief Facebook auf und gab den Namen auf der Bewerbungsmappe in die Suchzeile ein. „Da ist sie. Guck mal, sie hat eine Katze! Und sie spielt Volleyball." Ich drehte den Bildschirm meines PCs so, dass Jürgen die Bilder sehen konnte.

Monika kam herein und hielt mir einen Briefumschlag hin.

„Ich habe die Ausgaben von gestern auf einen Debitor umgezogen und das Zimmer ausgecheckt. Der Big Boss will, dass wir die Gesamtrechnung inklusive der Übernachtung an die Adresse auf dem Meldeschein schicken", erklärte sie mir. Sie bemerkte die Mappen. „Was macht ihr denn da?"

„Was soll das denn bringen?", wollte ich wissen, ihre Frage ignorierend. „Meint er, der sitzt jetzt da zuhause und wartet auf die Polizei, oder wahlweise unsere Rechnung?"

Die Chefin wedelte mit den mir zugedachten Mappen mit den männlichen Bewerbern vor Monikas Nase herum. „Wie sieht's aus, Frau Hermannskirchner? Sind Sie noch auf der Suche? Ich hätte da ein paar Kandidaten ..."

Monika antwortete ausweichend: „Nein danke, ich hab doch einen ... also, ich bin gewissermaßen versorgt. Danke." Und an mich gewandt sagte sie schulterzuckend: „Ich weiß auch nicht, was er damit bezweckt. Wenn er's so haben will ..."

Das war natürlich ein schlagkräftiges Argument. Man war im Allgemeinen gut damit beraten, die Dinge so zu machen, wie der Big Boss sie haben wollte – oder die Chefin, sie war letztlich nur das verlängerte Sprachrohr. Also schickten wir dem getürmten Zechpreller eben seine Rechnung hinterher. Für den Big Boss war das ganze Thema damit fürs erste vom Tisch und wir kehrten mehr oder weniger wieder zum *Business as usual* zurück.

Am nächsten Tag saß ich in der Mittagspause zufällig mit unserer Hausdame Elvira am Tisch. Sie rührte in ihrem Magerjoghurt, denn so gut wie immer war sie auf Diät, obwohl sich das nie nennenswert auf ihre Figur auswirkte. Sie sah immer gleich aus, nicht übermäßig dick, aber eben auch nicht gertenschlank. Und im Gegensatz zu den meisten von uns passte ihr die Uniform wie

maßgeschneidert. Na ja, sie saß eben auch an der Quelle. Passgenaue Uniformen waren nämlich Mangelware, in der Regel waren die Kleidungsstücke entweder viel zu groß oder zu eng. Manchmal dachte ich, Elvira, die Hüterin des Uniformen-Fundus, meinte, wir würden alle noch in unsere Klamotten hineinwachsen. Eine Weile hatte ich einen Rock gehabt, der war so weit, dass er sich, wenn ich von den Büros ins Restaurant ging, einmal um meine ganze Taille herumdrehte. Letztlich war unser mäßig schickes Äußeres wohl auch den Sparzwängen geschuldet.

Über einen Löffel ihres Joghurts sagte sie wie beiläufig: „Weißt du schon das Neuste?"

Ich zweifelte keine Sekunde daran, dass *sie* das Allerneuste wusste. Sie war quasi das Herz und die Seele des Hotelflurfunks. Mit ihrer Spürnase und dem untrüglichen Gefühl für Skandale und Dramen im Haus hätte sie auch gut beim BND arbeiten können. Möglicherweise war sie auch früher bei der Stasi gewesen, da sie aus dem Osten stammte. Heutzutage wusste man ja nie so recht.

„Was denn?", fragte ich und hoffte inständig, dass es nicht wieder mit der Zechprellersache zu tun hatte. Ich wollte gern ein wenig Abstand davon.

„Weißt du, wer unser neuer Vize werden soll?", fragte sie zurück und lächelte vielsagend.

Das Thema war mir allemal lieber. „Jürgen nicht, so viel weiß ich. Der soll nur in der Zwischenzeit die ganze Arbeit machen", erwiderte ich.

Sie machte eine wegwerfende Geste. Meine Informationen waren offensichtlich so aktuell wie die Zeitung vom Vortag. „Ja, nein, weiß ich schon. Ich meine, wer die Stelle *wirklich* bekommt. Mit allem Pipapo ..."

Wusste ich natürlich nicht. Neben Jürgen kannte ich nur noch einen, der die Stelle definitiv *nicht* bekommen würde, und das war ich. Aber ich sparte mir, das zu sagen.

Elvira warf theatralisch einen Blick über die Schulter, obwohl wir allein im Aufenthaltsraum waren, ehe sie mit gedämpfter Stimme sagte: „Monika." Dann sah sie mich erwartungsvoll an.

„Monika?", wiederholte ich angemessen überrascht.

Und es überraschte mich in der Tat. Dass sie Ambitionen hatte, war mir irgendwie total entgangen. Außerdem hatte ich angenommen, dass ihr offensichtlicher Clinch mit dem Big Boss dem im Wege stünde. Wenn der Big Boss sich nicht gerade an Jürgen abarbeitete, dann war garantiert Monika an der Reihe, die ihm auch so gut wie nie etwas recht machen konnte.

„Bist du sicher?", hakte ich deshalb auch nach.

„Tausendprozentig", bestätigte Elvira. „Monika selber sagt ja nichts dazu. Kannst sie direkt drauf ansprechen, sie schweigt. Eisern. Vielleicht muss sie, kann sein, dass der Big Boss das so haben will. Aber ich weiß es aus zuverlässiger Quelle. Und: Jürgen weiß es auch!"

Man konnte förmlich hören, wie sie sich schon innerlich die Hände rieb. Das war ein Skandal nach Elviras Geschmack. Wenn das allerdings stimmte, dann standen uns wirklich spannende Zeiten im Haus bevor.

Ich konnte mir nicht vorstellen, dass Jürgen das einfach so hinnehmen würde. Und was bezweckte der Big Boss eigentlich damit, dass er erst ihn den Karren aus dem Dreck ziehen ließ und dann Monika vorzog?

Nachdenklich murmelte ich: „Ich kann mir das nicht vorstellen, allerdings ... mir hat der Big Boss neulich gesagt, ich solle Monika entlasten. Was ja an sich keinen Sinn macht, weil ich mir ja sowieso viele Aufgaben mit ihr teile. Aber wenn sie natürlich demnächst geht ..."

Elvira klatschte vor Begeisterung in die Hände.

„Siehst du! Ich sag's ja. Meine Informationen sind astrein. Garantiert, so wird's kommen."

„Und was sagt Jürgen dazu?"

„Was wohl? Der tobt, kannst du dir doch vorstellen."

Als ich aus der Pause wiederkam, saß Jürgen an seinem Platz und malte hingebungsvoll die Ausschilderung für die Tagungsräume. Er sah nicht auf, als ich hereinkam. „Keine Pause heute?", fragte ich ihn, um ein Gespräch zu beginnen.

„Keine Zeit", gab er zurück. „Ich muss die Vorbereitung für die Kaffeepause noch hinbekommen, die Tagungsgruppe ist grad beim Mittagessen. Eigentlich sollte ich im Restaurant sein und nach dem Rechten sehen, aber wenn ich hier fertig bin, braucht mich der Big Boss ganz dringend für eine Budgetbesprechung. Ich hab ihm gesagt, dass ich mich eben nicht dreiteilen kann. Ich mache doch sowieso schon zwei Jobs parallel. Was soll ich denn noch alles tun?"

Und schon waren wir beim Thema, das war schnell gegangen.

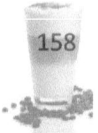

„Weißt du denn schon, wer die Aufgaben von Andrea langfristig übernehmen soll? Das kann ja so nicht ewig gehen, oder?", fragte ich ganz unschuldig.

Jürgens Blick traf mich wie ein Brandsatz. „Nein, kann es nicht. Und wird es auch nicht."

„Ja, und?"

Wieder feuerte Jürgen giftige Blicke auf mich ab. „Das kannst du Monika fragen. Oder Elvira, die ist ja sowieso schon über alles im Bilde."

„Dann stimmt es also, dass Monika den Vize-Posten bekommen soll?"

„Hat er dir noch nicht ihre Stelle angeboten?", fragte Jürgen bissig.

„Nein, hat er nicht." Sicherheitshalber schob ich gleich noch hinterher: „Und die Vizestelle auch nicht!"

Nicht, dass noch neue Gerüchte in Umlauf gerieten. Ich war froh, dass ich aus der Nummer raus war. Das würde sowieso noch zu einem einzigen Fiasko werden.

„Na, dann kannst du dich ja schon mal auf die Stelle der Empfangsdame freuen."

Ich hob beschwichtigend die Hände. „Eins nach dem andren. Ich weiß offiziell überhaupt nichts. Ich soll Monika lediglich entlasten, hat der Big Boss zu mir gesagt."

„Da haben wir's doch schon! Wieso wohl solltest du das tun, wenn da nicht etwas im Busch ist?"

Es war aussichtslos. Jürgen wollte sich in die Ungerechtigkeit hineinsteigen, und neue Erkenntnisse hatten wir nicht, deshalb drehten wir uns im Kreis.

Am Ende des Tages stand das Wochenende bevor. Ich freute mich mehr denn je auf zwei Tage abseits des gastronomischen Wahnsinns. Ich genoss die Vergünstigungen des Bürodienstes mit Arbeitszeiten von Montag bis Freitag. Wenn ich nicht ausnahmsweise am Wochenende für MoD-Dienste eingeteilt wurde, war ich bis Montag zuhause.

Ich räumte noch meinen Schreibtisch auf und verließ dann die Höhle des Löwen.

Hans nickte mir vom Empfangstresen aus mit wissendem Blick zu. So ein Erlebnis wie in der vorigen Nacht schweißte irgendwie zusammen. Er hatte gerade erst seinen Dienst angetreten und sah

ziemlich fertig aus. Wahrscheinlich war der Abend in Nicks Bar noch länger gewesen.

„Und? Alles klar?", fragte er mich im Vorbeigehen.

„Mhm. Passt schon. Und bei dir?"

„Gut. Hab ich irgendwas verpasst? Dicke Luft im Büro?"

Ich warf einen verstohlenen Blick durch die getönte Scheibe, hinter der Monika an ihrem Schreibtisch saß und in den Computerbildschirm starrte.

„Anscheinend ...", gab ich vage zur Antwort.

Hans zuckte die Schultern. Er hatte es da einfach, sich aus allem rauszuhalten. Wenn er zum Spätdienst kam, waren wir anderen ja meistens schon fast im Aufbruch. Und am Wochenende hatte er die heiligen Hallen hinter der Rezeption sowieso für sich. Deshalb, oder weil es einfach seinem Naturell entsprach, mischte er sich auch so gut wie nie in Klatsch und Tratsch ein.

Am Montag hatte sich das mich umgebende Klima von mancher Seite noch zusehends abgekühlt. Also entgegen der hierzulande üblicherweise prognostizierten Erwärmung, eher die Anzeichen für eine aufkommende Eiszeit. Vordergründig war ja alles Friede, Freude, Eierkuchen, aber an so mancher frostigen Bemerkung ließ sich die tatsächliche Großwetterlage ablesen.

Am Dienstag erreichte uns ein merkwürdiger Telefonanruf. Monika war gerade nicht am Platz, und weil die junge Mitarbeiterin an der Rezeption sich damit nicht auskannte, stellte sie ihn mir durch.

Es war eine Frau am Apparat. Ich brauchte einen Moment, um zu verstehen, wen ich da am Telefon hatte.

„Mein Name ist Klaudinger, ich rufe wegen der Rechnung an, die sie an mich geschickt haben. Diese betrifft nämlich meinen Ex-Mann, der lebt nicht mehr hier. Wahrscheinlich hat er unsere alte Adresse angegeben, aber wir leben getrennt."

Ich wusste erst nicht, von welcher Rechnung sie überhaupt sprach. „Waren Sie, oder Ihr Mann – Ex-Mann – bei uns zu Gast?"

„Ich nicht. Wahrscheinlich er. Ich sage doch, er wohnt nicht mehr bei mir. Ich werde diese Rechnung nicht bezahlen! Wissen Sie, er hat sowieso alles mitgenommen, was sich hier in der Wohnung irgendwie versilbern ließ. Ausgeräumt hat er mir die Bude, bevor er gegangen ist. Und seit er weg ist, trudeln hier ständig irgendwelche Rechnungen ein. Ich habe schon mit meinem

Anwalt Kontakt aufgenommen, ich bin nicht verpflichtet, diese Rechnungen für ihn zu übernehmen. Das kann er schön selber machen." Die Frau klang ausgesprochen erbost.

„Wie heißt Ihr Ex-Mann denn? Dann suche ich mir den Vorgang heraus."

Sie nannte mir den Namen und ich gab ihn im Suchfeld unseres Hotelprogramms ein. Doch die Suche ergab keinen Treffer.

„Es tut mir leid, aber ich kann ihn nicht finden. Sind Sie sicher, dass er bei uns zu Gast war?"

„Was weiß ich? Sie haben mir doch die Rechnung geschickt."

„Geben Sie mir doch bitte einmal die Rechnungsnummer", bat ich. Über die Nummer konnte ich den Vorgang aufrufen. Natürlich handelte es sich um die Debitorenrechnung unseres Zechprellers.

Aufgeregt fragte ich: „Und die Adresse stimmt aber? Ihr Mann hat da noch vor Kurzem gewohnt? Wissen Sie vielleicht, wo er sich jetzt aufhält?"

„Nein, bei aller Liebe, das weiß ich nicht. Und ich will es auch nicht wissen. Ich bin heilfroh, wenn ich nichts hören und sehen muss von diesem Irren! Sie machen sich keine Vorstellungen, was ich mitgemacht habe. Ich wollte Sie lediglich darüber in Kenntnis setzen, dass er hier nicht mehr wohnt und ich nicht gewillt bin, seine Schulden zu begleichen."

Hektisch notierte ich mir die Telefonnummer von dem Display. Dann informierte ich sie noch: „Wir haben die Polizei verständigt, weil Ihr Ex-Mann unser Hotel ohne zu zahlen verlassen hat. Er ist aus dem Fenster gestiegen, um genau zu sein."

Die Ex-Frau unseres Zechprellers war unverkennbar bereits allerlei Kummer von ihm gewöhnt, denn sie stieß nur ein amüsiertes Schnauben aus und beschied mich: „Tja, das sieht ihm ähnlich. Na da werden Sie noch viel Spaß haben, fürchte ich. Ich bin aus der Nummer raus. Meine Scheidung ist seit einer Woche rechtskräftig und ich sehe nicht ein, wieso ich mich immer noch mit den Heldentaten meines Ex' belasten sollte. Sie müssen ent-schuldigen, aber das habe ich lange genug mitgemacht!"

Ich bedankte mich bei ihr für die Nachricht und versicherte ihr, dass sie uns bereits ein Stück weitergeholfen hatte.

Nach dem Telefonat wollte ich mit den neuen Informationen sofort zum Big Boss ins Büro, stellte jedoch fest, dass er nicht an seinem Platz war. Also ging ich mit den Neuigkeiten vor zur Rezeption, wo ich auf Hans und einen Azubi stieß, die auf Monikas

Schreibtisch anscheinend eine Karnevalsfeier vorbereiteten. Überall lagen dünne Papierstreifen herum. Ich griff in einen der aufgetürmten Haufen hinein und ließ die selbstgemachten Luftschlangen durch meine Finger gleiten.

Gerade wollte ich ansetzen, zu fragen, was sie da vorhatten, da fauchte Hans mich an: „Lass das liegen! Du bringst alles durcheinander!"

„Was macht ihr denn da, um Himmels willen?", fragte ich eingeschnappt und legte die Streifen behutsam dahin zurück, wo ich sie weggenommen hatte. Erst jetzt erkannte ich, dass Stefan, der Azubi, die von Hans vorsortierten Streifen mühevoll wieder zusammenpuzzelte und mit Tesafilm zusammenklebte.

„Ist das eine abartige neue Beschäftigungstherapie, oder was soll das?"

Hans warf mir einen bitterbösen Blick zu. Ich duckte mich instinktiv, denn ähnlich wie der Big Boss neigte auch Hans manchmal zu unkontrollierten Ausbrüchen, wenngleich das bei ihm seltener der Fall war und mich anders als beim Big Boss noch nie persönlich getroffen hatte. Ich wollte es aber auch nicht darauf ankommen lassen.

Er knurrte: „Der Big Boss hat versehentlich wichtige Unterlagen geschreddert und wir dürfen das jetzt wieder zusammenpappen."

Ein belustigter Laut entfuhr mir, bevor ich mich und meinen Gesichtsausdruck wieder im Griff hatte. Schnell setzte ich eine professionelle Miene der Anteilnahme auf.

„Das ist ja doof."

Hans' Ärger über die Sisyphusarbeit war offenbar doch schon wieder verraucht, oder die Lächerlichkeit ihres Tuns war ihm eben bewusst geworden, auf jeden Fall grinste er nun auch, als er sagte: „Kannst dich gern beteiligen. Das ist ähnlich wie Mandalas malen, sehr sinnbefreit und unglaublich entspannend."

Abwehrend hob ich die Hände. „Du, danke für das Angebot, aber ich kann's mir knapp verkneifen. Wo ist der Big Boss denn hin?"

„Keine Ahnung. Raus. Kommt bestimmt bald wieder."

Weil ich mit meinen neuen Infos irgendwohin musste, zog ich Hans beiseite und erzählte ihm noch schnell, was ich am Telefon erfahren hatte.

„Echt, oder? Krass ...", kommentierte Hans. „Der hat ihr noch das ganze Haus leergeräumt und sich dann abgesetzt? Und jetzt tingelt er durch Hotels und mietet sich da für lau ein?"

„So sieht's wohl aus. Mich wundert nur immer noch, woher er wusste, dass es da eine Buchung für Herrn Schuhmann gab und dass der Schuhmann selbst nicht kommen würde", sinnierte ich.

„Der war ja schon tot", ergänzte Hans. Inzwischen hatte er dieses Detail offensichtlich bei den Fakten abgelegt.

„Ja, der war schon tot. Aber seine Sekretärin wusste davon offenbar noch nichts, weil sie trotzdem nach dem Schuss noch die Buchung für ihn bestätigt hat. Aber dieser Zechpreller wusste es."

Hans und ich wechselten einen Blick.

„Denkst du dasselbe, was ich denke?", fragte ich entsetzt.

Hans nickte. „Dann muss der Zechpreller auch der Mörder gewesen sein. Woher hätte er das sonst gewusst?"

Noch nachträglich wurden mir die Knie weich bei dem Gedanken, dass ich ganz allein bei diesem Typen auf dem Zimmer gewesen war und dass ich allein an der Rezeption auf die Polizei gewartet hatte, während oben ein mutmaßlicher Mörder hockte, mit einer Schusswaffe, von der er bereits einmal Gebrauch gemacht hatte.

„Ohhh ... mein ... Gott ...", presste ich hervor.

„Scheiße", bestätigte Hans.

„Ich muss sofort ... ich ... Ja, was muss ich denn jetzt? Was machen wir denn mit der Information? Muss ich noch mal zur Polizei? Oder ... Oh mein Gott, ich hab noch nie mit einem Mörder zu tun gehabt!" Es fehlte nicht mehr viel und ich wäre schreiend im Kreis gelaufen. Ich war kurz vorm Durchdrehen. Groteskerweise hatte ich das Gefühl, als könnte ich mich irgendwie selbst von außen dabei beobachten, wie ich langsam überschnappte und dachte mir noch dabei: Wow, so fühlt sich das also an.

Zum Glück war Hans etwas besonnener. Sonst wären wir noch beide wie zwei aufgescheuchte Hühner gackernd um die Rezeption geflattert. Der Azubi hatte aufgehört, die vorsortierten Streifen zusammenzukleben, und machte große Ohren. Hans drehte sich so, dass er ihm den Blick verstellte und riet mir mit gedämpfter Stimme: „Halt mal die Luft an und zähl bis zehn."

Ich schnappte nach Luft und blies wie ein Kugelfisch die Backen auf, dann hielt ich den Atem an und schlug, da ich so ja nicht laut zählen konnte, zehn Mal mit den Armen, als wollte ich abheben. Dann ließ ich die Luft mit einem lauten Seufzer entweichen.

„Besser?", fragte Hans skeptisch, dabei war es doch seine Idee gewesen. Aber ich fühlte mich wundersamerweise wirklich ruhiger.

„Ich will nach Hause", jammerte ich. „Was ist das gerade eigentlich für ein Scheißfilm, in dem ich da bin? Welcher Idiot hat das Drehbuch geschrieben? Und was hab ich damit zu tun? Wieso kann mein Lebensfilm nicht eine romantische Komödie sein? Oder wenigstens ein witziges Roadmovie?"

„Sei froh, dass es kein Splatter ist. Jetzt krieg dich wieder ein! Wenn der Big Boss kommt, erzählen wir ihm die ganze Chose und dann soll er entscheiden, was wir machen."

Verglichen mit meiner Panik fand ich Hans gerade ausgesprochen cool, vor allem, wenn man bedachte, dass er derjenige war, der heute Abend allein hier die Stellung halten musste, wenn wir alle schon längst nach Hause gegangen waren. Was, wenn der Verrückte zurückkam? Kamen Verbrecher nicht immer an den Tatort zurück?

Am Abend, ich lag bereits im Pyjama auf meiner Couch und sah mir einen mittelmäßigen Liebesfilm im Fernsehen an, klingelte mein Handy. Schon am Klingelton erkannte ich, dass es die Hotelnummer war, die anrief. Ich hatte vorsorglich alle möglichen Durchwahlen der Hotelrufnummer mit demselben Klingelton belegt; es handelte sich um die Erkennungsmelodie des *Weißen Hai*. Immer, wenn also das charakteristische *Dödödödödö* ertönte, wusste ich, dass mich die Arbeit bei meinem wohlverdienten Feierabend störte. Bisweilen hatte ich diese Tatsache schon dazu verwendet, nicht ranzugehen, auch wenn mein nagend schlechtes Gewissen mich meist kurz darauf zwang, zurückzurufen. Eigentlich war ich der Ansicht, dass die Bezahlung, die wir erhielten, nicht rechtfertigte, dass ich rund um die Uhr telefonisch erreichbar sein sollte. Das war vielleicht beim Big Boss so, weil er sowieso kein Privatleben hatte, oder keines haben wollte. Oder bei Andrea, weil sie viel zu stolz auf ihr neues Firmen-Blackberry war, sodass sie es nie aus der Hand gelegt hätte.

Zumindest abends, wenn ich ins Bett ging, nahm ich das Telefon prinzipiell nicht mit. Als mich Xaver deshalb einmal angeblafft hatte, weil er mich nachts um vier Uhr nicht erreicht hatte, um mir mitzuteilen, dass der Frühdienst für die Rezeption sich krankgemeldet hatte und er um sechs Uhr keine Ablösung haben würde, hatte ich ihm erklärt: „Wenn ich morgens um vier an mein Telefon gehe, dann kann ich dich auch nicht ablösen, weil dann bin ich besoffen!"

So spät war es aber noch gar nicht und getrunken hatte ich auch nicht, also ging ich nach einigem Zögern doch ran. Es war Hans. Und er flüsterte: „Er ist wieder da …"

Ich saß sofort kerzengerade auf meiner Couch.

„Was? Wer? Der Mörder? Scheiße, bist du verrückt? Ruf nicht mich an! Ruf die Polizei!"

„Das habe ich doch schon gemacht, für wie blöd hältst du mich denn?", kam es mit geflüsterter Entrüstung zurück.

Das Handy in meiner Hand zitterte so stark, dass ich ihn kaum mehr verstand. „Aber was soll ich denn dann jetzt tun?", wisperte ich zurück, obwohl auf meiner Seite der Leitung für diese Vorsichtsmaßnahme gar keine Notwendigkeit bestand.

„Ich dachte nur, du würdest das vielleicht wissen wollen."

Ja. Okay. Aber so hautnah musste ich eigentlich jetzt nicht dabei sein. Ich erinnerte mich noch mit Grauen daran, wie ich am Telefon mitangehört hatte, wie der arme Herr Schuhmann erschossen worden war.

Da kam mir ein weiterer grauenhafter Gedanke: Was, wenn ich nun gleich Zeuge der Ermordung meines Kollegen werden würde?

„Hans, oh Gott … versteck dich!", schrie ich schrill.

Ich hörte, wie etwas umfiel und klirrend zu Boden schepperte. Jetzt war es so weit! Der verrückte Mörder stand an der Rezeption! Er hatte Hans den Hörer aus der Hand geschossen!

Ich musste …

Ja, was denn?

Die Polizei war bereits verständigt. Wo blieb sie nur?

Wen sonst konnte ich informieren?

Wie lange würde ich wohl selbst ins Hotel brauchen?

Im Pyjama? Noch schnell umziehen? Nein, kostete wertvolle Zeit, lieber gleich so los!

Und dann? Was würde ich dem hinterhältigen Verbrecher entgegensetzen, der meinen Kollegen als Geisel hielt?

Weil mein Hirn von einem Horrorszenario zum nächsten sprang und ich mich noch nicht entscheiden hatte können, was ich als nächstes tun sollte, saß ich noch immer unbewegt mit dem Handy am Ohr auf der Couch, als Hans' Stimme wieder erklang.

„Himmel, schrei doch nicht so. Hast du mich jetzt erschreckt. Ich hab vor Schreck das Telefon hinuntergeworfen. Hörst du mich?"

Es dauerte einige Sekunden, bis die Information, dass Hans nicht in seinem Blut am Boden hinter der Rezeption lag und auch sonst niemand in unmittelbarer Todesgefahr schwebte, bei mir angekommen war.

„Ohh …", machte ich halb erleichtert und halb empört. „Ich dachte schon, der Typ ist da und ballert auf dich."

„Na, du kannst einen aufbauen. Herzlichen Dank auch!" Hinter Hans' vordergründiger Gelassenheit glaubte ich zu hören, dass er die Hosen ebenfalls voll hatte.

„Ich bin da, okay", sagte ich mit aller Ruhe, die ich aufbringen konnte. „Ich warte mit dir auf die Polizei. Alles wird gut." Zur Sicherheit führte ich noch einmal den Trick mit dem Kugelfisch vom Nachmittag aus.

„Die Polizei ist da", zischte Hans dazwischen. „Ich meld mich später wieder. Ciao."

Es verging mehr als eine Stunde, bis sich mit *Dödödödö* der versprochene Rückruf ankündigte. Dieses Mal war ich sogar schon nach dem ersten Läuten am Apparat. „Und? Was ist jetzt?"

„Sie haben ihn", erklärte Hans und seine Stimme klang wieder völlig normal.

„Gott sei Dank! Und jetzt?"

„Jetzt wird er erst einmal verhört und dann gibt's wahrscheinlich eine Anklage."

„Und euch geht's allen gut? Ist Xaver schon da? Hast du Stefan heimgeschickt?", fragte ich sicherheitshalber.

„Uns geht's gut. Stefan ist zuhause und Xaver müsste jeden Moment kommen. Der wird Augen machen!"

Das glaubte ich allerdings auch. Selbst so ein hartgesottener Night Audit erlebte nicht jeden Tag so einen Kriminalfall im Dienst.

„Und wie kam es jetzt überhaupt, dass der nochmal aufgetaucht ist? Habt ihr den noch mal aufs Zimmer gelassen?"

Mit jeder Sekunde, die die Anspannung nachließ, wuchs wieder die Neugier in mir.

„Dummerweise ja. Er hat bei Stefan eingecheckt und der hat nicht kapiert, dass es derselbe war. Er dachte, das sei ein ganz normaler Walk-in-Gast ohne Reservierung."

Ich schlug mir mit der flachen Hand vor den Mund. „Nein!"

„Ja, ich war nur kurz eine rauchen und als ich wiederkam, ist der Kerl gerade mit dem Aufzug davon. Ich dachte, ich seh nicht richtig!"

„Meine Güte … wie dreist …" Ich war ehrlich erleichtert, dass der Spuk nun hoffentlich ein Ende hatte.

Am nächsten Tag kam die Polizei noch einmal zu uns ins Haus, um alle zu befragen, die mit dem Fall etwas zu tun gehabt hatten. Das Chefbüro wurde zum Verhörzimmer und irgendwie drückten sich alle um unsere Bürotür herum, um möglichst nahe am Geschehen zu sein und nichts zu verpassen. Andrej und Hans wurden herein-bestellt, obwohl sie frei beziehungsweise Spätdienst hatten. Stefan musste auch aussagen und ich natürlich ebenso. Darüber hinaus hatten plötzlich auch Elvira und Sigi im Büro zu tun, die normaler-weise selten hier anzutreffen waren.

Elvira richtete sich bei uns sofort häuslich ein und machte gar keinen Hehl daraus, dass sie nur die Neugierde hergetrieben hatte.

„Das ist ja unglaublich", schnatterte sie, voll in ihrem Element. „Also, sowas hab ich auch noch nie erlebt. Da meint man, man ist schon so lang in der Gastronomie und hat alles gesehen, aber nein ..."

Jürgen war genervt. Er gab vor, sich für den ganzen Vorgang überhaupt nicht zu interessieren, obwohl er sonst auch nichts gegen ein bisschen Klatsch und Tratsch einzuwenden hatte. Das Gewusel und die Schaulustigen, die ständig bei uns ein- und aus-gingen, nervten ihn sichtlich.

„Habt ihr alle nichts zu tun, sag mal!", herrschte er Elvira an, die sich mit einer halben Pobacke auf seinem Schreibtisch nieder-gelassen hatte.

„Na, na, was ist dir denn für eine Laus über die Leber ge-laufen?" Elvira beeilte sich, zu mir überzusiedeln.

Sigi steckte, bereits zum dritten Mal, den Kopf zur Tür rein. „Ist der Big Boss auch drin?"

„Nee, den haben wir ausquartiert, der sitzt momentan drüben im Verkaufsbüro, da ist ja jetzt Platz", sagte ich. „Was brauchst du denn?"

Sigi winkte ab. „Ach, nicht so wichtig. Ist die Polizei immer noch da? Wer ist denn jetzt drin?" Es war deutlich, dass das der eigent-liche Grund seines Kommens war.

„Wieso drehen jetzt eigentlich alle durch, nur weil wir die Polizei im Haus haben?", fauchte Jürgen sofort.

„Es dreht doch keiner durch. Es interessiert uns halt, mein Gott." Sigi stiefelte beleidigt davon.

Elvira und ich verzogen uns auch an die Rezeption, damit Jürgen seine Ruhe hatte. Vorne bei Monika sammelten wir uns und tauschten aus, was diejenigen an Informationen mitbrachten, die

ihre Aussage schon gemacht hatten. Es war ein wenig eng im Back-Office der Rezeption: Monika saß an ihrem Schreibtisch, Hans lehnte daneben, am Fenster entlang aufgereiht standen Sigi, Elvira und ich. Und Andrej lehnte mitten im Durchgang zur Rezeption. Stefan war gerade an der Reihe, seine Aussage zu machen.

„Hat er den Schuhmann nun umgebracht oder nicht?", war das Erste, was ich wissen wollte.

Hans hatte sein Verhör schon hinter sich und sagte: „Sie gehen davon aus, ja."

„Gibt es eine Verbindung zwischen ihm und dem Schuhmann?", fragte ich weiter.

„Ja, die gibt es", antwortete Monika an Hans' Stelle. „Ich hab mir das Firmenprofil mal angeschaut. Hätten wir auch selber drauf kommen können. Weißt du, was die Firma Weyermann macht?"

Ich wusste es nicht. Und obwohl der Firmenname allen ein Begriff war, weil wir oft Gäste der Firma hatten, wusste auch von den anderen niemand, was die eigentlich machten.

Monika erklärte es uns: „Das ist eine Sozietät von Anwälten, und Schuhmann war spezialisiert auf Scheidungsrecht."

Der Groschen fiel bei mir sofort, als ich an das Gespräch mit der Ex-Frau unseres Zechprellers dachte. „Lass mich raten: Schuhmann hat die Frau in ihrer Scheidung vertreten."

„So ist es. Genau. Der Zechpreller wollte die Scheidung offenbar nicht und hat sich mit allen Mitteln dagegen gewehrt. Aber sie hatte keinen Bock mehr", fuhr Monika fort.

Dazu hatte Hans wieder Informationen: „Wen wundert's? Das Strafregister von dem Kerl ist länger als eine Klorolle! Einbruch, Raub, Körperverletzung ... alles dabei. Die Polizei hat mir erzählt, dass sie den schon länger gesucht haben."

„Unglaublich." Elvira schnaubte empört. „Und dann zieht der Kerl los und ballert den Anwalt über den Haufen. Was ist das denn für ein Irrer?"

Stefan kam zurück und drückte sich auch noch durch die Schiebetür zu uns herein.

„Verena, du bist dran", sagte er.

Ich verließ meinen Posten und ging den Gang hinunter zum Chefbüro. Hinter dem Eichenschreibtisch des Big Boss' thronte heute ein Kriminalpolizist in Zivil. Er ließ sich meinen Ausweis zeigen, machte ein paar Notizen und aktivierte dann ein Diktiergerät, das er zwischen uns legte.

„So, Frau Schulze", eröffnete er das eigentliche Gespräch. „Erzählen Sie mir doch bitte, wie es aus Ihrer Sicht zu der Buchung gekommen ist."

Ich berichtete also noch einmal von dem Telefonat, mit dem alles begonnen hatte.

„Da haben Sie richtig gehört", sagte der Polizist, als ich mit meiner Schilderung fertig war. „An diesem Abend wurde Herr Schuhmann mutmaßlich von dem Verdächtigen in seinem Büro erschossen. Sie sagen, dass Sie noch weitere Stimmen gehört haben?"

„Ja, sie haben in einer mir unbekannten Sprache gesprochen, eventuell Russisch, dachte ich."

Der Polizist nickte. „Das passt. Die beiden Komplizen, die Ihre Kollegen gestellt und der Polizei übergeben haben, sprechen Russisch. Vielleicht waren sie an dem Mord beteiligt."

„Was ich nicht verstehe ...", warf ich ein. „Warum hat die Sekretärin das Hotelzimmer überhaupt noch bestätigt, wenn Herr Schuhmann bereits tot war? Wurde er in seinem Büro nicht gefunden?"

„Nein", antwortete der Polizist. „Der oder die Mörder müssen die Leiche mitgenommen haben. Die Sekretärin hat am nächsten Morgen gedacht, Herr Schuhmann wäre zuhause, weil er vor seiner Fahrt hierher Urlaub beantragt hatte. Sie hat deshalb das Zimmer bei Ihnen fix gemacht und nicht gemerkt, dass etwas nicht stimmt. Erst als er dann nicht erreichbar war, wurde er vermisst, weil er da eigentlich schon bei Ihnen im Hotel hätte sein sollen. Bei Ihnen fiel es aber auch nicht auf, da der Verdächtige an seiner Stelle eingecheckt hat."

„Und dann fand man die Leiche?", fragte ich. Das schlechte Gewissen nagte wieder an mir, weil ich nicht sofort Alarm geschlagen hatte, als mir klar geworden war, dass der Gast in Zimmer 112 unmöglich Herr Schuhmann sein konnte. Aber wer rechnete denn mit sowas?

„Die Leiche von Herrn Schuhmann wurde in dessen Dienstwagen gefunden, das Auto war offenbar absichtlich eine Böschung hinunter gefahren worden und stand zur Hälfte in der Donau. Der Tote auf dem Fahrersitz wies jedoch Schussverletzungen auf, weswegen die Kriminalpolizei ermittelte."

„In der Zwischenzeit hat der Kerl dann bei uns eingecheckt und so getan, als wäre er Schuhmann. Hat mit seinen Komplizen noch fröhlich bei uns gefeiert und dann ist er aufgeflogen", fügte ich nun wieder die Teile hinzu, die ich bereits kannte.

„Genau. Seine beiden Komplizen wurden verhaftet und er konnte türmen, kam dabei allerdings nicht sehr weit, weil er zu Fuß unterwegs war. Wir gehen davon aus, dass er zurückkam, weil es ihm draußen zu kalt war."

Ich schüttelte fassungslos den Kopf. „Das ist aber schon ziemlich dämlich, wenn er dann wieder in das Hotel geht, wo er schon einmal sowas abgezogen hat. Er musste doch damit rechnen, dass wir ihn wiedererkennen würden."

„Er hat anscheinend einen Moment abgewartet, als jemand an der Rezeption war, der ihn noch nicht gesehen hatte. Wieso er hierher kam, dafür haben wir auch keine Erklärung. Manchmal verlieren solche Intensivtäter auch den Blick für die Realität, das macht sie dann unvorsichtig."

Unvorsichtig, oder schlichtweg dummdreist, dachte ich. Genauso dumm war es ja gewesen, dass er sich noch über das Steak beschwert hatte. Aber der Geisteszustand dieses Menschen sollte nicht länger mein Problem sein, beschloss ich. Er war da, wo er hingehörte: hinter Schloss und Riegel. Damit wollte ich das ganze Kapitel abhaken. Leider hatte ich meine Rechnung ohne die Polizei gemacht.

„Sie müssen damit rechnen, dass man Sie zu der Verhandlung vorlädt", informierte mich der Beamte. „Am besten, Sie notieren sich noch einmal in einer ruhigen Minute alles, was aus Ihrer Sicht passiert ist. Es kann eine Weile dauern, bis das Verfahren gegen ihn eröffnet wird."

Auch das noch!

Ich war noch nie vor Gericht gewesen, oder bei einer Verhandlung. Noch eine neue Erfahrung, auf die ich lieber verzichtet hätte. Fürs erste war der Spuk jedoch vorbei.

Nachdem alle Verhöre durch waren, rief der Big Boss uns ins Büro. Bei seiner nun folgenden Ansprache zeigte er sich von seiner väterlichen Seite und verzichtete dankenswerterweise auf allzu viel Gebrüll.

„Wir haben alle ein paar aufregende Tage hinter uns. Ich möchte mich für Ihren Einsatz in der Sache bedanken und Sie alle gleichzeitig dazu ermahnen, Ihre Augen und Ohren stets offenzuhalten, damit solche Vorfälle hoffentlich einmalig bleiben!"

„War klar, dass er kein Lob aussprechen kann, ohne gleich wieder eine Mahnung damit zu verbinden", zischte Monika mir zu.

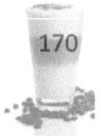

„Weil wir gerade alle so beisammen sind, möchte ich Sie auch noch über ein paar weitere personelle Veränderungen informieren." Ich konnte das Messer in Jürgens Hosentasche förmlich aufklappen hören. Er straffte sich neben mir und ballte die Hände zu Fäusten.

„Unsere langjährige Empfangschefin, Frau Hermannskirchner, wird sich in den nächsten Wochen beruflich verändern und deshalb etwas kürzer treten", fuhr der Big Boss fort.

Alle Augen richteten sich auf Monika, der so viel Aufmerksamkeit sichtlich unangenehm war. Irgendwie keine guten Voraussetzungen für einen Stellvertretenden Direktor, dachte ich so bei mir. Jürgen gingen ganz offensichtlich noch ganz andere Dinge durch den Kopf.

„Möchten Sie es Ihren Kollegen selber mitteilen, oder soll ich?", fragte der Big Boss an Monika gerichtet.

Die winkte peinlich berührt ab.

„Wie Sie wollen. Frau Hermannskirchner hat sich gegen meinen ausdrücklichen Rat heimlich verheiratet und gleich noch schwängern lassen. So sind die Frauen in meinem Unternehmen, ich kann mir den Mund fusselig reden, sie tun es trotzdem", sagte er augenzwinkernd. Er war heute wirklich ausnehmend gut gelaunt.

Überrascht wandten wir uns Monika zu. Sie hatte tatsächlich niemandem etwas davon gesagt. Sie hielt ihr Privatleben sowieso immer sehr unter Verschluss, aber das kam jetzt doch unerwartet. Dabei hatten wir eigentlich noch alle gedacht, sie hätte es auf die freie Direktionsstelle abgesehen!

Ja, so konnte man sich irren.

Es gab ein ordentliches Kuddelmuddel, bis alle Monika die Hand geschüttelt hatten, um zu gratulieren. Der Big Boss ließ uns eine Weile gewähren, dann rief er uns wieder zur Ordnung und alle huschten zurück auf ihre Plätze. Die Zeit der Ankündigungen war offenbar noch nicht vorbei.

„Des Weiteren möchte ich Ihnen mitteilen, dass der Kollege Pfeiffer die Nachfolge von Frau Maier antritt. In Ihre Arbeitsabläufe hat er sich ja bereits eingearbeitet. Den Personalbereich wird künftig unsere Buchhaltung mit abdecken und die Restaurant- und Bankettleitung übernimmt Herr Fomin."

Nicht nur wir fielen aus allen Wolken, offenbar hatte der Big Boss Jürgen nicht einmal gefragt. Dabei hatte Jürgen doch seit Tagen alle mit seiner miesen Laune in den Wahnsinn getrieben.

171

„Wie jetzt ...?", stammelte er. „Ich? Aber wieso haben Sie das denn nicht gleich gesagt?"

Der Big Boss hatte an der ganzen Show offensichtlich einen Heidenspaß. Er grinste. „Wieso denn? Habe ich doch. Sie hören mir nur nicht richtig zu. Ich sagte: Sie sollen sich erst einmal einarbeiten und dann schauen wir weiter."

„Sie würden dann jemanden ernennen, sagten Sie", stieß Jürgen beleidigt hervor.

„Ja und? Hab ich das nicht?"

Jürgen sah aus, als würde er dem Big Boss gleich an die Gurgel springen. Doch die Freude über die Beförderung überwog dann doch.

„Und die Rezeption? Was ist mit der?", stellte ich noch so nebenbei in den Raum.

„Richtig. Die Rezeption. Vor einigen Tagen hat Herr Wendel mir seine Kündigung angedroht, wir haben uns dann auf einen Änderungsvertrag geeinigt. Er übernimmt die Empfangsleitung, sobald Frau Hermannskirchner sich ganz der Brutpflege widmet", ergänzte der Big Boss sichtlich mit sich zufrieden.

Jetzt riefen endgültig alle durcheinander. Es wurde auf Schultern geklopft, Hände geschüttelt und Bussi-Bussi verteilt. Nur Linda stand wieder einmal daneben, grinste grenzdebil und kapierte gar nichts. Zur Feier des Tages ließ der Big Boss sogar noch einmal Sekt springen.

Und ich stand mitten in dem Tohuwabohu und erkannte, dass sich das Personalkarussell mal wieder ohne mich gedreht hatte und schwor mir, dass ich irgendwann, eines fernen Tages auch einmal kündigen würde. Einfach so. Und dann würde ich mich richtig besaufen und im Suff würde ich dem Big Boss auf den Schreibtisch klettern und aus voller Kehle singen *Time to say Goodbye*, oder vielleicht auch *Alles hat ein Ende, nur die Wurst hat zwei*.

Ja. So würde das werden ...

Pralinen

Nugatpralinen
Man nehme:
300g Nugat
75g dunkle Kuvertüre
75g weiße Kuvertüre
Mit der dunklen, temperierten Kuvertüre spritzt man alsdann ungefähr 30 pfenniggroße Taler auf Pergamentpapier und lässt sie fest werden. Das Nugat lässt man inzwischen in einem Wasserbad weich werden und bearbeitet es mit einem Kochlöffel, bis es gleichmäßig geschmolzen ist. Dann rührt man die weiße, flüssige Kuvertüre darunter. Die heiße Masse aus dem Wasserbad nehmen und in einen Spritzbeutel mit einer sternförmigen Tülle füllen. Auf jeden Kuvertüretaler spritzt man nun einen Kringel aus der Nugatmasse.

Ich lernte Christoph in einer Bar kennen, in die ich mich geflüchtet hatte, um meinen Liebeskummer zu ertränken. Wir waren am Ende beide ziemlich betrunken und landeten in einem Hotelzimmer. An die Details jener Nacht erinnere ich mich nur noch schemenhaft, doch das Aufwachen war weniger unsanft, als ich es nach einer solchen Nacht erwartet hätte.

Christoph grinste mich nämlich schief an und entschuldigte sich für sein zerstörtes Äußeres.

„Ich mache so etwas normalerweise nicht ...", sagte er, was ein untrügliches Zeichen dafür war, dass er es doch tat. In dem Moment war mir das egal, ich hatte Zerstreuung gesucht und gefunden. Ich hatte ihm nichts vorzuwerfen, was ich mir nicht gleichzeitig ebenso vorwerfen hätte können.

Wir frühstückten im Hotel und ließen uns das ausgiebige Buffet schmecken. Ich stopfte wahllos Eier, Müsli, Brötchen, Marmelade, Obst und Croissants in mich hinein, bis ich dachte, platzen zu müssen. Wir alberten dabei wie Teenager herum und amüsierten uns großartig. Nüchtern war er mir beinahe noch sympathischer als betrunken. Am Ende verabschiedeten wir uns wie zwei alte Freunde und versprachen uns gegenseitig, uns bald wieder zu treffen.

Unsere Treffen bekamen schnell eine angenehme Regelmäßigkeit. Mal trafen wir uns in einer Bar, wie bei unserer ersten Begegnung, mal in dem Hotel. Wir hatten Sex, aber das war nicht alles. Mit Christoph konnte man herrliche Gespräche führen, er war gebildet und sehr witzig. Wir hatten viele Gemeinsamkeiten, liebten Kino und Theater, lasen viel, hörten dieselbe Musik, die Themen gingen uns nie aus. Ich überließ Christoph die Planung unserer Treffen, er wählte das Hotel, er bezahlte die Rechnung. Ich fand nichts dabei. Es machte Spaß und er gab mir nie das Gefühl, nur ein Abenteuer für ihn zu sein.

Er machte mir sogar Komplimente, wenn ich beim Frisör gewesen war, und wenn ich ein neues Kleid trug, fiel ihm das auf, was er nicht unkommentiert ließ. Er machte mir auch kleine Geschenke: eine CD, über die wir gesprochen hatten, ein Kleid, Schuhe ... Wir fuhren zusammen in Urlaub in ein schickes Wellnessresort, wo wir uns drei Tage lang mit Massagen und Peelings verwöhnen ließen. Ich fühlte mich geliebt.

Christoph hatte einen anstrengenden Job, er war oft eine ganze Woche unterwegs, manchmal auch länger. Dann sahen wir uns nicht. Er schrieb mir E-Mails und SMS und wir telefonierten. Keinen Tag vergaß er mich anzurufen, seine SMS kamen mit geradezu pedantischer Zuverlässigkeit. Er gab mir keinen Grund zu zweifeln – endlich einmal kein Grund.

Blausäure (Cyanid)

ist überaus giftig, bereits 1-2 Milligramm Blausäure je Kilogramm Körpergewicht wirken tödlich. Neben der oralen Einnahme ist auch eine Aufnahme über die Atemwege oder die Haut denkbar. Letzteres wird durch Schweiß begünstigt, da Blausäure wasserlöslich ist. Die sicherste Methode ist jedoch zweifelsfrei die direkte Einnahme. Bereits 1916 verwendete die französische Armee Blausäure als Giftgas, doch sie erwies sich als ungeeignet für Kampfeinsätze, da die Filter der Gasmasken sie wirkungslos machten und sie sich obendrein schnell verflüchtigte. Blausäure wurde jedoch während des Holocaust in den nationalsozialistischen Vernichtungslagern benutzt. Später entzogen sich führende NS-Politiker ihrer Verhaftung durch die Siegermächte, indem sie Zyankalikapseln schluckten, die im Magen Blausäure ausschütteten. Auch in den USA wird Blausäuregas zur Vollstreckung von Todesurteilen eingesetzt, wenn aus irgendwelchen Gründen die Tötung

durch eine Giftspritze nicht zur Anwendung kommen kann. Blau-
säure kommt auch bei der Ungezieferbekämpfung zum Einsatz und
ist Bestandteil verschiedener Pestizide.

Bei einem erwachsenen Mann muss von einem Körpergewicht von zirka 80-90 Kilogramm ausgegangen werden, demzufolge sollte der Anteil an Blausäure pro Praline ungefähr 180 Milligramm betragen. Lieber ein bisschen mehr, wenn man ganz sichergehen möchte. Cyanid verströmt ein bittersüßes Aroma nach Mandeln, was her-vorragend mit Nugat harmoniert. In einer anderen Zusammenstellung fällt dieser Geruch oft negativ auf und macht die Opfer misstrauisch, in Pralinen argwöhnt keiner.

Ich machte meine Nugatpralinen zum ersten Mal, als ich erfuhr, dass Christoph nicht war, was er zu sein vorgab. Seine Tarnung war perfekt gewesen, doch das reichte nicht. Ich kam trotzdem hinter das ganze Ausmaß seines Betruges.

Christoph war kein vielbeschäftigter Geschäftsmann, der seine Wochen in aufregenden Städten auf der ganzen Welt verbrachte. Wenn er mich glauben ließ, dass er gerade unter dem Eiffelturm zu Abend aß oder sich in einem Hotelzimmer mit Blick auf den Big Ben auf seine Termine vorbereitete, dann verbrachte er in Wahrheit seine Zeit mit seiner Familie. Christoph war ein einfacher Schalterangestellter bei einer Bank mit einer blühenden Fantasie. Und offenbar mit Bedürfnissen, die seine liebende Ehefrau nicht zu befriedigen bereit war. Christoph und seine Frau kannten sich bereits aus dem Sandkasten und ihre Liebe krönten zwei Kinder. Morgens verließ er das Haus, um den Nachbarn in seinem kleinen Ort Sparanlagen zu empfehlen, ihre Kredite zu finanzieren und ihre Konten zu verwalten. Abends kam er nach Hause zu Frau und Kindern in das beschauliche Reihenhaus mit dem gepflegten Vorgarten. Er fuhr einen Opel Vectra; das BMW Cabrio, mit dem er mich zum Wellnesswochenende abgeholt hatte, war geliehen gewesen.

Mich schreckte weniger, was er getan hatte, als mit welcher kriminellen Energie er es tat. Er hatte sich nämlich ein perfektes zweites Leben gezimmert. Eines, wie er es gerne gelebt hätte, gleichzeitig wollte er aber sein angestammtes Leben nicht aufgeben. Seine Frau ahnte nichts. Er speiste sie mit den üblichen Ausflüchten ab: späte Termine, eine Fortbildung übers Wochenende, Kegeln mit den Kollegen. Sie glaubte ihm, weil sie ihm glauben *wollte*.

Er ging sehr behutsam vor. Er achtete darauf, dass wir niemals in die Nähe seines Heimatorts kamen, ich erfuhr nie, wo er genau wohnte oder arbeitete. Immer holte er mich ab und wir verbrachten die Nacht in einem anonymen Hotel. Niemals führte er mich irgendwohin aus, wo Gefahr bestanden hätte, dass wir jemandem begegnen könnten, der ihn und seine wahre Identität kannte. Bei mir war er Christoph der Weltenbummler, Christoph der Abenteurer, Christoph der Spontane. Danach duschte er, zog sich an und fuhr in das Reihenhaus zu seiner Frau zurück; wurde wieder zu Christoph dem Familienvater, Christoph dem Beständigen.

Der erste Verdacht kam mir recht früh. Nachträglich betrachtet, gab es jede Menge Hinweise, die man nur hätte ernstnehmen müssen. Vielleicht hatte ich das Offensichtliche auch einfach nicht sehen wollen. Es war immer er, der unsere Treffen organisierte und dabei peinlich darauf achtete, keine Spuren zu hinterlassen. Schon diese Pedanterie hätte mir eigentlich verdächtig vorkommen müssen. Der entscheidende Fingerzeig kam von einer Freundin, die meinte, sie hätte ihn mit einer anderen Frau und Kindern gesehen. Ich wischte die Bedenken beiseite: Eine Freundin, oder Familie sicher, also nichts weiter dabei. Aber der Keim des Zweifels war gesät. Und er keimte.

Von da an fielen mir immer öfter Ungereimtheiten auf. War er nicht eben noch in Belgien gewesen? Wieso erzählte er mir jetzt von Italien? Manchmal war es gar nicht das, was er sagte, sondern dieses winzige Zögern, bevor er es sagte. So als müsse er sich erst erinnern, was er mir erzählt hatte. Er war ein Meister in der Kunst des Lügens, keine Frage. Er verstand sich so gut darauf, dass ich lange brauchte, bis ich genügend Beweise gesammelt hatte. Aber am Ende kam ich ihm doch auf die Schliche.

Wie es eben immer früher oder später der Fall war.

Ich trug mich mit dem Gedanken, ihn mit allem zu konfrontieren, was ich wusste. Zuerst wollte ich ihn ja eigentlich zur Rede stellen, ihm alles an den Kopf werfen, was ich erfahren hatte. Ich sammelte sogar seine Vergehen, katalogisierte und sortierte sie nach Schwere und Häufigkeit. Ich wollte gegen seine Ausreden gewappnet sein. Dann aber entschied ich, dass das nicht genügte. Ich zog die Unterwäsche aus zarter, nachtblauer Spitze an, die er mir geschenkt hatte, und legte leichtes Make-up auf.

Danach begann ich zu backen.

Die Giftwirkung
der Blausäure besteht in der Blockade der Sauerstoffbindungs-
stellen in der Atmungskette der Mitochondrien. Sie deaktiviert das
Enzym und bringt die Zellatmung zum Erliegen. Die Körperzelle ist
nicht mehr in der Lage, Energie zu gewinnen, wodurch sie
„erstickt". Indizien für eine solcher Art erlittene, unnatürliche
Todesursache sind: eine typische Hellrotfärbung der Haut, hervor-
gerufen durch die Sauerstoffsättigung des venösen Blutes (auch die
Leichenflecken eines Cyanidvergifteten färben sich typischerweise
rot), dazu kommt der ganz eindeutig auf Cyanid hinweisende
Bittermandelgeruch. Bei einer schweren Vergiftung beginnt der
Vergiftete bereits Sekunden nach der Einnahme der Blausäure zu
hyperventilieren. Anschließend tritt ein Atemstillstand ein, gefolgt
von einer Bewusstlosigkeit, die innerhalb von wenigen Minuten in
einen Herzstillstand mündet. In solchen Fällen bleibt die typische
rote Färbung oft aus. In jedem Fall beklagen die Vergifteten Kopf-
schmerzen, Atemnot und Schwindelgefühle, mancher erbricht sich
und windet sich in Krämpfen, bevor er ohnmächtig wird.

Es ging sehr schnell. Meine Dosierung war wohlgewählt, allerdings erwies sich Christoph auch als erstaunlich gierig. Ich servierte ihm meine Pralinen und mich selbst in den nachtblauen Dessous. Obwohl er offensichtlich in der Wahl schwankte, entschied er sich zunächst für die Pralinen.

Er zuckte, griff sich an den Hals, verdrehte die Augen und röchelte. Japsend brach er zusammen, wälzte sich ein bisschen und blieb schließlich ruhig liegen. Ich vergewisserte mich noch, dass er tot war, dann nahm ich meine Sachen und die restlichen Pralinen und verließ das Hotelzimmer.

Zwei Monate später traf ich Marc. Wirklich ein lieber Kerl. Er war viel zu freundlich, um Intrigen zu spinnen, viel zu bequem, um sich den Stress einer Geliebten anzutun. Nein, für so etwas war Marc viel zu gut.

Er war bei Weitem nicht so geistreich wie Christoph, aber er war sehr anschmiegsam. Ich genoss seine Gegenwart, wenn auch auf eine vollkommen andere Art als Christophs. Auch sexuell war unsere Beziehung anders. Ich ließ mich darauf ein, ging darin auf und schwelgte in der subtilen Aufmerksamkeit, die Marc mir entgegenbrachte.

Bis wir uns eines Abends zum Essen trafen. Er hatte mein Lieblingsrestaurant ausgewählt und für danach hatten wir noch Karten im Kino reserviert. Wir hatten bereits bestellt und ich nippte schon einmal an meinem Wein, als Marc unvermittelt sagte: „Weißt du, ich muss dir etwas erzählen."

Ich beugte mich interessiert nach vorne.

„Ich ... habe da jemanden kennengelernt."

Ich schluckte. „Wie meinst du das?", presste ich mühsam beherrscht hervor. Meine Hand zitterte so stark, dass ich mein Glas absetzen musste.

Marc wich meinem Blick aus. „Na ja, kennengelernt halt."

„Nur, damit ich das richtig verstehe: Machst du gerade Schluss?", fragte ich.

Jetzt wandte Marc mir seinen Blick wieder zu. „Machen wir uns doch nichts vor, so richtig ernst war das doch nie zwischen uns. Ich meine, wir passen doch gar nicht zusammen ..."

Ich setzte an, etwas zu erwidern. Dass ich nicht umsonst so viel Zeit investiert hatte, dass ich mich von ihm verarscht fühlte und dass ich mich so nicht einfach abspeisen lassen würde. Doch dann hielt ich inne. Ich nickte. „Ja, da hast du wohl recht. Freut mich für dich. Erzähl doch mal, wie ist sie? Wo hast du sie kennengelernt?"

Wir aßen und tranken zu Ende, dann sahen wir uns schließlich den Film an, den wir reserviert hatten. Danach verabredeten wir uns – rein freundschaftlich – für den nächsten Tag.

„Komm doch zu mir, ich habe Pralinen gemacht", schlug ich vor und Marc willigte ein.

Natürliches Vorkommen
Natürlicherweise kommt Cyanid in einigen Steinobstfrüchten vor. Mandeln, vor allem Bittermandeln, Aprikosen, Pfirsiche und Kirschen enthalten in ihren Kernen eine geringe Menge Blausäure, die dem Schutz der Pflanzen gegen Fressfeinde dient. Darüber hinaus enthalten die Maniokknolle, die Yamswurzel, Süßkartoffeln, Zuckerhirse, Bambus und Leinsamen eine toxikologisch relevante Menge an Blausäure.

Nach Marc lief es ein bisschen aus dem Ruder. Es folgte Per, ein Schwede, den ich auf dem Geburtstag einer Freundin kennenlernte. Obwohl wir einen berauschenden Abend verbrachten und uns beim Abschied versicherten, dass wir uns unbedingt bald

wieder treffen wollten, hielt er unser Date nicht ein. Er versetzte mich ohne Angabe von Gründen, und als ich nachfragen wollte, ging er nicht an sein Handy. Die Pralinen schickte ich ihm per Post.

Franz lernte ich auf der Hochzeit eines befreundeten Pärchens kennen, wir verstanden uns prächtig. Da wir beide Singles waren und uns das romantische Trara auf die Nerven ging, verzogen wir uns nach dem Kaffee und amüsierten uns anderweitig. Mit Franz entspann sich eine lose Beziehung, er ließ mich stets im Unklaren über unseren genauen Status. Als ich einen Vorstoß wagte, blockte er mich barsch ab.

„Ich bin nicht bereit für eine feste Bindung", sagte er. „Ich habe da noch Dinge, an denen ich knabbere. Es wäre nicht fair, wenn ich dir etwas vormachen würde."

Ich fand, dass er genau das getan hatte, und kaufte Nugat und Konfitüre für unser letztes Treffen.

Als Antidot
käme 4-Dimethylaminophenol in Betracht,
das die Cynaidionen im Körper bindet.
Die Wirksamkeit des Gegengifts hängt von der Hämoglobin-
konzentration im Blut ab. Beachtet werden sollte auch, dass eine
Lebensrettung nur in nüchternem Zustand möglich ist, es darf auch
kein Restalkohol im Blut sein.

Franz klingelte pünktlich. Ich stellte die Etagere mit den Pralinen auf dem Wohnzimmertisch ab und öffnete ihm. Es war mir zu einer Gewohnheit geworden, die Pralinen in aufreizender Wäsche zuzubereiten und zu servieren. Ich fand, das gab meinem Vorhaben die gewisse Note, die es verdiente.

Auch heute trug ich unter meiner Küchenschürze eine weiße Korsage mit Blütenstickereien und Strapsen, die ich an feinen weißen Netzstrümpfen befestigt hatte. Franz staunte nicht schlecht, als er mich in dieser Aufmachung sah. „Holla ... Ich dachte eigentlich, du wärst vielleicht sauer oder so ...", murmelte er und küsste mich zur Begrüßung leicht auf die Wange.

Ich machte eine wegwerfende Handbewegung und ging ihm voraus ins Wohnzimmer, meine Hüften geschmeidig schwingend, da mir wohl bewusst war, worauf sein Blick nun ruhen würde.

Franz folgte mir. Ich wollte ihn zum Sofa dirigieren, doch er hielt mich auf und umfing mich mit einem Arm.

179

„Insgeheim hatte ich gehofft, dass du mich verstehst", hauchte er zwischen meinem Ohr und meinem Haar. Ich runzelte die Stirn, sagte jedoch nichts. „Du bist doch auch nicht geschaffen für eine feste Beziehung."

Ich wollte mich von ihm losmachen und klarstellen, dass ich sehr wohl bindungswillig war, ganz im Gegensatz zu den Kerlen, die ich offenbar wie eine Kerzenflamme die Motten anzog. Doch Franz ließ mich nicht zu Wort kommen, er bugsierte mich Richtung Bett und hüllte mich ein in seine Begierde, wodurch ich mich ihm widerstandslos ergab.

Wir lagen nackt und keuchend auf dem zerwühlten Bett und ich döste in einem satten, gedankenlosen Halbschlaf, da hörte ich, wie Franz sich neben mir bewegte.

Ich blinzelte unter einem halbgeschlossenen Lid hervor und sah ihn neben dem Bett hantieren. „Was tust du denn?", fragte ich schläfrig.

Er grinste mich mit einem verschlagenen Ausdruck im Gesicht an. „Hast du schon genug?", fragte er zurück und ließ seine freie Hand über meinen Bauch Richtung Becken gleiten.

Ich spürte, wie sich sogleich wieder etwas in mir regte. „Nein ... Du?"

Er ließ sich wieder neben mich fallen und zog ein Seidentuch hinter seinem Rücken hervor. „Was wird das?", fragte ich skeptisch. Er ließ das Tuch über meinen nackten Körper streichen und jagte mir damit eine Gänsehaut über die Haut. „Lass dich überraschen ..."

Bereitwillig ließ ich mich von ihm fesseln und mir die Augen verbinden. Ich spürte seinen warmen Körper auf meinem und streckte mich ihm erwartungsvoll entgegen. Doch statt seines vollen Körpereinsatzes, den ich erwartete, fühlte ich plötzlich, dass er sich von mir entfernte. „Vertrau mir", flüsterte er. „Lass mich dich füttern."

Ich hörte das Geräusch von Sprühsahne, die aus einer Flasche gespritzt wurde, und spürte gleichzeitig die klebrige Kälte der Sahne auf meiner Brust. Augenblicklich wurde die Kälte von seinem warmen Mund getilgt und er sprühte mir meinen Anteil direkt in den Mund. Ich schleckte mir unbeholfen über die Lippen, da ich den Sahneklecks ja nicht sehen konnte. Sie schmeckte weich und süß. Meine Aufmerksamkeit wurde sogleich auf tiefere Körperregionen gelenkt, als Franz' Mund seinen Weg fortsetzte.

Ich öffnete den Mund und ließ ihn mich weiter füttern.

Ich biss in die weiche, cremige Masse und im selben Augenblick roch ich das Mandelaroma. Erschrocken riss ich den Kopf hoch, versuchte mich loszureißen, doch die Fesseln hielten mich am Bett. Ich hustete, verschluckte mich und spürte, wie die zähe Masse aus Nugat, Kuvertüre und Cyanid meinen Hals hinunterglitt. Beinahe im selben Augenblick zog sich mir die Kehle zu, als drückte mir jemand die Luft ab. Ich warf mich vergebens herum, strampelte verzweifelt gegen die Fesseln und das Gift an, doch ich wusste bereits, dass ich keine Chance haben würde.

Ich versuchte nach Franz zu rufen, doch ich brachte keinen Ton mehr hervor.

Schließlich gelang es mir, die Augenbinde abzustreifen.

Mein letzter Blick fiel auf die Etagere mit den Nugatpralinen, die auf dem Nachtisch stand, und auf Franz, der ganz verdattert neben dem Bett stand und auf mich herab starrte. Wie typisch! War doch klar, dass ein Mann am Ende alles ruinierte.

Dann umfing mich endgültige Finsternis.

# Leichen im Keller

Die drückende Schwüle dieses Julitages war schon schwer erträglich gewesen, doch auch, als sich der Abend über Landshut senkte, zeigte sich kein Wölkchen am weißblauen Himmel. Entlang der mittelalterlichen Altstadt und am Ufer der Isar war die Außengastronomie bis auf den letzten Platz besetzt.

Weniger gut getroffen hatten es indes die Bauarbeiter, die in der Steckengasse gerade ein altes Stadthaus abrissen, das nach einem Brand und dem ganzen Löschwasser unbewohnbar geworden war. Hinter vorgehaltener Hand kursierte das Gerücht, dass der Eigentümer den Brand zum Zwecke des Versicherungsbetrugs selbst gelegt hätte, und inzwischen deuteten auch die Ermittlungen in diese Richtung.

Da holte ein spitzer Schrei die müden Gemüter aus ihrer Feierabendlethargie: „Scheiße!"

Der Presslufthammer verstummte und die beiden Arbeiter wischten sich den Schweiß von der Stirn. Ratlos starrten sie in das eben von ihnen ausgehobene Loch im Fußboden.

„Was is'n jetz des?", fragte der eine verunsichert.

„I glaub, i mog's gar ned wissen ...", murmelte der andere.

Trotzdem kniete er sich neben dem Krater nieder. Was sie dann allerdings zu Tage förderten, ließ beiden trotz der Hitze das Blut in den Adern gefrieren.

„Mi leckst am Arsch!"

Hauptkommissar Steindl, der leitende Beamte der Kripo Landshut, saß in seinem Lieblingsbiergarten auf der Mühleninsel, und die frische Halbe stand vor ihm auf der rot-weiß karierten Tischdecke. Entspannt lehnte der Witwer sich zurück und schaute hinüber zur Isarbrücke, wo sich Autokolonnen im feierabendlichen Stop-and-go über die Wittstraße schoben. Seit dem Tod seiner Frau war Steindl viel allein und das Wirtshaus sein zweites Zuhause.

Leider störte das Klingeln seines Diensthandys jäh die Idylle.

Das Telefonat dauerte nur kurz, dann rief er die Bedienung heran: „Resi, zahln!"

„Packst'as scho? Hast ja no gar ned austrunkn", wunderte die sich.

„I muss weg. Es gibt a Leich!" Damit drückte er ihr einen Fünfer in die Hand. „Stimmt so."

Den Weg von der Insel durch die Altstadt nahm Steindl im Laufschritt, weshalb er prustend und keuchend ankam.

Man sah der Fassade schon von außen die Zerstörung an. Im Inneren stieg er über Schutthaufen. Es roch stark nach altem Rauch sowie verkohltem Holz, und im Sonnenlicht tanzten Staubpartikel.

Der eiligst herbeizitierte Bauleiter nahm den Kommissar in Empfang und setzte ihn ins Bild. „De Arbeiter ham an Fußbodn aufbrochn und dabei a altes Gewölbe gfundn. Da unten is de Leich. Es hat ja was von Brandstiftung gheißn, womöglich hat de bei dem Brand verschwindn solln", bot er gleich noch seine laienhafte Lösung mit an.

Steindl inspizierte den Fundort. Das Loch im Fußboden gab den Blick auf ein unterirdisches Gewölbe frei, dessen Zugang offensichtlich mutwillig durch die Betondecke verborgen worden war. Die Leiche war, trotz ihres Lagerortes in relativer Isolation, stark verwest.

Steindl beugte sich über die Baupläne, die von einem Gewölbekeller und darin verborgenen Toten nichts wissen wollten.

„Des Haus ghört ja a dem Stadtrat Weigert, gell?", fragte Steindl.

Der Baumagnat besaß viele Immobilien in der Innenstadt und gegen ihn standen auch die Vorwürfe der Brandstiftung im Raum, daher kannte Steindl ihn bereits.

„Wie geht'n des jetz weiter?", erkundigte sich der Bauleiter. „Wissen'S, mir ham nämlich Termine zum Einhaltn."

Steindl winkte ab. „Naa, da geht jetzt erst amal gar nix weiter. Wenn die Spusi durch is, werd de Leich abgholt. Bis dahin, rührn Sie kein Stein mehr an."

„So und was wiss'ma jetz vo dem Toten?", fragte Steindl, als ihn zwei Tage später der zuständige Gerichtsmediziner anrief und die ersten Informationen durchgab.

„Von *der* Toten", korrigierte der Pathologe. „A Frau is'. Ungefähr zwanzig Jahr alt, des lasst se ganz schlecht sagn, der Zustand von der Leich ist katastrophal. Weil der Keller nahezu luftdicht abgeschlossn war, is teilweis konserviert, also a Todeszeitpunkt is ganz schwer feststellbar."

Steindl schmierte ein paar Notizen auf ein leeres Blatt Papier.

„Und woran is de gstorbn? Kann ma des feststelln?"

„Ja, scho. Genickbruch. Gstürzt, dat i sagn. Vielleicht is de junge Frau d'Kellertreppn nuntergfalln, wie's a Bier raufholn wollt", scherzte der Pathologe. Wieder ernst sagte er: „Wir müssn da no Analysen macha, dann wiss ma mehr."

„Ham'S des gwusst, mit dem Gewölbe?", fragte Steindl und beobachtete dabei den Stadtrat Weigert genau.

„Ja, ich hab die Kleine selbst da unten verscharrt", antwortete der schnippisch. „Nein, selbstverständlich *nicht!*"

Wie Steindl erwartet hatte, war der Stadtrat eine harte Nuss. Während er den Kommissar empfing, hatte er ständig sein Smartphone in Reichweite. Mehrmals unterbrach er das Verhör abrupt, um Gespräche entgegenzunehmen, ohne sich für seine Unverschämtheit zu entschuldigen. Viel Erhellendes hatte er ohnehin nicht anzubieten.

„Zusätzlich zu der Leich hamma immer no den Vorwurf, dass da warm saniert werdn hätt solln, gell? Also, Sie bleibn besser in Landshut und haltn se zur Verfügung!", verabschiedete sich Steindl schließlich und verließ die Villa am Moniberg in der Überzeugung, dass der Stadtrat mehr wusste, als er zugegeben hatte.

Die Ermittlungen ergaben schließlich, dass es eindeutig Brandstiftung gewesen war. Das erhärtete den Verdacht gegen den Stadtrat. Die Landshuter CSU legte ihrem prominenten Parteimitglied daraufhin sogar den Rücktritt von seinen Ämtern nahe.

Auch Steindls Recherchen entlasteten Weigert nicht, im Gegenteil.

„Der saubere Herr Politiker hat anscheinend gern außerehelich verkehrt", fasste Steindl seine Einsichten zusammen. „I hab stichfeste Beweise, dass er mehrfach in am stadtbekanntn Puff war, und anscheinend hat er da am liebstn Fraun ghabt, de deutlich jünger warn als er. Des dat a zu unsrer Leich passn. Vielleicht war des a Prostituierte, de 'n erpresst hat."

„Hamma da koa Vermisste? Wenn so a Frau verschwindt, des muass doch wem auffalln, oder ned?", gab sein Kollege Herman zu bedenken.

Für die Presse waren die Ermittlungen gegen den Lokalpolitiker ein gefundenes Fressen, sogar überregionale Medien berichteten

über die Vorfälle. Als durchsickerte, dass es obendrein noch eine Tote in dem Brandhaus gab, die vielleicht aus dem Rotlichtmilieu kam, war der Ruf des ehemaligen Stadtrates endgültig ruiniert.

„Was?" Steindl traute seinen Ohren kaum. „Bist sicher?"

Er saß mit einem Leberwurstbrot vor dem Fernseher, als die Nachricht ihn erreichte.

„Doch, kein Zweifel. Der is maustot", bestätigte sein Kollege.

„Zefix ...", entfuhr es Steindl. „Wie jetz des?"

Herman schilderte seinem Vorgesetzten, wie der Ex-Stadtrat tot in der Isar gefunden worden war. „Schaut nach Selbstmord aus. Wahrscheinlich is ihm de Sach jetz z'heiß wordn. Oder es hat'n wer zum Schweign bracht?"

Steindl seufzte. „Na, sauber, jetzt hamma scho zwei Leichen!"

Steindl fuhr selbst in die Pathologie, um sich die weiteren Ergebnisse der Obduktionen geben zu lassen.

„Also der Stadtrat, der is anscheinend ohne Fremdeinwirkung dasoffn. I tät vo Suizid ausgeh. Der Alkoholpegel im Blut war sakrisch hoch, vielleicht war's a bloß a Unfall im Suff. Aber de andre Leich is spannend", erklärte der Gerichtsmediziner und führte Steindl zu einem Tisch.

Die Tote aus dem Brandhaus war mit einer blauen Plane abgedeckt. Der Pathologe zog die Abdeckung zurück, Steindl rümpfte leicht angewidert die Nase.

„Da schauen'S selber. A Teil vo da Kleidung is no erhaltn. Und da hamma sowas wie a Brosche. De Fasern hamma im Labor untersuchn lassn, a Gewebeprobe a, und wissen'S was? De Frau ist scho vor Längrem gestorbn."

„Des is ma a klar. So frisch schaut die nimmer aus", entgegnete Steindl. „Des hat der Weigert halt vielleicht nimmer umtraut, dass mit dem Abriss vo dem Haus de Leich wieder zum Vorschein kommt. Der hat wahrscheinlich dacht, nach der langen Zeit is des vo selber erledigt."

Der Pathologe schüttelte heftig den Kopf. „Nein, nein, Sie verstehn ned, de Frau und der Stadtrat, de können se ned kannt habn. De is scho viel länger tot!"

Steindl horchte auf. „Dann müss ma rauskriegn, wem des Haus vorher ghört hat ..."

Wieder winkte der Pathologe ab. „Den werden'S nimmer findn."

„Aber es is doch Mord gwesn, oder? Sowas verjährt ja ned so schnell."

„Scho. I nimm stark o, dass des Mord war. Trotzdem werdn'S den Täter nimmer ermitteln können, und wenn, is jetz a wurscht. De Leich dürft so alt sei wie des Gewölbe. Ma weiß ja, dass d'Altstadt früher auf am niedrigern Niveau war wie heut, des is irgendwann aufgschütt wordn.

Damals war des Gewölbegschoss wahrscheinlich no 's Erdgschoss. Später hat ma's dann zugmacht und den Bodn drüber betoniert. De Stoffanalyse hat ergebn, dass es sich wohl um a junge Adelige oder sowas handelt; 15. Jahrhundert ungefähr.

Der Mord is womöglich zur allerersten *Landshuter Hochzeit* passiert. De junge Frau is vielleicht dem Herzog Ludwig im Weg gwesn, wie er sein Sohn mit der polnischen Prinzessin Hedwig verheiratn wollt.

Mit dem andren Totn hat's auf jedn Fall nix zu tun ghabt", schloss der Gerichtsmediziner.

Steindl sah den Pathologen betreten an. „Sakradi ... und der is jetz in d'Isar, weil er se nimmer nausgesehn hat ..."

Danksagung

In einem solchen Buch steckt jede Menge Arbeit und Herzblut, was allein gar nicht möglich wäre, daher möchte ich auch dieses Mal den wichtigsten Akteuren hinter den Kulissen von Herzen danken! Während des Schreibprozesses ist es vor allem meine Familie, die mich unterstützt; mit Zeit, die ich zum Schreiben brauche, mit Ratschlägen und Inspiration, mit Schokolade, oder was sonst den Energiespeicher wieder auffüllt, damit so ein Buch textlich fertig wird.

Vor allem bei den Veitl-Geschichten ist mein Mann Martin ein unverzichtbarer Helfer!

Ist der Text in seiner Rohfassung erst einmal geschrieben, kommen die *Heinzelweibchen* zum Einsatz: Melanie Vogltanz und Jacqueline Mayerhofer, die sich um Rechtschreibfehler, Grammatik, Zeichensetzung, aber auch Logik, Struktur und Formulierung kümmern; Grit Richter, die für die – wie ich finde – wundervollen Covers zuständig ist, aber auch für die Erstellung von Werbematerialien; Ingrid Pointecker, die mir das Ganze am Ende wieder in die nötige Form presst, damit daraus ordentliche Bücher und funktionsfähige E-Books werden. *Herzlichen Dank, euch allen!*

Viele fleißige Helfer wirken dann auch noch daran mit, dass meine Bücher bekannter werden, dass sie den Weg in die Bücherregale finden. Ich bedanke mich für jede Lesung, jede Verbreitung oder Empfehlung, für jedes Facebook-Like, für jeden Twitter-Follower und für überhaupt alle, die meine Bücher mögen, sie kaufen, lesen und von ihnen erzählen.

Danke, danke, danke, ohne euch müsste das Schreiben eine Schubladen-Leidenschaft bleiben!

Über die Autorin

Geboren 1981 wuchs ich im niederbayerischen Markt Mallersdorf-Pfaffenberg auf. Nach dem Abitur zog es mich zunächst fort von daheim, ich studierte Tourismus-Management in Kempten und Brünn, machte Praktika in Dubai und Frankfurt. Anschließend arbeitete ich einige Jahre in der gehobenen Hotellerie, bis ich 2011 an die Universität zurückkehrte und in Passau einen Masterstudiengang absolvierte. Während dieser Zeit heiratete ich und bekam unseren Sohn. Seit dem erfolgreichen Abschluss in Passau arbeite ich freiberuflich als Dozentin und Autorin.

Das Schreiben zählte schon immer zu meinen liebsten Freizeitbeschäftigungen, seit 2008 gelang es mir immer wieder, Kurzgeschichten bei Wettbewerben zu platzieren. 2010 gewann ich dann bei einem Online-Reiseportal den 1. Preis für meinen Reisebericht über einen Rucksacktrip durch Indien.
Mein Debütroman *Burgfried* erschien 2014 im Verlag *ohneohren*. 2015 war *Burgfried* für den *Deutschen Phantastik Preis* nominiert und erreichte den 5. Platz für das beste Debüt.

Anfang 2016 habe ich *Hugo & Leberkäs* in Eigenregie veröffentlicht, die Fortsetzung *Sushi & Weißbier* folgte im August 2016. Weitere Bände sind in Arbeit.

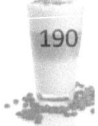

Sushi & Weißbier - Anzeige